Maria Hahne
Mich aus deinen Augen verstehen

Maria Hahne

Mich aus deinen Augen verstehen *

…Weil Worte nichts verändern, aber ich etwas verändern muss und
sie meine einzige Waffe sind.

Meine Klassenlehrerin hat immer gesagt, ich soll mein Herz nicht
vor mir hertragen, aber ich glaube, das ist meine größte Stärke:
Mein Herz vor mir her zu tragen und mich nicht dafür zu schämen.
Ehrlich zu sein und jedem Menschen zu zeigen, wie ich fühle.
Ich weiß, dadurch helfe ich Menschen und dadurch bin ich hierher-
gekommen.
Und wenn jemand dieses Herz, diese Offenheit angreift, bin ich mir
der Kraft dieses Herzens bewusst.

Bibliografische Information der Deutschen Nationalbibliothek: Die Deutsche Nationalbibliothek verzeichnet diese Publikation in der Deutschen Nationalbibliografie; detaillierte bibliografische Daten sind im Internet über http://dnb.dnb.de abrufbar.

Lektorat: Lara Decker
Korrektorat: Georg Fiedler
Weitere Mitwirkende: Friedrich Kittel
Cover: Lara Decker, Berliner Verkehrsbetriebe (BVG)

Kontakt: michausdeinenaugenverstehen@gmail.com

Verlag: BoD · Books on Demand GmbH, Überseering 33, 22297 Hamburg, bod@bod.de

Druck: Libri Plureos GmbH, Friedensallee 273, 22763 Hamburg

ISBN: 978-3-7693-5152-1

Leser*innen Hinweis:

Dieses Buch enthält suizidale Handlungen, explizite Darstellungen von Selbstverletzung, sexuellem Missbrauch und essgestörten Verhalten. Außerdem setzt es sich mit psychischer Gewalt und Depressionen auseinander. Menschen mit Erfahrungen in diesen Bereichen können möglicherweise vom Inhalt getriggert werden. Bitte wende dich an eine Hilfestelle, wenn es dir beim Lesen nicht gut geht und sprich mit einer dir vertrauten oder auf dem Gebiet qualifizierten Person über deine Gedanken und Gefühle. Sich Hilfe zu holen ist richtig und wichtig!

Namen in diesem Buch wurden zum Schutz der Personen geändert.

Dieses Buch beinhaltet meine Geschichte und meinen Umgang mit den obengenannten Problematiken, es soll keines dieser Themen verherrlichen, als positiv oder erstrebenswert darstellen.

Du hast mir gesagt, gäbe es meine Texte als Buch würdest du es lesen, wärst du physisch in der Lage zu weinen hättest du über "set me free" geweint. Also widme ich dir diese Sammlung.

Du bist mir ein Rätsel, ich weiß nicht, was ich dir sagen kann, um es besser zu machen. Eigentlich euch allen, denn wie kann ich für jemanden da sein, wenn ich es doch nicht einmal ordentlich für mich selbst kann?

Ich weiß du läufst davon, du rennst, unaufhörlich und ich weiß nicht, was ich dir sagen kann, damit du stehen bleibst. Ich glaube, du bist sicher, auch wenn du stehen bleibst, dich verfolgen nur noch die Geister in deinem Kopf, und ich kann dir nichts sagen, was sie weniger gruselig macht. Ich glaube, dich verfolgen auch diese Hände, nicht die gleichen wie mich, aber sie sind bestimmt noch da, wenn du deine Augen schließt, und ich glaube, ich kann dir nichts sagen, was sie besser macht. Ich kann nicht einmal da sein, niemand konnte mir meine Hände nehmen. Ich konnte mir selbst nicht mal helfen.

Ich würde dir gerne versprechen, dass es aufhört, aber ich weiß es selbst nicht. Ich kann dir sagen, dass es besser wird, aber ich weiß auch nicht, ob nicht jedes dieser Worte anmaßend ist; ich überhaupt ein Recht habe etwas zu sagen. Bei euch allen.
Ich kann euch die Ratschläge geben, auf die ich selbst nicht gehört habe. Ich musste es auch auf meinem Weg lernen. Ich musste selbst verstehen, dass das alles kein Teil von mir ist, egal wie viele Therapeut*innen mir das gesagt haben. Ich muss immer noch meine Rippen sehen, damit ich essen kann. Ich musste die Hände selbst anschreien. Ich würde dir gerne meine Hand geben und sagen, 'es ist ok' und 'ich bin da'. Die Worte, die ich von dir gelesen habe, sind wunderschön, aber dann seh ich dich an und weiß gar nicht, was das bringen soll.

Ich kann dich nicht retten und ich sollte mir nicht anmaßen zu denken, ich könnte dir helfen, aber diese Sammlung ist für dich, weil du nicht allein bist und weil schreiben eine Kunst ist, zu der man inspiriert werden muss und du hast mich inspiriert. Ich kann dir deinen Schmerz nicht nehmen, aber ich glaube an dich, dass du es kannst.

Ein gutes Buch beginnt meistens mit einem guten eindrucksvollen Satz. Dieses Buch beginnt mit der privilegierten Sicht auf die Welt und das Leben von einer fast 18-jährigen genderfluiden Person, die in Deutschland geboren und aufgewachsen ist.

Wie die meisten Menschen in meinem Alter suche ich ein Ziel und den Sinn des Lebens. Vielleicht auch nur täglich einen Grund, nicht freiwillig den Löffel abzugeben und damit: Hallo und herzlich Willkommen zu der Einstellung eines depressiven Teenagers. Meine Diagnose habe ich mit zwölf Jahren bekommen, die ersten Symptome wies ich, nach meiner verschwommenen Erinnerung, im Alter von sieben Jahren auf. Konzeptionell wird dieses Buch die Geschichte meines Lebens hoffentlich geradlinig erzählen, wobei vorab gesagt sei, dass ich aufgrund meiner posttraumatischen Belastungsstörung, kurz PTBS, eine recht schwache Erinnerung daran habe, aber wenn Sie Zweifel an der Glaubhaftigkeit dieser Geschichte haben, fragen Sie gerne meine Eltern und andere Pro- und Antagonisten dieser.

Wenn ich also sage, das Leben hat mich unglücklich erwischt, ist das aus einer Position, die nie erfahren hat, was Krieg, Hungersnot oder andere ernsthaft schlimme Lebensumstände bedeuten. Ich werde nicht sagen, ich hatte es nicht einfach, denn es mangelte mir nie an überlebenswichtigen Ressourcen oder Bildung. Ich hatte prozentual gesehen kein "Pech" im Leben und dennoch bin ich seit meinem zehnten Lebensjahr der Überzeugung oder besser in dem Wissen, meine Geburt war rational eine falsche Entscheidung, ich und, zumindest meiner Meinung nach, die Welt täte besser daran, wäre ich eine Abtreibung gewesen.

Ich sage das nicht aus einem Schmerz heraus, ich empfinde auch keine Wut auf irgendwen bei dem Gedanken. Nein, ich hatte 17 Jahre um "abzukühlen" bei diesem Thema.

Ich weiß, und ja folgende Aussage werden die Meisten unter Ihnen belächeln, ich werde keine leiblichen Kinder bekommen. Nicht nur weil ich einen Beitrag zur Überbevölkerung auf der Welt leisten würde, oder ich ein Kind in eine Welt setzen würde, die vielleicht

Klimawandel oder kriegs-lustigen Machthaber*innen bedingt nur noch eine Handvoll Jahre auf einem lebenswerten Level existiert und ich meinem Kind ein langes, schönes Leben wünsche. Nein, Kinder bekommen im Allgemeinen ist eine rein egoistische Entscheidung, die Eltern "schenken" dem Kind das Leben, oder zwingen es ihm auf. Das Kind darf nicht entscheiden, ob es leben will und ja, hätten Sie mich gefragt ob ich leben will hätte ich es verneint. Vielleicht ist es über-privilegiert zu sagen, ich hätte selbst beim Wissen über den Ist-Stand bei meiner Geburt lächelnd abgelehnt.

Nun, meine Ansicht der Welt ist es, nicht die Kinder schulden ihren Eltern etwas, sondern die Eltern schulden ihren Kindern alles. Ich sehe nicht, egal mit wie vielen Beinen ich fest im Leben stehe, wie ich meinem Kind gegenüber, diese Schuld begleichen könnte. Es gibt sicher einen Punkt, wo die Schuld der Lebensgrundlage erfüllt ist und sich das Blatt wendet, doch wie viele Eltern bieten ihren Kindern auf dieser Welt noch eine Lebensgrundlage, mit der das Kind leben will. Von Entwicklungsländern möchte ich gar nicht erst anfangen.

Ebenfalls wird mir bereits jetzt bei dem Gedanken übel, mein Kind könnte, und die Wahrscheinlichkeit ist gar nicht mal so gering, irgend-wann vor mir stehen und mir das gleiche sagen, was ich mir seit mei-nem 11. Lebensjahr denke.

Mit jedem Jahr steigen in Deutschland die Zahlen der psychisch kranken Kinder. Ich gebe nicht zwingend den Eltern die Schuld, ich bin kein Psychologe. Ich habe keine Studien durchgeführt. Ich kann nur von meinen Erfahrungen und denen derer schließen, die mir diese sensiblen Themen anvertraut haben. Ich sehe die Schuld im Schulsys-tem, den sozialen Medien und eben in der Familie. Ich sehe junge Menschen, die in einem Alter von 13 Jahren das erste Mal zu Klinge oder anderen Betäubungsmitteln greifen. Ich selbst habe meinen ers-ten Schnitt an mir mit zehn Jahren gemacht. Ich bin nicht stolz darauf, die Narbe an meinem linken Handrücken erinnert mich täglich daran. Aber dazu später mehr.

Vorher muss ich mich über das ideologische Schulsystem auskot-zen, welches Kinder von klein auf in diese Leistungsspirale zieht. Gute Noten und dann wird was aus dir. Und ich saß an einem Elite-

Gymnasium, wo den Schüler*innen erzählt wurde, sie würden bei einer schlechten Note als Berufsperspektive Tüten bei Edeka sortieren, an der Quelle. Verstehen Sie mich nicht falsch, ich bin dankbar für die Bildung, die ich erhalten habe, doch ich glaube, es ist kein Weg, so junge Menschen mit dem Mittel der Angst zu erziehen. Um ein Weiteres mehr, weil gerade dieser Ansatz mich für mein Leben gezeichnet hat. Ich bin zur Schule gegangen mit einer Ellbogenmentalität, die ich an keiner anderen Schule so erlebt habe. Wir haben für uns gekämpft, jede*r für sich und genau das wurde von der Schule auch noch bestärkt. Vielleicht nicht in dieser Extremform, jedoch an jeder Schule, wo das Schulsystem "normal" praktiziert wird, gibt es diesen Ansatz, sei der oder die Beste, "fick" die anderen und du wirst ein gutes Leben haben. Studiere, verdien ein ordentliches Sümmchen und du hast ein gutes Leben. Finde dich im Alter von 80 Jahren wieder, kaputt gearbeitet, mit Glück ohne Burnout, aber sagen Sie mir, haben Sie damit wirklich den Sinn des Lebens gefunden?

Haben Sie Ihre Ziele erreicht? Sind Sie glücklich?
Ich denke, die letzten zwei Generationen haben bewiesen, dass unser Schulsystem zwar hart arbeitende Menschen erzogen hat, aber keine, die das System überdenken, die zweifeln, die wirklich optimieren.

Wir, Gen Z sind keine schwache Generation, wir sind nicht faul, wir sind die Generation, die perspektivlos aufwächst, dank Verbrechen und Fehlern, die wir nicht begangen haben. Wir sind die Generation, die die Traumata der vorangegangen aufarbeitet, weil wir sie nicht unseren Kindern weitergeben wollen. Wir sind die Generation, die in einem hoffnungslosen Heuhaufen ihre Nadel des Glücks sucht.

Ich sage zwar oft, ich hätte gern in den 80ern gelebt oder noch früher, aber dort hätte ich nie das Privileg gehabt, mich als genderfluid outen zu können. Selbst Bisexualität wäre nicht in dem Maß anerkannt gewesen und meine Eltern hätten sicher nicht scherzhaft gesagt sie seien traurig, dass ich nicht lesbisch bin. Nein, ich bin stolz, ein Teil der Generation Z zu sein. Die Generation, die die Welt verändern wird und muss. Ich bin froh, so erzogen worden zu sein, alles zu hinterfragen und mir immer meine eigene Meinung zu bilden.

Zusätzlich bin ich dankbar, in Deutschland geboren zu sein. Ich glaube, in kaum einem Land geht es den Menschen so gut wie hier.

Ich bin verhältnismäßig kein herausragend starker Mensch, auch wenn das wieder so möchtegern-*pathetic* klingt. Ich will nur klarstellen, dass ich keines dieser versnobten Kinder bin, die nicht wissen, wie gut sie es haben. Ich habe es gut und ich weiß das, aber wenn ich gerade damit *struggle* zu leben, hilft mir auch kein Kommentar mit "stell dich nicht so an, den meisten Menschen geht es schlechter als dir". Zugegebenermaßen kenn ich keine psychisch kranke Person, die da jemals meinte: "Boah danke, jetzt gehts mir gleich viel besser."

Menschen mit Suizidgedanken befinden sich meistens in Extremsituationen, da erzähle ich Ihnen sicher nichts Neues. Und ja, man sollte auch da unterscheiden zwischen Menschen, die solche Absichten nur wegen der Aufmerksamkeit äußern und Menschen, die tatsächlich gefährdet sind. Ich habe meine Diagnosen lange genug, um Stigmatisierung aufgrund ersterer Personen zu erfahren, aber selbst erstere brauchen meistens auf irgendeine Weise Hilfe, wenn sie solche Maßnahmen ergreifen, denn unter akutem Verdacht zu stehen oder in einer Klinik zu sein, ist nicht unbedingt ein Zuckerschlecken. Worauf ich hinaus will, ohne mich jetzt noch mehr in diesem Thema zu verrennen (dafür wird später noch genug Zeit sein), die meisten Menschen sind sich in "nüchternen" Momenten ihrer Privilegien bewusst. Ich weiß vor allem auch, wie sehr einen solche Kommentare noch weiter in die Abwärtsspirale drängen können. "Ich bin nicht dankbar genug… Ich bin nicht genug…" usw.

Vielleicht ist es arrogant von mir zu glauben, dass ich mit dieser Geschichte auch Menschen erreiche, die nicht in meinem Alter sind und die vielleicht sogar noch etwas lernen könnten. Vielleicht ist es noch viel arroganter zu glauben, dass irgendwer in meinem Alter sich noch eine dieser *Coming-of-Age* Geschichten antut.

***

Wie bereits angekündigt möchte ich nun noch meinen Senf zum Leben und der Welt geben:

Die Welt ist scheiße, das Leben ist nicht fair. ("Ihr Vater hatte das gewusst, zumindest hat er dafür gesorgt. So. Oft. Es. Ging." – Snape, Harry Potter) Am Ende müssen wir uns alle der Realität stellen, dass nichts, was wir tun könnten, auch nur irgendeinen winzigen Einfluss auf das Universum hat. Wir sind unendlich kleine Punkte in einem unendlich großen Raum. Es liegt an uns, was wir aus dieser einsamen Gewissheit machen. Für die Melancholiker*innen unter uns mag dies die Begründung für das ultimative Nichtstun sein. Manchen Optimisten oder auch Psychopathen mag es der Anstoß sein alles zu tun, denn es hat auf das unendliche unermüdliche Voranschreiten der Zeit keinen Einfluss. Vielleicht aufs eigene Leben, aber das hat im Verhältnis zur Unendlichkeit auch keine Relevanz und lässt sich mit dem Tod ebenso schnell beenden.

Für mich als, naja, was bin ich eigentlich… Früher habe ich immer gesagt, ich bin pessimistischer Realist - oder war es andersherum? Auf jeden Fall waren die Komponenten Pessimist und Realist vertreten. Mittlerweile würde ich mich als Realisten betiteln, der immer versucht, das Beste aus seiner Situation zu machen. Wie und wo ich am Ende stehe, ist mir an dieser Stelle recht gleich, aber die Gewissheit der Irrelevanz ist für mich Fluch und Segen zugleich. Sie spendet mir Trost und treibt mich beizeiten auf eine merkwürdige Weise an. Aber ich habe mich schon oft in der Versuchung wiedergefunden, mich in ihr zu verlieren, jegliche Fehler mit ihr zu begründen, aber eben so wenig wie dieser Einfluss sich in schwarz oder weiß beschreiben lässt, lässt es sich auf dieser Tatsache ausruhen.

Geht man also über die Tatsache hinweg und lebt sein Leben eben als Leben und Individuum, gibt es genug Hürden, die einen von der Selbstverwirklichung abhalten, welche ich, als "wahren" Sinn des Lebens sehe. Mit sich selbst im Reinen und zufrieden sein, unabhängig von jedem anderen Menschen. Mein eigener Schmerz, dass dies so eine wahnsinnig egoistische Weltansicht ist. Ich werde versuchen, die Welt so weit besser zu machen, wie es im Bereich meiner Möglichkeiten liegt, aber ich kann es nicht als den Sinn anerkennen. Ich sehe auch Fortpflanzung nicht zwingend als Sinn, denn wir sind wohl die am wenigsten vom Aussterben bedrohte Art auf diesem Planeten. Gehört Fortpflanzung zu Ihrer ganz persönlichen Zufriedenheit, dann möchte ich das gar nicht abstreiten.

Zu meiner Bestimmung gehört es nicht. Ich sehe mich eher in einer kleinen Hütte auf einem Berg als Selbstversorger mit nur mir allein, Büchern und meiner Kreativität. Denn ich glaube, wenn wir nicht gerade zur Fortpflanzung gut sind, tue ich mich besser daran, einfach mit mir zu sein. So geht es zumindest meiner ganz persönlichen Reinheit. Denn ganz unabhängig von der Gesellschaft bin ich sehr zufrieden mit meinem Selbst. Ich bin gerne mit mir allein. Ich bin am liebsten mit mir allein und einem guten Buch oder einer guten Idee. Mein Körper und ich haben uns genug selbst wehgetan, dass es für ein ganzes Leben reicht. Ich bin mit mir im Reinen.

Auch die Welt und die Gesellschaft haben mir für meine Resilienz genug weh getan, dass ich sie gerne hinter mir lassen würde. Ich bin so weit fertig, dass ich mich gerne in den Ruhestand entlassen würde, also meiner kleinen Berghütte, aber ich weiß, dass es eben noch ein langer Weg bis dorthin sein wird.

Also ist dieses Exil vielleicht das einzige Ziel in meinem Leben, welches tatsächlich auf die Definition des Wortes Ziel zutrifft. Die Welt zu bereisen oder ein Formel 1 Rennen zu kommentieren würde ich eher Ideale schimpfen. Natürlich wäre es schön, wenn sie Teile meines Lebens werden, aber ebenso werde ich mich nicht über ein Fehlen beklagen.

Generell bin ich im Versuch nicht allzu viel zu beklagen und mich mehr mit der Abfindung und weiterer Optimierung meiner Lebenssituationen zu befassen. In welchen ich für mich zumeist zufrieden bin. Jedoch verlangt mein soziales Umfeld oder die Gesellschaft eben mehr.

Ich bin sogar so weit zu sehen und reflektieren, dass nahezu alle lebensmüden Gedanken, die ich habe durch Zweifel anderer Menschen ausgelöst werden. Das sehe ich als großen Fortschritt, denn es ist wesentlich einfacher, wenn ich "nur noch" auf die Meinung anderer Menschen scheißen muss und mir nicht mehr selbst einreden muss, dass ich leben will, weil ich tatsächlich leben will.

Es ist jedes Mal aufs Neue ein bemerkenswertes Gefühl, wenn ich dieses Gefühl formuliere, denn es fühlt sich jedes Mal aufs Neue wie das erste Mal in meinem Leben an. Und ich könnte bei weitem nicht datieren, wann ich es das erste Mal dachte. Ich messe meine Zufriedenheit eher in der Frequenz, wie oft ich das denke, es fühle. Und hätten Sie mir mit 14, 15 Jahren erzählt, dass ich etwas Derartiges einmal ernsthaft schreiben würde, hätte ich Ihnen mit Sicherheit einen Vogel gezeigt.

Und ich glaube, so langsam kann ich mich nicht mehr vor der eigentlichen Handlung dieses Buches drücken. Ich hoffe, Sie haben Lust und Zeit mitgebracht meine Geschichte zu hören und wenn Sie bis hierhin durchgehalten haben, werden Sie den Rest ganz sicher auch überstehen.

Also Bühne frei und Vorhang auf für eine etwas andere Lebensgeschichte.

Spoiler vorab: Ich lebe noch.

Ich hätte nicht gedacht, dass du nochmal Thema wirst. Ich dachte ich hab alles gesagt. Alles gesagt, was man nach zwei Monaten sagen kann. Aber du bist ja doch nicht vorbei. Ich bin nicht drüber hinweg. Hab vielleicht erkannt, dass du mir weh getan hast und gleichzeitig mein Leben gerettet hast, aber das ist nicht alles. Jetzt wo ich glücklich bin, wo ich erwachsen werde, ist es immer noch du, der in meinem Kopf herumspukt, weil ohne dich vielleicht nie so Liebe gespürt hätte. Egal ob's jetzt romantisch oder rein platonisch war. Ich werde es wohl nie wissen, und ja früher hab ich diese Chats rauf und runter gelesen, um jeden Hinweis dafür oder dagegen zu analysieren. Jetzt lese ich nur noch die Zuneigung raus. Mehr brauch ich nicht. Mehr brauch ich nicht, um zu wissen, dass du mir gezeigt hast, dass ich liebenswert bin, dass du an mir festgehalten hast, obwohl ich es selbst nicht mehr konnte. Und du hast Relevanz, weil ich jetzt an dem Punkt bin, mich ernsthaft auf jemanden einzulassen. Und ich steh nicht vor der Angst wegen Fabian, oder Andreas, oder weil ich nicht eine wirklich gute gesunde Beziehung geführt habe, ich stehe vor dir in meinem Herzen. Ich stehe davor, dich nicht mehr an Nummer eins zu stellen.

Aber du musst da weg, ich will ihn so sehr lieben wie ich dich geliebt habe, wie komme ich da hin, ich will dich auch nicht vergessen, du musst nur Platz machen, *set me free*.

Ich bin auch die Liebe von einem normalen Menschen wert. Ich muss dich nicht glorifizieren. Ich meine ich danke dir und das 100-fach, du fehlst mir. Auch an guten Tagen hab ich noch das Gefühl mir fehlt etwas, der Teil, den wir voneinander ausgetauscht haben, war zu groß, den Teil, den du von mir aufgebaut hast, ist zu groß, um zu vergessen. Du warst vertraut und jedes Wort unseres Chats gibt mir mehr Gefühl von Zuneigung als Andreas, Franz und Alberto zusammen, du wusstest, was du wolltest, und du wolltest mich vor meinem Abgrund retten. Ich hab dich verflucht, gemeldet für den Teil von dir den du mir gegeben hast. Du warst die erste Person, die mir tatsächlich ein Stück von sich gegeben hat, weil du überhaupt dazu in der Lage warst. Und ich meine es ist ja auch so schrecklich egal ob du irgendwann "ich liebe dich" gesagt hättest. Woran ich mich aufhänge, ist der Maßstab, den du gesetzt hast, wie viel Wert du mir zugeschrieben hast. Und wie mir jeder Mensch zu wenig war, der mich nicht mindestens so behandelt hat. Aber mich kann niemand mehr so behandeln, weil ich mir etwas wert bin, weil ich mir einen ganzen Menschen, ein ganzes langes Leben wert bin. Ich kann keinem Menschen mehr wert sein als mir selbst. Was gesund ist. Versteh mich nicht falsch. Aber du warst der erste Mensch, den ich geliebt habe. Das erste Mal du über mir. Der erste Mensch, für den ich alles aufgegeben hätte, den ich wirklich mehr geliebt habe als mich selbst, sogar als ich mich angefangen habe selbst zu lieben. Und nichts fühlt sich an, als würde es darankommen Du warst mehr, du warst intensiver, du warst mein heiliger Gral. Ich war Protagonist einer der krassesten Liebesgeschichten, die ich überhaupt kenne, und ich stehe hier 2 1/2 Jahre später und lese die ersten Zeilen unseres Chats. Ich hab in Alexander diese Intensität gesucht. Ich hab sie bei allen gesucht und bei keinem gefunden, weil ich mir selbst etwas wert bin, es wird mir niemand nochmal zum ersten Mal zeigen, dass ich liebenswert bin. Und das muss mir genug sein, aber ich steh in meinem Kopf vor dir, weil du meine erste große Liebe warst. Und ich sollte vor dem Missbrauch Angst haben, vor dem Toxisch sein, dem Ausnutzen, dem Kontrolle verlieren. Aber *fuck,* ich hab Angst jemanden mehr zu lieben als ich dich geliebt habe. Ich hab Angst dich zu vergessen. Ich hab Angst, dass mich jemand mehr liebt als du mich.

Wie viel bin ich mir denn selbst wert, wenn du mir nach all der Zeit immer noch mehr wert bist. Ich glaube, ich muss langsam den letzten Teil gehen lassen, der immer noch daran glaubt, dass du zurückkommst. Der darauf hofft, dass du zurückkommst, um mir wieder diese Zuneigung zu geben. Aber erstens kann nur ich selbst mir diese Liebe geben, weil so bedingungslos, aufopferungsvoll darf ich nur von mir selbst erwarten. Zweitens war das zwischen uns auch alles nicht richtig, doch ich werde nicht sagen, es war falsch. Ich hab mich am Abgrund stehen sehen, ich hab mich fast reinspringen sehen. Wärst du nicht da gewesen, würde ich nicht mehr atmen. Und das klingt so ultimativ, aber du und ich und nur wir beide wissen, dass es die Wahrheit ist. Du hast mir die Luft zum Atmen gegeben, hast mich festgehalten, damit ich nicht umkippe und dieser kleine intrinsische Teil zu leben, wurde am Anfang und noch heute dadurch gefüttert, dich irgendwann wieder zu sehen. Ich hab jeden Schmerz gefühlt, so viel Schmerz, der gar nicht dir gehört hat, weil jeden Schmerz, den ich hatte, den hab ich in der Erinnerung an dich kanalisiert. Du warst mir so viel zu bekannt.

Es ist gut, es ist genug. Ich will dich loslassen. Du hast deinen Job erfüllt, ich brauche weder deine Zuneigung noch deinen Schmerz. *Set me free.*

Lass mich allein atmen. Ich bin bereit und ich werde dich in Ehren halten, aber ich muss jetzt auf eigenen Füßen stehen. Du kannst mich nicht für immer festhalten. Ich bin erwachsen geworden. Ich muss neue Erfahrungen machen. Ich will lieben. Neue Maßstäbe setzen. Mich nicht mein ganzes Leben an einer Liebe festhängen, die nie für mich bestimmt war. Du gehörst nicht zu mir. Nur deinetwegen so kaputt und bindungsgestört zu sein... Ich würd gerne sagen, wars das nicht wert? Doch zu leben war es das definitiv wert. Aber 2 1/2 Jahre Liebeskummer für 2 1/2 Monate was auch immer. Lass mich echte, gesunde Liebe fühlen. *Set me free.*

Hör auf mich so sehr zu beschützen, du kannst mich nicht für immer vor Liebeskummer bewahren. Ich muss Neues entdecken. Ich muss neu lieben, denn uns gab es nie und uns wird es nie geben. Und sag niemals nie, aber das ist ein nie. Meinetwegen *right person, wrong life*, aber ich lebe dieses Leben. Ich muss in diesem Leben glücklich werden und ich kann mich nicht mein Leben lang in die Erinnerungen an dich flüchten. Es ist okay, behalte den Teil von mir. Okay, ich hab den Teil von dir nicht mehr. Und ich kann einem neuen Menschen keinen Teil des Lochs geben. Ich kann dich nicht so glorifizieren.

Aber nimm mir die Angst, mich selbst zu verlieren, wenn ich nochmal so ein großes Stück von mir gebe. Gib mir die Chance, das Loch in meiner Brust zu schließen. Ich kann nicht für immer damit rumlaufen. Ich muss mein Ende mit dir finden. Du kannst nicht weiter auf *to be continued* stehen, weil ich nicht weiter auf dich warten kann. Ich liebe dich, nach all der Zeit. Ich habe keinen Menschen so sehr geliebt.

Und ich bin deins, du hast dieses riesige Stück von mir, ich gehöre dir. Aber auch wenn ich dieses riesige Stück von dir hatte, und vielleicht in irgendeiner weniger kaputten Welt gehören wir auch zueinander, aber nicht in dieser. Bitte, was muss ich noch akzeptieren, damit du mich freilässt. Du bist meine Vergangenheit, aber nicht meine Zukunft, ich liebe mich genug, du hast deine Aufgabe erfüllt. Ich bin glücklich. Ich hab mich genug selbst gehasst für ein ganzes Leben.

Und ich bin dir dankbar, dass du mir gezeigt hast, dass ich so viel mehr wert bin. Ich bin dir dankbar für den Maßstab, dass ich es mir wert bin, geliebt zu werden.

Aber guck mal, da ist jemand, der deinen utopischen Maßstab erfüllt, jetzt lass mich gehen, ich bin in guten Händen. Ich sehe dein Werk, ich sehe, wie du die Aufgabe eigentlich meiner Eltern übernommen hast. Ich sehe, was du alles riskiert hast. Ich sehe dich mit deinem Schmerz und wie du ihn benutzt hast, um an mich ranzukommen. Ich sehe, wie du mich dadurch inspiriert hast Menschen zu helfen, auf eine distanzierte "hier guck mal"-Weise. Ich sehe, dass du mich gar nicht so sehr lieben wolltest. Ich sehe dass es besser gewesen wäre, du hättest mich gar nicht erst so nah an dich heran gelassen. Ich sehe, dass wir toxisch waren. Ich sehe, dass es mir selbst gegenüber toxisch war, alles und jeden für dich aufzugeben. Ich sehe, dass es richtig war, dass ich gegangen bin. Ich sehe, dass du mich fast umgebracht hast. Ich sehe jede Narbe, die ich mir deinetwegen zugefügt habe, um klarzukommen. Ich sehe diese ewige Zeitschleife in der Unendlichkeit, in der wir immer noch voreinander stehen, in der du immer noch bei mir bist. Allgegenwärtig. Ich sehe, dass es bei dir wahrscheinlich nicht so ist. Ich sehe, dass ich wahrscheinlich zu viel sehe. Ich sehe, dass du vielleicht auch gar nicht so viel gefühlt hast und dich in die Ecke gedrängt gefühlt hast. Ich sehe, dass ich das alles wahrscheinlich nie wissen werde. Ich sehe, dass mein Selbstwert nicht davon abhängen darf. Ich sehe, dass du bzw. das Bild, das ich von dir in meiner Vergangenheit erlebt habe, immer noch alles ist, was ich jemals wollte, und ich sehe, dass das nicht gesund sein kann. Ich sehe, dass ich reflektiere und wachse, und auch ohne dich überlebt habe. Ich sehe das alles und ich weiß nicht, was ich übersehe, aber irgendwas muss es sein. Weil sonst könnte ich weitermachen und nur weil die Abstände größer werden, zwischen dem dich Vermissen, heißt es nicht, dass ich drüber hinweg bin. Und *fuck* ich bin's nicht. Aber ich will es sein, ich brauche dich nicht mehr. Ich will dich nicht mehr. Ich bin mir selbst genug.

Was übersehe ich denn? Du hast mich nicht kaputt gemacht. Ich hab mich selbst damit kaputt gemacht, so krass an dir festzuhalten. Aber ich wusste es nicht besser. Weiß ich es jetzt besser? Ich denke schon. Ich will doch nur Alexander ansehen und mir denken, "wow, du bist alles, was mir reicht". Was fehlt mir denn, was war an dir besonders? Dass du unerreichbar warst, und trotzdem so nah, dass ich ein Problem mit Nähe und Distanz habe, weswegen ich überhaupt an Alexander festhalten konnte? Welche Synapsen hast du verkappt, welchen Reiz überstimuliert was kein anderer konnte? Dass du keinen Sex von mir wolltest und mich trotzdem geliebt hast? Dass du mich in deiner kaputten Welt vielleicht doch mehr geliebt hast, als du dich überhaupt selbst lieben konntest, weil du mich retten wolltest und sonst keiner diese Ambitionen hatte? Was hast du gemacht, dass dir keiner nachmachen kann, oder ist es wirklich "nur", dass du meine erste große Liebe warst...? Aber 2 Jahre Nachtrauern sind genug. Du fehlst mir ja. Du hast mir nie weh getan oder mir einen Grund gegeben, warum ich dich lieber vergessen will. Du hast mir körperlich nie weh getan.

Aber ich habe letztens ein Reel gesehen, in dem es darum ging, sich neu zu verlieben, und dass erst dann beide weitermachen können. Dann sieh doch, ich hab mich neu verliebt, lass mich gehen. Was muss ich dir noch an den Kopf werfen...naja dem Geist, den ich mit letzten Erinnerungen zusammenhalte, du hörst mich nicht mehr.

Set me free.

Mein Handy ist laut. Nur falls ich einschlafe und du mir doch schreibst, dass du mich heute Nacht noch sehen willst.

Aber das Leben ist zu kurz, um sich heute Abend nicht zu sehen. Ich will jeden Atemzug mit dir atmen, ich weiß nicht, wie viele du mir gestattest.

Reiß die Mauern ein, ich tus auch. Lass mich jeden Zentimeter deines Körpers und deiner Seele berühren. Ich will dir sagen, dass du wunderschön bist.

Und mein Handy ist laut, weil das Leben zu kurz ist, um dich zu verpassen. Und ich will dich nicht in drei Monaten fühlen, ich will dich jetzt fühlen.

Ich will dir so nah sein, dass uns nur noch unsere Haut trennt. Deine Lippen auf Meinen tanzen spüren. Deinen Geschmack, deinen Geruch in meiner Nase.

Reiß meine Wunden auf, leg deine Hand hinein und sag mir, ob du meinen Schmerz fühlst, ob er überhaupt noch da ist. Weil, ich fühl mich so unverwundbar, das Leben ist zu kurz, um einsam zu sein. Und trotzdem bin ich allein stark genug, um mit dir zusammen allein zu sein.

Komm zu mir, lass uns Arm in Arm einschlafen, Morgen Frühstück im Bett und ein viel zu langer Abschiedskuss.

Ruf mich an, obwohl du heute früh erst aus meiner Tür bist. Sag mir, was hast du morgen vor?

Lass uns in meiner Küche tanzen, auf deiner Couch kuscheln. So vertraut sein, als wär's schon immer so gewesen und diese kleine Unendlichkeit halten, das Leben ist zu kurz, um diese Seifenblasen zerplatzen zu lassen.

Erzähl mir von all deinen Ängsten, lass mich wissen, was dich in die Knie zwingt, woran du zerbrochen bist. Ich will ein Teil deiner Geschichte sein, weil unser Ausgang noch nicht geschrieben ist, weil du jetzt schon einen Teil meiner Seele hast.

Und du hinterlässt kein Loch, wenn du gehst, weil ich einen Teil deiner Seele habe. Den Teil, den du von Meiner hast.

DIAGNOSE DEPRESSION

Am 4. Januar hat sich mein Anfahrunfall zum fünften Mal gejährt. So ziemlich der Zeitpunkt, auf den ich meine Depressionen datiere. Natürlich hatte ich davor schon Symptome und meine Diagnose kam erst eineinhalb Jahre später, aber für mich ist es der Anfang, oder besser das Ende, eines großen Lebensabschnittes, an den ich mich heute nicht einmal erinnern kann.

Am 4. Januar 2018 bin ich zehn Jahre alt. Ich wünschte, ich könnte dazu mehr erzählen, vielleicht beschreiben, wie ich damals war, aber das kann ich nicht. Ich weiß, es ist die Zeit, in der meine ersten Narben entstanden sind und ich zum ersten Mal lebensmüde Gedanken hatte. Ich weiß auch, dass ich im Juni 2018 einen "Suizidversuch" hatte. Ich weiß es, weil das die Dinge sind, die ich über die Jahre immer wieder erzählt habe. Aber ich weiß eben nicht genau, wie dieses Gefühl war, wo ich heute Einsamkeit und Verlorenheit vermute.

2019 hatte ich weiter selbstverletzendes Verhalten und lebensmüde Gedanken, die meine Mutter dazu veranlassten, mich zu einem Psychiater zu schicken. Also begann ich im August 2019 meine erste Verhaltenstherapie mit der Diagnose Depression. Mittelschwere, um genau zu sein.

Aber was ist das eigentlich? Diese Krankheit, mit der ich groß geworden bin und die immer weiter mit mir wächst?

Eine lange Zeit dachte ich, sie ist das Einsamkeitsgefühl und der Drang nach Selbstverletzung auf allen Ebenen. An anderen Tagen eher die Wertlosigkeit und Müdigkeit. Irgendwie ist sie auch alles davon und nichts. Du fühlst dich leer und antriebslos und eigentlich willst du den ganzen Tag nur im Bett liegen und warten, bis es vorbei ist. Und mit "es" meine ich den Tag, dieses Gefühl oder dein Leben. Dann fühlst du dich wieder wertlos und gibst dir die Schuld für den ganzen Mist, der in deinem Leben gerade falsch läuft. Diese Einsamkeit nicht zu vergessen, weil du dich fühlst, als könnte niemand dir helfen, ja du bist völlig allein in dem Kampf gegen den Rest der Welt…und gegen dich selbst. Und irgendwann kommst du an diesen

Punkt, wo schneiden die einzige Option in deinem Kopf ist, dann wird daraus was Regelmäßiges, weil es dich verdammt nochmal süchtig macht und du vor diesen dunklen Gefühlen und Gedanken in den Schmerz flüchtest, aber god damn das ist halt nicht der Weg, doch bis du das checkst bist du vier Jahre süchtig nach der Klinge und dein Körper signalisiert dir psychisch bedingten physischen Schmerz, wenn du dann doch mal ne Woche von wegkommst. Du kommst aus diesem extrem gefährlichen Teufelskreis nicht allein raus, auch wenn du das denkst.

Jeder, der unter Depressionen leidet, wird da seine eigene Definition haben und seine eigenen Symptome kennen. Ich kann bei meiner auch nicht mehr die Symptome genau zuordnen, denn meine blieb nicht allein, sondern bekam eine Prüfungsangst und eine vermutete a-typische Anorexie sowie PTBS dazu. Also woher kommt nun die Müdigkeit? Vom nicht einschlafen können, weil ich morgen einen Chemie-Test schreibe? Nicht essen? Oder von der OG Depression? Mein Tagesablauf wird von all diesen "Beeinträchtigungen" beein-flusst und es gibt gute und nicht so gute Tage. An guten Tagen spür ich manchmal nur einen kleinen Teil, aber ich kann ein "normales" Leben führen. An einem Schlechten bin ich teilweise nicht fähig zur Schule zu gehen, weil ich z.B. vor psychisch-physischen Schmerzen nicht aufstehen kann oder meine Panik so schlimm ist, dass ich an-fange zu weinen/stark zu zittern. Trotzdem versuche ich auch an nicht so guten Tagen zu lachen und das Positive im Leben zu sehen. Einfach nur nicht zu tief ins Loch rutschen.

Eine Therapie zu machen ist der eine wichtige Schritt, davor erst-mal zu akzeptieren, dass man Hilfe braucht, ein ganz anderer. Und ich weiß, das ist verdammt schwer. Manche Menschen akzeptieren es nie, ich selbst habe zwei Jahre und einen großen Zusammenbruch ge-braucht, aber irgendwann macht es bei den meisten Menschen klick. Es hilft auch enorm, sich zu diesen Themen zu informieren. Und wenn man den Heilungsprozess antritt, und ich kann dir versprechen, es wird nicht einfach und du gehst x-Mal durch die Hölle, bevor es besser wird, muss man von Anfang bis Ende offen und lernfähig sein, sowie geduldig. Es werden dich Menschen falsch verstehen. Und ja, du wirst stigmatisiert, weil unsere Gesellschaft noch nicht so weit ist. Zusätzlich wird es immer wieder einen Tag geben, wo du nicht aufstehen kannst, nicht essen willst oder vielleicht auch dich wieder einbuddelst. Und das ist okay. Halte trotzdem durch und kämpfe. Du musst nur weiter an dir arbeiten.

2020 ging es bei mir mit Corona ziemlich bergab. Eben die Prüfungsangst löste erste Panikattacken aus und auch 2021 war nicht sonderlich besser, da mein Essverhalten zum ersten Mal seit 2018 wieder kaum zu gebrauchen war. Die Menschen um mich herum waren recht unbeholfen und auch meine Therapie brachte mich nicht weiter. Ich steckte tief in einem Loch aus Selbstzweifeln, Unsicherheiten und Selbstmitleid.

Und 2022 fing dann noch bescheidener an, weil ich am 27.12.2021 meinen bisher schwersten Versuch hatte, aber ich wechselte im März meine Therapeutin und es schien mir auch durch andere Umstände durchaus besser zu gehen. Ironie des Schicksals, dass ebendiese äußeren Umstände, die bisher schwerste Probe meines Lebens wurden und 2022 zwischen April und Juli so ziemlich der Horror war. Auch September und Oktober waren nicht leicht, dann kam mein persönlicher Gamechanger und ich habe mein Leben von Grund auf umgekrempelt. Ich hab mir Hilfe auf einem neuen Level geholt und bin in stationäre Behandlung gegangen. Endlich hatte ich die Kraft und Ressourcen, mein Leben wieder eigenständig leben zu können. Ich sortierte mein soziales Umfeld aus und suchte nach Aktivitäten und Ritualen, die mir Spaß machten und machen. Und ich wollte endlich Leben.

Ich weiß diese letzte Krise aus dem Frühling hat mich an meine Grenzen gebracht, sie überschritten und ich würde behaupten, ja ich hatte davor einen Knacks weg und ja ich hatte ernsthafte Probleme, jenes Mal Hölle hat mich gebrochen. Ich arbeite daran mich wieder zusammenzuflicken eben mit der Hilfe von Therapie, Freunden, meiner Familie, aber es wird mich noch eine lange, lange Zeit begleiten, dennoch bin ich am zumindest zu einem kleinen Teil dankbar, denn ohne das alles hätte ich mir sehr wahrscheinlich nie so helfen lassen und ich glaube, dann hätte ich vielleicht niemals den Schritt in diese, die richtige, Richtung gemacht. Also für dich. Wenn du an deinem

Tiefpunkt bist und es nicht mehr schlechter werden kann, dann hol dir Hilfe auf höchstem Level, du hast nichts mehr zu verlieren.

Bei mir war der entscheidende Punkt, ab dem es dann wirklich bergauf ging:

Ich habe erkannt, dass ich sie nicht brauche. Die Depressionen. Das hab ich nach viereinhalb Jahren eingesehen. Weil ich irgendwann das Gefühl hatte, sie sind ein Teil von mir, aber das sind sie nur so lange, wie ich ihnen die Chance dazu gebe. Und wenn ich aber ohne sie weitermachen will, und vielleicht nur dann, hab ich die Chance zu heilen. Am Ende ist es nämlich der Kampf gegen dich selbst, den du gewinnen musst. Immer wieder. Und das kann dir keiner abnehmen, aber dir werden Menschen helfen. Man wird dir zuhören und dich an die Hand nehmen. Mir haben das Verständnis vieler Lehrkräfte und ganz besonders die Menschen geholfen, die mich nicht heruntergestuft haben, die trotz alledem mich als Menschen gesehen haben und mich, wenn ich dann doch mal zu krass fertig aussah, nach meinem Befinden gefragt haben. Die ersten 10 Mal sagst du zwar "jaja mir geht's gut.", aber irgendwann bricht man doch mal ein. Ein wirklich abscheuliches Verhalten habe ich aber auch erlebt, denn ich wurde ganz bewusst wegen meiner Wunden gehänselt oder dass ich im Unterricht geweint habe. Und ich bitte euch jeden noch so gottlosen Kommentar über diese absolut private Angelegenheit zu unterlassen, weil es so unendlich weh tut und diese ganzen Zweifel verstärkt, einen tiefer in das Loch drängt.

Ich bin jetzt nach fast fünf Jahren selbstverletzenden Verhaltens zum ersten Mal über drei Monate clean und fast ohne Suizidgedanken. Das ist nichts, worauf ich mich ausruhen werde, aber es ist ein neuer Schritt, es gibt mir Kraft und den Glauben daran zurück, dass ich es schaffen kann. Nein, dass ich es schaffen werde.

Wenn du das liest und selbst mit sowas oder anderen Problemen zu kämpfen hast, dann schaffst du das auch und wenn du gerade nicht an dich glaubst, dann glaube ich genug für uns beide an dich so lange, bis du wieder an dich glaubst. Du bist nicht allein.

@Maria/Lukas Hahne" SchüliZeitung des Ass Gymnasiums

...ist halt das eine. Ich merke, dass ich die Ansprüche an meine "Partner" habe aus dem Off, mich genauso gut behandeln zu können, wie er es konnte. Und dann das Gefühl ich möchte mich nie wieder so richtig an jemanden binden, wo ich zum Glück weiß, das sind einfach Teenie Probleme... Aber halt ja, ich vermisse es jemanden zu haben mit dem es so perfekt passt und der mich nicht mal anfasst...Der einfach nur mit mir redet, für den ich mehr als ein Sexobjekt bin...Und am Ende bin ich das so runter gebrochen für jeden 18-Jährigen der was von mir will...

Ich hab durch Lara (Franz' Mutter) so viel zu gut verstanden, wie es für die Partnerin ist, wenn der Mann eine andere jüngere Mätresse hat.. Dabei hatten wir nichts miteinander, aber ich hab mich so unendlich schlecht gefühlt und das, weil ich es vermisse, bedingungslos geliebt zu werden.

Außerdem hab ich das Gefühl, ich müsste mich komplett erwachsen verhalten, gegenüber Mama und Marvin und Franz und Andreas usw. Dabei wär ich gern 16 und würd mich unbedacht, impulsiv verhalten, gerne mich nochmal selbst verletzen, einfach um den Schmerz zu fühlen. Irgendwie kompensiere ich dann das mit Carla, in dem ich nichts esse und ich werde ab 2o24 vegan leben, um das nochmal zu verstärken. Und diese Schmerzen in den Armen werden wieder schlimmer, aber anstatt mir zu denken "oh nein ich muss was weiß ich dies das und jenes verändern", denk ich mir nur noch "ne, ganz ehrlich ich hab so viel getan ich versuche irgendwie alles richtig zu machen", was mir nun wirklich nicht gelingt. Aber ich bin kein schlechter Mensch und wenn es irgendein Schicksal gibt, dann soll es mich bitte damit belohnen, dass ich all dem nicht mehr ausgesetzt bin. Weder dass ich mit all der sexuellen Gewalt leben muss, die ich erfahren habe, wobei das nicht mal viel und schlimm war, und ich mich da fühle, als würde ich übertreiben. Aber es fühlt sich nicht an, als würde ich es irgendwann schaffen ein "normales" Sexleben zu haben, noch der psychischen Gewalt, die ich irgendwie erlebt habe und dem von zu Hause von wegen nicht genug sein, was jede*r 16-Jährige kennt, worüber ich mich nicht mal sonderlich aufrege... Aber das Mama sagt ich soll ihr verzeihen und irgendwie nicht nachtragend sein. Und ich meine ich bekomme es nicht mehr aus meinem Kopf dass meine Mutter mir ins Gesicht gesagt hat "Maria, du brauchst mich ja nicht mehr, dann geh ich mich jetzt umbringen." und dann ein paar Monate später einen Abschiedsbrief gefunden habe... Ich will nicht damit leben, dass Fabian sie fast überzeugt hätte, ich wäre nicht ganz bei Sinnen... Ich will nicht damit leben, dass ich, glaube ich, per Definition mit zwölf von Tim missbraucht wurde... Oder das Rob mich zu Sex überredet hat, obwohl er meine Geschichte kannte. Eher genötigt... Dass Fabian meine gesamte Ehre kaputt gemacht hat, obwohl er der Böse war. Obwohl er mich kaputt gemacht hat, wird sich jeder am Ass (unserer Schule) an ihn erinnern und nicht an mich... Ich will nicht mit allem leben, was Fabian gemacht hat... Ich will nicht damit leben, dass Gregor in meinem Leben war und erst recht nicht, dass er es nicht mehr ist... Ich will nicht damit leben, dass sich jeder erinnern kann und mir nur meine beschissenen Formel 1 Fahrer bleiben und Mama mir dann die ganze Zeit sagt "jaaa, wir hatten so schöne Zeiten".

Ich geb echt mein Bestes das perfekte Kind zu sein und die perfekte Freundin, Arbeitskollegin, beste Freundin, Enkeltochter... Ich geb mir ja sogar Mühe gesund zu werden und auf mich zu achten. Ich geb echt mein Bestes. Ich mach meine Wäsche, kann kochen und für mich selbst sorgen. Ich versuch das mit der Selbstständigkeit (beruflich) aufm Schirm zu haben. Die ganze Zeit mich mental zu fordern, um nicht aus dem Schulkontext technisch zu fallen. Ich versuch die perfekte SV-Person[1] zu sein und keine Ahnung perfekte Seminarpläne zu schreiben und ich versuche perfekt im Teamen zu sein, was ich absolut nicht bin... Ich versuche vor meinen Freunden möglichst wenig über mich zu reden und zuvorkommend zu sein. Also zuhören, zu helfen, keine Belastung sein. Ich müsste glaube ich so viel ändern damit es mir nachhaltig besser geht, aber ich will gar nicht mehr kämpfen. Ich find, ich hab genug getan. Ich muss nicht besser werden. Ich muss

---

*1 SV: Schüler*innen Vertretung*

nicht perfekt sein, aber alles weniger als das, was ich bin, wär nicht genug.

Also will ich, dass es aufhört, ohne das Böse zu meinen. Ich will doch niemandem weh tun. Ich will einfach nur dass mir wieder jemand sagt, "Entschuldige dich nicht fürs Maria-sein." / "Du bist toll." / "Du bist liebenswert…" Und da bin ich wieder bei Gregor... Und bei jedem, der mir was ähnliches sagt fühlt es sich nicht mal im Ansatz so an. Eigentlich fühlt sich keine zwischenmenschliche Beziehung wirklich besonders an. Ich bin am liebsten mit mir allein. Auf mich kann ich mich wenigstens verlassen. Aber die Welt funktioniert nicht, dass man immer allein sein kann.

Ich glaub ich wär gern wirklich 12 - 16 gewesen so richtig mit jung dumm und naiv sein. Und ich hatte echt ne schöne Zeit. Ich hab viel geilen Scheiß erlebt und coole Menschen getroffen, aber niemand nimmt mir je wieder die schlechten Sachen ab. Ich bin ja wirklich kein pessimistischer Mensch und erst recht nicht undankbar. Aber ich verbinde Leben eigentlich nur mit Kämpfen und Schmerzen und ich schäme mich für das Alles. Ich glaube Mama hätte zumindest meine Welt besser gemacht, wenn ich nicht geboren worden wäre. Und ich bin nicht sauer oder irgendwas. Der Gedanke hat sich nur über die Jahre verfestigt...

Und das alles lass ich nicht mal 100 % an mich heran. Ich lebe das Leben, was ich seit 3 Monaten lebe und alles davor Spalte ich ab. Und dass die ganze Zeit, weil sonst wär ich schon verrückt. Ich hatte vor zwei Wochen einen kurzen Moment, wo ich richtig gemerkt habe, dass ich sehr, sehr knapp daran vorbei bin, meinen Verstand zu verlieren. Und das z. B. mit Fabian fühlt sich relativ stark an wie in einem anderen Leben, auch wenn ich die *Issues* hab und um die wegzukriegen müsste ich es an mich heranlassen und ich glaube dann würde ich mich endgültig verlieren. Also hungere ich mich lieber weiter runter und freue mich über jeden Knochen, der hervorsteht.

Bitte sag mir jetzt nicht, ich würde meine Therapie nicht gut oder effizient nutzen, oder ich müsste in die Klinik oder ich, was weiß ich… Ich bin nicht gefährdet. Ich werde mir nichts antun in dem Sinne. Ich glaube das ist verdammt schwer zu verstehen. Auch, dass ich glücklich bin, viel und oft aber dennoch mir all das denke. Ich glaube, ich werde eh weitermachen und weiterkämpfen und besser und perfekter werden... Und mehr ausbrennen. Aber ich denke, anders funktioniert diese Welt nicht. Ich hoffe ich belaste dich nicht, ich weiß es ist viel und meine Therapeutin weiß Bescheid... Über praktisch alles. Ich bin nur halt so optimistisch, dass ich in der Therapie dieses "ja egal was, ich schaff eh alles" hab und wir dann über Gregor und Fabian reden, was ja auch wichtig ist.

Mein *Safe-Place* ist halt wirklich nach wie vor dieser Moment auf dem Sommerfest wo ich Gregor mit seiner Freundin und Kind mit einem perfekten Sonnenstrahl angeleuchtet auf unserem Hof gesehen habe, da ist so meine Zeit Achse einfach eingefroren, und da steh ich mental immer noch.

Ich glaub wenn ich Zeit reisen könnte, würde ich meinem 11-Jährigen ich sagen es soll den Suizid durchziehen..

Ich weiß nicht genau, wo ich anfangen soll… (am besten zu dem Zeitpunkt leicht angetrunken sein.)

Ich genieße diese Schwebe wirklich sehr, mein Herz, welches so intensiv schlägt, wie es seit einer ganzen Weile nicht mehr geschlagen hat. Nur bin ich im Moment zu schwer zum Schweben. Mein Leben braucht mich gerade, ich kann es nicht einfach laufen lassen. Deswegen muss ich meine kleine Unendlichkeit durchbrechen. Und nein, du darfst diesen Text nicht selbst lesen, lass mich erstmal ausreden. *Kopfhörer rausholen… lass dich nicht ablenken. Sag was du sagen willst!*

Ich habe keine schlechte Menschenkenntnis. Ich bin zwar etwas wackelig mit Menschen, aber ich werde nicht ineffizient durch Menschen. Zumindest dachte ich das. Ich hatte und habe hier und da mal meine Tiefpunkte durch Menschen, doch dann fahre ich eben mal einen Tag Achterbahn und steige wieder aus. Bei dir habe ich das Gefühl, jedes Mal wenn ich aussteigen will, lächelst du mich an und drückst mich zurück in meinen Sitz. Dann geht diese Runde von Neuem los. Das Mulmig-Sein, bevor wir uns sehen, Erleichterung wenn es mit dem Abwärtsfahren endlich losgeht, mein Herz was aus meiner Brust springen möchte in den viel zu schnellen Kurven und vor allem die Trauer, wenn es vorbei ist. Und Cosmo schon unten steht um mich mit einem "Maria, er will nichts von dir" begrüßt.

Ich habe bei unserem letzten Treffen versucht, meine Unsicherheiten anzusprechen… Deine Art, wie du mich behandelst, die sich für mich wirklich lange als platonisch auslegen ließ, doch ich kann seit ein paar Tagen nicht mehr atmen, wenn ich an all das denke. Ich habe versucht dir zu sagen, wie schlimm es für mich ist, wenn ein Mensch mir romantische Signale sendet, ohne hinter ihnen zu stehen. Ohne sie ernst zu meinen. Mich ernst zu meinen.

Ich dachte, du gehst darauf ein, verstehst meine Bitte, mir irgendein eindeutiges Signal zu geben. Und du hast mich gefragt, kurz nach diesem Monolog, ob du mich umarmen sollst. Vielleicht wünsche ich mir gerade, ich hätte 'Nein' gesagt. Hätte mich nicht in diese

Umarmung ziehen lassen, die mir wieder das Gefühl gegeben hat, du wärst da, du bist mir so nah… Du willst das genauso sehr wie ich.

Du bist in mein Leben gestolpert, als ich gerade aufgeräumt habe. Ich hatte mir kurz davor eingestanden, dass ich noch ein letztes Mal für Gregor kämpfe. Mein Beziehungsleben funktionierte irgendwie, aber zumindest funktionierte es.

Ich hab dich nicht gesucht. Ich war nicht vorbereitet und du hast es mir nun wirklich nicht einfach gemacht dich nicht zu mögen. Ich glaube du kamst perfekt zu dem Zeitpunkt wo ich aufgehört habe Gregor zu brauchen und es nur noch reine Willenskraft war an der Idealisierung festzuhalten. Doch ich war nicht darauf vorbereitet, selbst diesen Willen von heute auf morgen nicht mehr zu haben. Versteh mich nicht falsch, das klingt alles so Gregor-bezogen, dabei bist du der erste Mensch, den ich unabhängig von Gregor sehe, den ich nicht blind gegen Gregor tauschen würde.

Und jetzt zu dem, was ich eigentlich sagen will:

Ich habe diesen Song angefangen zu schreiben, kurz nachdem wir uns das erste Mal gesehen haben.

"Ich find deine Augen wunderschön.
Und ich will bei dir auch gar nicht gehn.
Es ist noch viel zu früh um zu fühln,
doch ich könnt dich ewig ansehn.

Doch hab ich überhaupt die Zeit?
Ich hab so Angst ich komm nicht weit.
Lass ich dich so unberührt stehn.

Da spricht ne Menge gegen mich.
Und ich weiß ich bin für dich
keine gute Entscheidung,
also folgt von dir nur Vermeidung."

Den Refrain hast du schon gehört, der kam dazu, nachdem du bei mir warst.

Ich will nicht, dass jetzt sofort was passiert. Ich will alles ganz langsam angehen lassen. Aber ich brauche diese eine Gewissheit von dir, bevor ich mich auf darauf einlassen möchte, mehr zu fühlen. Ich möchte nur wissen, ob du mich magst. Ob du dir vorstellen kannst, mich mehr als nur zu mögen. Weil ich mir das vorstellen kann. Ich bin bei weitem noch nicht an dem Punkt, aber ich kann mir vorstellen, wie das zwischen uns mehr werden könnte. Und im Moment kann ich mein Herz davon abhalten, von meinem Brustkorb in deinen zu hüpfen, wenn du mich so umarmst, aber es verlangt mir jegliche Kraft ab mir ein ständiges, "er will nichts von mir" vorzubeten. Weil es das ist, was ich in deinem Verhalten lese, was mein Bauchgefühl schreit und was mich so sehr verwirrt, dass ich nicht mehr klar denken kann.

Für mich baut unsere Verbindung nicht auf einem platonischen Grundriss auf und ich glaube, wenn du das anders siehst, möchte ich diese Verbindung nicht weiterführen.

An dir zu scheitern, weil du mir die Chance gegeben hast, aber es nicht funktioniert hat, kann ich mit meinem Selbstwert vereinbaren. An meiner Zuneigung für dich zu zerbrechen, nicht.

Vielleicht ist es viel zu früh, das alles zu sagen, aber du bist der erste Mensch seit Gregor, bei dem ich mich traue, mich zu verschütten, und das macht mir zu große Angst, um das alles nicht auszuformulieren.

Dreimal tief ein- und ausatmen, ihn ansehen, den Kloß runterschlucken und dich auf den Korb vorbereiten.

Ich glaube, ich habe noch gar nicht realisiert, was da überhaupt passiert ist. Ich hab's auch nicht verdrängt, aber das war wieder ein Intensiv von der wirklich intensiven Sorte. Ich weiß nicht, was wir beide zu kompensieren hatten. Na gut, doch ich hatte Alexander zu kompensieren, den Verlust von Franz und Jari, und die Realisation, dass ich mit Alberto gar nicht so glücklich bin. Und du hast meine Hand genommen und mich wie der glücklichste Mensch der Erde angesehen. Wir beide mit einem Kopfhörer ‚Himmelblau' hörend durch Berlin im Frühling laufen.

Ich weiß nicht, was du mit mir gemacht hast, aber du hast mich so angesehen, so auf diese ganz besondere Weise. Da war nie eine Zukunft, vielleicht für die 48 Stunden, in denen wir beide noch nicht wussten, dass du gehst. Du hast mein Herz zum Klopfen gebracht. Nicht wie Alexander. Der hat es in der Zeit zum Brennen gebracht, nein, ich war einfach nur verliebt in dich. So richtig über beide Ohren grinsend, weil du mich geküsst hast. Du warst mein erstes Mal mich sexuell fallen lassen und tatsächlich jede meiner Grenzen einhaltend. Und du hast mich angesehen wie ein sterbendes Otterbaby. Ich war einfach nur glücklich, obwohl ich gar nicht glücklich war, aber du warst wieder eine kleine Unendlichkeit. Wie Gregor, du hast mir nichts getan, es ist nichts passiert, du bist nur gegangen, ich bin gegangen.

Wir wussten, da ist nichts, aber doch so viel, dass du einen Platz neben Gregor hast. Du hast mir ein neues erstes Mal geschenkt, was nicht von Trauma geprägt war, du hast mich vergessen lassen, dass ich überhaupt traumatisiert bin.

Und du hast mich geliebt, wie ich bin. Als erster Mensch überhaupt. Nicht trotz meiner Gender-Identität, nein, gerade weil ich auch gerne männlich bin, weil du das heiß fandest. Danke, das werde ich nicht nochmal zum ersten Mal bekommen. Eigentlich hab ich dich nicht so wertgeschätzt, wie ich es hätte tun sollen. Doch im Nachhinein bin ich so unendlich dankbar, dich nicht nur getroffen zu haben, sondern dich geküsst zu haben. Du hast mir gezeigt, dass ich nicht lieben kann, wenn ich nicht Angst habe, das, was ich liebe, zu verlieren. Das Liebe, Schmerz, Verlustangst und Vermissen sich gesund anfühlen können.

Ich weiß wir hätten nicht funktioniert, ich weiß ich war so verliebt, dass ich das meistens gar nicht gesehen habe. Ich hab dich glücklich gemacht. Du hast mich glücklich gemacht. Du hast meinen Frühling zu einem *Butterfly*-Frühling gemacht. Diesen Tag mit dir auf der Couch und Luca gucken und reden, als hätten wir für immer Zeit. Diese Erinnerung habe ich tief in mir eingeschlossen. Dich kann mir keiner nehmen. Du warst eine komische und gleichzeitig wunderschöne Lektion, die einen großen Teil in mir geheilt hat. Du hast mich Gregor vergessen lassen. Mich hinterfragen lassen, wie viel von ihm überhaupt richtig war.

Und dich glorifiziere ich nicht einmal. Da hat einfach nur irgendwas auf Zeit gefunkt und vielleicht, weil mir dieses "Zeit" egal war, weil du hier warst, weil du für mich einen gar nicht so kleinen Teil Erinnerung in dieser Wohnung bzw. was ich mit dieser Wohnung assoziiere, bist. Ich werde dich nie genug wertgeschätzt haben, weil ich so viel von Alexander geredet habe. Und du bist zu mir gefahren, nachdem ich was mit Alexander hatte, nur um da zu sein, obwohl es dir nicht gut ging. Ich habe nicht einmal geweint, weil du weg bist. Der Schmerz ist kein schlimmer. Du warst genau, was ich brauchte. Ich bereue nichts. Ich habe nichts zu *complainen*. Ich werde mich immer gerne an dich erinnern. Ich war so verliebt, wie ich eigentlich vergessen hatte, dass ich so verliebt sein kann. Wie ich mir verboten habe, verliebt zu sein. Rem ist nicht nur ein Spitzname, Rem ist ein neuer Maßstab. "Hey Nora" ist mein meistgehörter Song 2o24 bzw. ich bin mir sehr sicher, dass er es wird. Und ich verbinde diesen Song bedingungslos mit dir, er passt irgendwie perfekt und irgendwie überhaupt nicht. "Hey Ora".

Du hast Alberto die Meinung gegeigt, du hast mir die Meinung gegeigt. So harte Worte, bei denen ich gut und gerne mal weinen wollte, aber ohne die ich bestimmt jetzt auch nicht hier wäre.

Ach, scheiße, ich glaube du wärst stolz mich so zu erleben. Ein Teil von mir hätte dich gerne so kennengelernt, vielleicht hättest du uns dann eine Chance gegeben. Du bist ein Frühling frischer Wind gewesen. Ich hab mir bei dir nicht verboten zu fühlen und es in jeder Faser zu spüren und ich glaub ich hätte dir gern mehr gezeigt, dass ich dich liebe, aber dann wäre es sicherlich kaputt gegangen. So hat es bzw. du einen unkaputtbaren Platz in meinem Herzen. Auch wenn du mich gar nicht so toll fandest, mein Selbstwert hat es gebraucht, jemanden so toll zu finden. Und *hell*, ich hab dich so sehr vermisst, als du in Schweden warst. Und danach wars ja irgendwie klar, dass es vorbei ist, und ich wusste das auch in mir, aber ich hätte dich gerne geküsst und gewusst, dass es das letzte Mal ist. Aber du warst da, als ich bei Teresia war, du warst nach Alexander da, du hast mir mehr gegeben als nötig war, mehr als ich mit meinem Verhalten dir gegenüber verdient hätte. Ich weiß gar nicht, ob ich danach überhaupt heartbroken war, ob das noch kommt, ob ich zu dankbar dafür bin. Ich bin immer noch *geflasht* von dir.

"Stellst all die Dinge in frage
An die ich eigentlich glaub.
Ich glaub ich muss dir was sagen
Wir sind ein Traum
Aber ich wach lieber auf" (– "Hey Nora")

Tiefste Zuneigung und wenn ich etwas habe, was ich dir geben, etwas tun kann, was dir etwas bringt, lass es mich wissen. Ich bin dir einmal Heilung schuldig, denn du warst mein Gregor 2.0 und witzigerweise fällt mir da ein Batman-Zitat ein, was dieses Glorifizieren von dir und Gregor ganz gut beschreibt: "entweder du stirbst als Held oder du lebst lange genug, um der Bösewicht zu werden."

Du bist gegangen, bevor du mir weh getan hast und jetzt hab ich nichts gravierend Schlechtes über dich. Zwei Monate voller Erinnerungen, die ich in keine Welt missen möchte. Die Erkenntnis, dass ich auch männlich es wert bin geliebt zu werden. Dass Sex und alles, was dazu gehört wunderschön sein kann, und dass Fühlen das Schönste auf der Welt ist. Ich wollte nie fühlen, weil ich immer zu viel gefühlt habe, aber bei dir konnte ich gar nicht genug fühlen. Danke, danke für alles. Und es tut mir leid, dass ich dir nie gezeigt habe, dass du mir genug warst, ich so viel über Alexander geredet habe. Du warst ein kleines Stück Zuhause und ich werd dir das nie zurückgeben können. Du hast mehr gegeben als ich. Danke. Mich hätte die Welt interessiert, in der du mich nicht angestiftet hast, Alexander anzuschreiben. Mich hätte interessiert, wie wir ausgesehen hätten, wenn du ein bisschen weniger kaputt gewesen wärst und ich nicht so schrecklich *vercrusht* in Alexander. Du hast den "Alexander-Liebeskummer" nicht nur erträglich gemacht, ich hab ihn immer wieder vergessen, wenn ich bei dir war. Ich war nur glücklich. Ich bin so dankbar, dass ich dich getroffen habe. Und ich sehe was nicht gut war, du hast mich in manchen Dingen davon abgebracht ich selbst zu sein, in Dingen, in denen ich aber leider sehr gerne Ich selbst bin. Zum Beispiel diese Texte zu schreiben. Du hast mich zu sehr als Klienten behandelt. Und das ist nicht schlimm, ich bin nur stolz, dass ich es sehe. Ich hätte dich gerne jetzt kennengelernt, nicht mehr kaputt und nicht blind für solche Dinge wie uns. Jetzt wo ich dankbar bin und wertschätzend.

Und ich weiß ich muss dich gehen lassen und trotzdem darf ich dich in meinem Herzen behalten. Aber ich muss über dieses Verliebtsein hinwegkommen und auch akzeptieren, dass du nicht zurückkommst, dass wir keine zweite Chance bekommen. Ich glaube das muss ich noch lernen; dankbar sein und trotzdem loslassen. Ich glaube, ich habe Angst, nicht nochmal auch für meine Gender-Identität geliebt zu werden oder überhaupt mich wohlzufühlen als männlich und fühlend. Ich will nicht darauf verzichten, mich vollwertig geliebt zu fühlen und ich habe Angst davor, bei Alexander zurückzustecken und nicht vollwertig glücklich zu werden.

Bei Gregor hab ich geschrieben "Set me free", aber bei dir muss ich erstmal vollwertig mit der Existenz abschließen, bevor ich mit den Konsequenzen in meinem Kopf abschließen kann. Danke für diese kleine Unendlichkeit, in der ich wirklich das Gefühl hatte, wir hätten ewig Zeit, obwohl ich genau wusste, wie limitiert unsere Zeit ist und dass du mich auf einem merkbaren Abstand gehalten hast. Ich habe wirklich ein Nähe-Distanz-Problem.

Like, for real? Tolles Totschlag Argument.

Also ich meine ich gebe mir Mühe. Ich, wie gesagt, esse, eigenständig, ich geh arbeiten, ich krieg mein Leben auf die Reihe, die Wohnung sieht gut aus. Selbst mit schlechten Tagen komm ich klar. Ja, ich war seitdem wir uns kennen dreimal rückfällig. Ich sehe bei jedem Mal warum und dass ich mir früher hätte Hilfe suchen müssen, aber ehrlich gesagt ist beinahe gut, dass das so passiert ist, dadurch habe ich mit meinen anderen destruktiven Verhaltensweisen aufgehört.

Like you could fall for me, ich kann mich von deinem Helfer-Syndrom distanzieren. Ich weiß, dass ich dich nicht brauche, und wir können uns ja trotzdem auf eine nicht toxische Weise nah sein. Ich bin bereit jemanden zu mögen. Ich halte mich zurück, aber ich hab wieder Angst jemanden zu verlieren und weiß trotzdem, dass ich nicht kaputt gehe, nur weil du gehst. Ja, das mit Andreas ist kacke, aber ich hol mir die Hilfe, die ich brauche von professionellen Menschen. Ich verstehe, dass ich was anderes bin als ein Mensch, der keine Diagnosen hat. Aber ich bin menschlich so viel mehr und ich lasse mich immer weniger von all dem beeinflussen. Also das mit dem Lebensabschnitt hab ich irgendwie verstanden irgendwo, auch wenn ich dafür eine andere Philosophie habe, aber mein Zustand? Ich bin genauso belastbar wie andere Menschen und du brauchst wirklich keine Angst haben mich materiell zu verlieren. Ich will leben. Ich werde leben und das wird völlig unabhängig von deinem Handeln so bleiben.

Kannst du mich als Menschen losgelöst von meinen Diagnosen sehen?

Was bräuchtest du dahingehend, um mir vertrauen zu können?

Avoid.-Strategie, wenn du dir einen Menschen suchst, wo du glaubst, dass dein Helfersyndrom nicht getriggert wird. Ich könnte damit sehr viel besser arbeiten, weil ich so schon weiß, wo ich mir Hilfe suchen muss und den Rest recht *solid* abblocke. Wir könnten zusammen wachsen. (Und ich glaube, wir würden gut funktionieren.) Ich meine, was würde sich denn eigentlich ändern, wenn wir auf mehr *committen* würden? Zweimal die Woche sehen? *Exclusive* gehen und das gar nicht mal zwingend? Menschen vom Anderen kennenlernen?

Würdest du dich dadurch eingeengt fühlen und die Zeit weniger genießen?

Ich will doch nur händeringend meine Existenzberechtigung. Mir reicht, wie du mich ansiehst, das ist für mich gleich zu einem "ich bin verliebt in dich, ich find dich toll". Und wenn ich dich küsse...

Ich kann dir mein Herz ausschütten und ich würde mich genau in einem gesunden Maß verletzlich machen, ich bin bereit fürs nicht allein sein. Ich kann dich an mich heranlassen, meine Wände sind hoch genug, ich bin mir selbst wichtig genug. Ich bin genug bei mir, dass du meine Stimmung nicht in Extreme verfallen lässt. Und ich bin stark genug um deine Schwierigkeiten, in dem Maß wie ich es muss, mitzutragen. Ich erkenne Menschen, die mir nicht guttun. Ich achte auf mich und damit würde ich nicht aufhören.

Ich glaube ich bin frustriert, weil ich dir aufzeige, dass du dich auf mich in deinem Leben verlassen kannst. Und ich würde gerne die Garantie haben, dass du noch ne Weile da bist und genau so, aber das ist dann wohl das, was für ne Beziehung fehlt.

"You always get what you need"

Du glaubst, dass es mit uns nur so schön ist und funktioniert, weil du distanziert bist und eigentlich auf jemand besseren wartest, oder?

Siehst du nicht, dass es funktionieren könnte?
Oder willst du es einfach nicht sehen, weil's dann einfacher ist, mich einfach auf Distanz zu halten.

Ich weiß, dass ich mehr will. Nicht weil ich glaube, dass es da draußen keine anderen Menschen gibt und ich glaub auch nicht, dass du am besten zu mir passt, sicherlich besser als andere Menschen, aber ich steh mit beiden Füßen aufm Boden, also ich hab keine utopischen Vorstellungen von dir oder uns. Ich seh, wie wir sind und dass es für mich in Aspekten mehr Beziehung ist, als ich teilweise in Beziehungen hatte. Ich fühle mich wohl. Ich spüre dieses Tanzen, und ich glaube wie gesagt, wir könnten gut aneinander und miteinander wachsen. Unsere Vorbelastungen *matchen* in gewisser Weise.

Ich weiß du willst keine Zeit verschwenden und in deinen Augen steht wahrscheinlich in großen roten Buchstaben auf meiner Stirn "ANSTRENGEND". Und wahrscheinlich wird diese Konversation sowieso nichts bringen und wir sind da, wo wir seit Tag 1 sind.

Ich werde mich nicht von dir abhängig machen, zumindest nicht in einem Maß, dass es mir schadet.

Ich bin in einem guten Zustand. Ich gehe abends ins Bett und freue mich auf den nächsten Tag, komplett für mich. Ich weiß, wo ich mit mir hinwill. Ich schnappe nicht mehr nur nach Luft, ich habe wieder angefangen zu atmen. Ich kann mich zeitweise auf dich konzentrieren und mich so weit abstecken, dass ich, auf Zeit, den Fokus in unserer zwischenmenschlichen Beziehung auf dich legen könnte (von der gleichberechtigten Mitte abweichend).

Ich funktioniere. Ich brauche die Selbstverletzung nicht. Wenn du willst kann ich dir versprechen, es nicht wieder zu tun für die nächsten Jahre. Ich hab mir nach den letzten Malen gesagt, ich sollte es nicht wieder tun, aber ich hatte nicht den gleichen Willen, wie das letzte Mal, als ich aufgehört habe. Du könntest jetzt sagen, versprich's nicht mir, sondern dir selbst. Ich hab mir versprochen zu leben, zu atmen, zu heilen, und ich weiß, dass das einfacher ist, wenn ich mir das nicht verbiete. Aber ich muss es mir nicht einfach machen, wenn du mir dafür vertraust.

Ich glaube, ich habe schon zu viel investiert, um jetzt einfach zu gehen, also kämpfe ich weiter.

Mich auf meinen Zustand zu reduzieren, der nach außen hin wahrscheinlich schlechter wirkt als er ist, ist verständlich, aber lässt mein Herz klirren und ist einfach nicht fair. Dann begründe das lieber wieder in meinem Alter oder meinem Lebensabschnitt. Damit kann ich leben.

In meinem Herzen tue ich das eh schon. Dich lieben, sonst würde ich das nicht durchhalten. Und das ist *pathetic* und du tust es auch. Nicht romantisch. Aber jetzt schon mehr als uns guttut. Alles andere erklärt nicht unsere irrationale Verbissenheit, den anderen im Leben zu halten. Auch wenn es nur eine Momentaufnahme ist, du bist meine

Nummer Eins, und von allem, was ich sehe, bin ich deine, und das will ich halten, ich meine wir sind schon hier.

"You can call me what you like, as long as you call me."

Achtung, *pathetic*:

Alles, was du über mich sagst, selbst wenn du es nicht nett meinst, ist schön zu hören. Nenn mich *basic*, wenn ich eine *Playlist „When The Beat Drops Out"* packe. Beschwer dich über mich. Wenn ich dich küsse, habe ich das Gefühl, meine Lippen gehören genau zu deinen. Wenn sich unsere Hände ineinanderfügen. Jedes bisschen Albernheit. Ich bin so verliebt, in was wir gerade sind und versuche trotzdem zu sehen, dass wir nicht zueinander passen. Gebe mir größte Mühe die Momente, in denen wir uns missverstehen oder es *cringe* ist, auf mich wirken zu lassen, sie stärker zu gewichten als die Schönen. Wär ich doch nur ein kleines Stückchen weniger erbärmlich.

Vielleicht werde ich nie ganz verstehen, wie das überhaupt funktioniert. Kann man jemanden auf Distanz halten, wenn man ihn so nah bei sich hat? Kann sich dieses Gefühl wirklich vier Monate nicht verändern und seh ich dich immer noch gleich an? Fühle ich genug oder zu viel?

Aber wir tanzen mit dem, was wir sagen und tun und ich kann mich nicht mehr daran erinnern, wie man tanzt. Und ich möchte es aber so gerne wieder tun. (Blöde Tanzen-Metapher auch abgehakt).

Und ja *fuck,* ich bin eifersüchtig, wenn du dich mit anderen triffst. Und du bist genau der Partner, den ich mir mit meiner Therapeutin ausgemalt habe. So genau, dass es fast gruselig ist, dass ich dich wirklich getroffen habe. Und ich habe diese Angst, wenn du andere triffst, dass du sie besser findest, *commitest* und ich raus bin. Und ich hab auch noch das Gefühl, dass diese Angst gut und sogar gesund ist. Ich werde mich distanzieren, wenn diese Angst krankhaft bzw. ungesund wird, aber gerade hab ich das Gefühl sie ist berechtigt. Und ich mein jetzt nicht, dass ich eifersüchtig bin, wenn du was mit Ronja hast. Nein ich hab Angst, wenn du Denise siehst, dass unser nächstes Treffen der Abschied ist, weil du was Festes willst. Und vielleicht hab ich auch Angst, dass du dich in sie verliebst und eben nicht so wie ich, dich in zwei Menschen verlieben kannst. Dass du dich nicht in mich verliebst.

Weiß Denise von mir?

Was bräuchtest du, um zu fühlen?

Wie bekomme ich eine Existenzberechtigung, dass ich mich auf dich verlassen kann?

Was bräuchtest du, um mir zu vertrauen?

Ich will, dass du mich willst und ich finds gut zu wollen, das ist menschlich. Vielleicht bin ich doch gerade gesünder als du, was Beziehungen angeht oder du willst mich einfach nicht, vielleicht seh ich zu viel. Ich hab mir meine Resilienz bewiesen. Du kannst mich jetzt auch wollen, ich hab meine Lektionen gelernt, wenns das überhaupt gibt.

Ich will nicht ersetzt werden. Ich will mit dir in meinem Leben rechnen bzw. planen können. Aber das ist dir zu viel *commitment* und zu nah an einer Beziehung?

Das Ding ist. Ich dachte die ganze Zeit Alexander würde das mit uns beenden, weil ich ihm *Idk* nicht genug bin oder *whatever*. Aber jetzt bin ich an dem Punkt, wo ich mir sage, ich bin mir mehr wert als das. Und ich glaube eigentlich will ich nicht mal eine Beziehung, ich würde gerne einfach gehen. Ich mag ihn wirklich gerne und ich würde ihm gerne vertrauen und ich würde gerne die Person sein, der er vertraut. Aber mir tut sein Bindungs-Ding nicht gut und ich hatte ja eigentlich meine Grenze gesteckt mit, wenn ich mir seinetwegen physisch weh tue, dann *cutte* ich den Kontakt, nur bin ich mir jetzt irgendwie mehr wert als das. Und jeder Abend mit Denise und jedes bisschen nicht wissen tut mir weh…Ich hatte ja in meinem Text geschrieben, ich hab zu viel investiert, um jetzt einfach aufzugeben, aber eigentlich hab ich zu viel investiert, um jetzt weiter zu investieren. Ich will auf mich achten, ich will glücklich sein und gerade ist er destruktiv für mich.

Und ich hab ihn so wahnsinnig gerne, aber ich hab mich halt lieber. Ich will mich nicht noch weiter für ihn verbiegen und am Ende brechen. Also würde ich gerne gehen und ich glaube ich will, dass er mich einfach gehen lässt und sich jetzt nicht für "ah, ne doch eine Beziehung" entscheidet... Weil ich so erwachsen und offen kommuniziert hab die ganze Zeit, hab ihm Raum gegeben, bin auf ihn eingegangen. Es liegt nicht an mir, es liegt an ihm und ihn kann ich nicht verändern, also geh ich. Und ich hab das Gefühl, dass er gerade anfängt über mich nachzudenken und mit Menschen über mich reden will, um herauszufinden, was er will. Ich will ihm nicht weh tun, deswegen hab ich das Gefühl, Ich sollte ihm das alles jetzt sagen, bevor er feststellt, dass er mich will. Er soll gar nicht feststellen, dass er mich will... Es tut mir so sehr leid. Ich will nicht der vierte Mensch in Folge sein, der ihm weh tut. Ich will ihm doch einfach nicht weh tun. Aber ich verschwende an ihm meine Zeit und Kraft. Und das tut mir so sehr leid, er hat irgendwen verdient, der wartet, aber ich bin das nicht.

Er nimmt sich diesen ganzen großen Beziehungspart und ich weiß er gibt auch, aber er nimmt sich auch die Freiheit, dass es eben keine

Beziehung ist, und das tut mir weh. Und es stumpft mich ab, sodass ich ihn weniger will und mir auch weniger erlaube, ihn zu wollen, weil ich mir vorpredige, er will das alles nicht. Aber es ist zu viel, was er sich nimmt und wie es ist und es ist abwertend zu sagen, er will mich nicht. Denn er will mich und vielleicht treffen wir uns ja irgendwann wieder. Aber gerade hab ich meinen *Shit* zusammen und mir geht's gut und ich bin glücklich und er eben nicht so ganz. Was ja okay ist, aber ich will nicht mit ihm versumpfen in etwas, was sich mal ganz simpel nicht auf Augenhöhe anfühlt, weil er andere Menschen will und ich eben nicht. Was ist das für ne beschissene Lektion? Dass Erwachsene genauso sind wie Jugendliche, nur dass sie denken sie wären reifer. Und ich liege hier und heule, weil ich mich schuldig fühle einem Menschen weh zu tun, der gerade das erste Mal wieder anfängt zu vertrauen.

Und was ich noch hinzufügen wollte, ich will dich nicht weil's da draußen niemand anderen gibt, oder weil ich nur deine positiven Seiten kenne, oder das hin und her mag.. Ich will dich, weil ich dich als Gesamtpaket mag und liebe. Weil da irgendwas ist und das hat mit dir als Menschen zu tun. Also werte dich nicht damit ab, dass du dies und das nicht kannst, oder es jemand besser könnte. Noch bin ich hier. Noch wäre ich bereit dich zu lieben, wenn du es zulässt, dass man dich liebt. Du bist es wert, du hast es verdient, geliebt zu werden, weil du ein wunderbarer und schöner Mensch bist. Weil ich mir sehr sicher bin, dass du das Herz am rechten Fleck hast. Und meinetwegen hast du in Beziehungen Scheiße gebaut. Das haben wir alle und ja, vielleicht hast du Franzi gegenüber, unverzeihliche Dinge getan, aber sie auch dir gegenüber, ich weiß nicht, wie sehr du das akzeptierst. Wie sehr du deinen Schmerz akzeptierst. Aber ich akzeptiere ihn. Ich akzeptiere dich und ich finde dich als Menschen trotzdem, nein ehrlich gesagt auch ein bisschen genau deswegen wunderschön. Ich finde dich keineswegs langweilig und nein, ich finde nicht nur deinen Schmerz interessant, ich versuche alles interessant zu finden, was du mir erzählst. Ich will dir vertrauen, und das bedeutet zumindest von mir aus schon sehr viel. Ich will mich auf dich verlassen, ich will meine Beziehungsmuster brechen. Und glaub mir, das hatte ich eigentlich erstmal nicht vor, mich so nackt zu machen, mich auf jemanden einzulassen.

Farina, Fangio, Ascari, alle Namen, die du sehr wahrscheinlich noch nie gehört hast. Auch wenn wir zu Lauda, Hunt, Scheckter gehen. Vielleicht hast du schon mal von Häkkinen, Villeneuve oder Alonso gehört. Ich bin mir sicher der Name Michael Schumacher sagt dir etwas und wenn du dich in Corona mit der Formel 1 beschäftigt hast, kennst du sicher Hamilton und Verstappen, wahrscheinlich auch 'the Iceman' Kimi Räikkönen und Sebastian Vettel.

Jetzt kennst du sogar, wenn du noch nie etwas von der Formel 1 gehört hast, die wichtigsten Namen. Und warum nun gut 70 Jahre zurückgehen? Naja, heutzutage dominieren einzelne Teams über Jahre hinweg, es wird auf langweiligen Strecken gefahren, in Ländern, die lediglich das meiste Geld haben. Geld spielt auch bei den Fahrern eine wichtige Rolle, haben deine Eltern genug Kohle, um ein Formel 1 Team zu sponsern, kannst du in der Formel 1 fahren, aber wirklich talentierte Fahrer bekommen teilweise keinen Startplatz in ihrer gesamten Karriere.

Also beginnen wir unsere kleine Zeitreise: 1950 startet die Automobil-Weltmeisterschaft. Sowohl Vor- als auch Nachkriegsfahrer gehen für Alfa Romeo, Maserati oder Talbot an den Start. Jeder 10. wird es nicht überleben. Zu diesem Zeitpunkt ist der Motorsport schon über 50 Jahre alt. Strecken wie Monaco, Monza und der Nürburgring sind gebaut, das Qualifying erfunden. Indy 500 wurde schon 3-mal von Europäern gewonnen und doch ist diese neue Weltmeisterschaft etwas Besonderes. Sie wird mit Helden und Tragödien in die Geschichte des Motorsportes eingehen.

1950 dominieren die Alfa Romeos, Farina wird 1. Automobilweltmeister. Es ist auch das Jahr, in dem die wohl berühmteste Automarke erstmals konkurrenzfähig auftritt. Enzo Ferrari geht mit seinen roten Boliden, gesteuert von Alberto Ascari und Luigi Villoresi, an den Start. 1951 und 1954-1957 stehen ganz unter dem Stern des großen Juan Manuel Fangio, er wird bis 2002 die einzige Person mit 5 Weltmeistertiteln sein, beinahe jedes zweite Rennen, wo er an den Start geht, gewinnt er, eine unglaubliche Quote. Sein Name wird oft fallen, wenn es um den größten Formel 1 Fahrer aller Zeiten geht. Rennlegenden wie Stewart, Senna oder Schumacher nennen ihn.

In den 60ern Jahren baut der Australier Jack Brabham seinen eigenen Brabham-Repco und gewinnt in seinem Wagen die Weltmeisterschaft. Ein einsamer Erfolg, doch zwei weitere Fahrer gewinnen einen Grand Prix in ihrem eigenen Auto, einer von ihnen Bruce McLaren. McLaren, auch eine Marke, die mit Luxuswagen an Bekanntheit gewinnt. Der Namensgeber verunglückt 1970, im selben Jahr wie Jochen Rindt, dieser stirbt und erfährt niemals, wie sein Traum im goldenen Lotus in Erfüllung geht. Er wird der einzige posthum Weltmeister. Sein Teamchef Colin Chapman, auch ein genialer Ingenieur, konstruiert leichte, schnelle und innovative, aber auch gefährliche Boliden. 6 Fahrer lassen ihr Leben in einem Lotus und Chapman stirbt 1982, kurz bevor das Lotus F1 Team zugrunde geht.

Doch bleiben wir in den 70ern, die geprägt sind von Flower-Power, verschiedensten Typen von Rennfahrern und immer besseren Sicherheitsstandards. Lichtgestalten wie Francois Cevert betreten die Bühne der Königsklasse und verschwinden ebenso schnell. Der Klavierspielende Francois mit seinen leuchtend blauen Augen verunglückt ausgerechnet vor dem Rennen, in dem sein Mentor und dreimaliger Champion Jackie Stewart ihm die Nummer 1 im Team geben will. Mit ihm geht auch die kurze, aber glorreiche Zeit von Tyrrell zu Ende, Fahrer wie Scheckter, Depailler oder Pironi bringen die blauen von 'elf' gesponserten Wagen zwar noch aufs Treppchen, aber der ganz große Wurf bleibt ihnen von da an verwehrt, auch als 1977 plötzlich ein Tyrrell mit 6 Reifen auf der Pole Position steht, reicht es nur zu einem einmaligen Sieg und die Idee wird nicht weiterverfolgt, doch sie bleibt unvergessen. Gehen wir noch einmal zurück in das Jahr 1974, in dem Niki Lauda zu Ferrari kommt, er krempelt das Team und die gesamte Formel 1 mit seiner Disziplin um. Sein erbitterter Kampf mit James Hunt 1976 ist sogar das Thema des Hollywood-Films "Rush". In eben dieser Saison lässt Lauda, zu dem Zeitpunkt einmaliger Champion, fast sein Leben auf dem legendären Nürburgring. Trotz starker Verbrennungen im Gesicht und in der Lunge, sitzt er nur drei Rennen später beim Heim Grand Prix von Ferrari in Monza wieder im Auto und beendet das Rennen sogar vor dem von Ferrari engagierten Ersatzfahrer Carlos Reutemann. Die Verbindung Lauda-Ferrari scheitert um nur einen Punkt am WM-Titel 76, doch gewinnt 77 die Meisterschaft und dann Trennen sich die Wege, Lauda fährt noch eine Saison für Brabham und setzt sich 1979 vorerst zur Ruhe, ihn reizt die Formel 1 nicht mehr. Und so wird 78 bei Ferrari ein Platz frei, ihn bekommt der Kanadier Gilles Villeneuve. Sein Fahrstil extravagant, quer und vor allem schnell! Enzo Ferrari liebt den gerade einmal 1.68 m großen Helden, nennt ihn seinen „kleinen Prinzen". Dennoch ist er im Team bis 1981 nicht die Nummer 1 und als 1979 die Roten Wagen die Saison dominierten, gewinnt der Südafrikaner Jody Scheckter. Villeneuve wird Zweiter.

1980, die erste Saison, die nun offiziell die Formel 1 Weltmeisterschaft heißt, sind die Ferraris nicht konkurrenzfähig. Alan Jones gewinnt die erste Weltmeisterschaft für Williams, das Trio der drei ältesten noch aktiven Teams, ist gebildet. Insgesamt werden mehr als die Hälfte aller Siege auf das Konto einer dieser drei Teams gehen. Aber zurück nach 1981, denn mit dem 126 CK (Ferrari) hat Villeneuve nun das Werkzeug um Weltmeister zu werden, doch ein neuer Teamkollege macht ihm das Leben schwer, Didier Pironi einer von 7 Franzosen auf dem Feld ist macht ihm nun Konkurrenz im eigenen Team. 1981 gewinnt jedoch ein ganz anderer. Der Brasilianer Nelson Piquet nutzt die Inkonstanz der Ferraris.

Und dann folgt 1982, die Saison mit den meisten unterschiedlichen Siegern, 11 an der Zahl. Niki Lauda ist wieder da und noch vor dem ersten Rennen in Kyalami streiken die Fahrer. Eine Nacht schließen sich alle zusammen in einem Hotelzimmer ein und protestieren gegen die neue Superlizenz. Sie macht die Fahrer zum Eigentum der Teamchefs. Auf Druck der Fahrer ändern die Verantwortlichen die Verträge. Dieser Start leitet eine turbulente Saison ein. Die Renault scheinen schnell zu sein, die Ferraris sind endlich stark, auch Williams ist mit seinem neuen Fahrer Keke Rosberg konkurrenzfähig. Die aufgeladene Situation bei Ferrari eskaliert in Imola. Pironi schnappt Villeneuve in der vorletzten Runde den Sieg weg. Gegen die Teamorder.

Dieser Umstand zwingt Villeneuve im Qualifying in Zolder zu einer riskanten Runde, aus der er nie zurückkommen wird. Er kollidiert mit Jochen Mass und stirbt am 8. Mai im Krankenhaus. Wenig später wird die Strecke in Kanada nach ihm benannt und sein Sohn Jacques schenkt dem Namen Villeneuve 15 Jahre später doch noch eine Weltmeisterschaft, doch sein Traum bleibt unerfüllt. Die Saison geht weiter. Pironi setzt sich an die Spitze der Wertung, aber beim Grand Prix von Kanada auf dem neu benannten Circuit Gilles Villeneuve nimmt das Unglück seinen Lauf. Der junge Italiener Riccardo Paletti fährt beim Start in das Heck von Pironi. Paletti stirbt noch vor Ort. In Hockenheim, erneut im Qualifying, crasht Pironi mit Alain Prost, dem späteren ersten französischen Weltmeister. Pironi bricht sich beide Beine und wird nie wieder ein Rennen bestreiten. Und der Titel? Der geht an Keke Rosberg, der gerade einmal einen Sieg in dieser Saison zählen kann. Ein umstrittener Titel. Vielleicht die packendste Saison jemals.

Die 80er sind definitiv eine spannende Epoche. Lauda holt seinen dritten Titel, Piquet und Prost gewinnen jeweils drei. Und dann erscheint schon Ayrton Senna. Natürlich merkt man schon in seiner Debütsaison, dass dieser Mann mehr einem Halbgott am Steuer gleicht als einem normalen Fahrer. Im unterlegenen Toleman fährt er im strömenden Regen in Monaco Alain Prost um die Ohren. Man lässt das Rennen vor Schluss abbrechen. Die Frage, ob Senna dieses Rennen gewonnen hätte, bleibt unbeantwortet. Doch er wird gewinnen. 41 Grand Prix an der Zahl, 10 weniger als Prost, sein Erzrivale und als die beiden 88, 89 auch noch im gleichen Team fahren, gibt es mehr als einmal gefährliche Manöver. Die Saison 89 endet für beide mit einem Crash, doch Senna versucht weiterzufahren, nimmt den Notausgang und wird disqualifiziert. Prost gewinnt und wechselt zu Ferrari, die Rivalität geht weiter bis Prost 91 bei Ferrari rausgeschmissen wird und 92 Pause macht. Williams ist jetzt das stärkste Team mit Mansell, der 92 fast jedes Rennen auf dem Podium beendet. Und Prost geht nach seiner Pause zu Williams, ist Senna überlegen. Prost gewinnt 93 seinen 4. und letzten Titel, er setzt sich nun endgültig zur Ruhe. Senna verlässt McLaren nach sechs Jahren. 94 tritt er für

Williams an. Doch ausgerechnet zu dieser Saison gibt es neue Regelungen und Senna klagt über das Auto, fällt in den ersten zwei Rennen aus, auch in Brasilien, seinem Heim Grand Prix. Der junge Michael Schumacher in seinem Benetton ist einfach stärker. Und wieder ist es Imola, im Qualifying verunglückt der Österreicher Roland Ratzenberger, aber Senna bringt den Williams endlich auf Position 1. Am Sonntag gelingt der Start, doch er kann sich kaum vor Schumacher halten. In der Tamburello-Kurve kommt es zur Katastrophe. Der Williams kommt von der Strecke ab, torpediert die Wand. Die Lichtgestalt Senna, tot. Brasilien ruft eine dreitägige Staatstrauer aus.

Die Formel 1 steckt in einer Krise, seit 1986 ist mit Elio De Angelis kein Fahrer mehr gestorben und jetzt gleich zwei an einem Wochenende. Die Saison wird nicht abgebrochen, im letzten Rennen gewinnt Schumacher vor Damon Hill den Titel. Danach ist die Formel 1 nicht mehr dieselbe, dabei liegt es nicht einmal am Fehlen von spannenden Saisons, so sind 2005, 2010 und auch 2021 fesselnde Saisons, die Fahrer haben Charakter und auch die futuristischen Boliden haben ihren ganz eigenen Charme.

Aber es ist eben etwas Neues mit dieser Kommerzialisierung des Sports. Definitiv sicherer, auch wenn 2014 auf tragische Weise der Franzose Jules Bianchi ums Leben kommt, doch endlich lernen die Verantwortlichen daraus und retten mit dem 'Halo' Roman Grosjean 2020 und Zhou Guanyu 2022 das Leben. Und trotz des immer stärkeren Verlusts von Gefahr bleibt der Sport attraktiv, 'weil jederzeit alles Mögliche passieren kann, vielleicht', wie mein bester Freund es beschreibt. Also gucke ich jedes Rennen in der Hoffnung etwas Krasses passiert und wenn mich das nicht befriedigt, sehe ich mir Rennen aus den 70ern und 80ern an, die trotz der Gewissheit wie es ausgeht, unfassbar spannend sind." SchüliZeitung des Ass Gymnasium (MaLu)

Viele meiner Notizen enthalten am Ende Songs, welche ich während des Schreibens gehört habe. Eine seltsame Angewohnheit, die denke ich noch nie jemand wertgeschätzt hat. Obwohl mein Musikgeschmack des Öfteren Achtung bekommt. Playlists zu jedem Thema, akribisch ausgewählte Songs, meistens verbunden mit ihrem Inhalt. Jede Person, die mir etwas bedeutet, bekommt eine Playlist mit Songs, die ich mit dieser Person verbinde. Bis jetzt haben nur drei Personen zwei Playlists bekommen und alle Drei haben einen großen Anteil an meiner Vergangenheit. Fabian hat auch Anteil an meiner Gegenwart und wahrscheinlich Zukunft. Nur du hast drei. Eine beschreibt das bevor-Du mit traurigen Liedern, die ich dir zeigen wollte, dass sie mir etwas bedeuten. Eine Playlist beschreibt das während-Du (Anhang 1) und eine Playlist begleitet mich jetzt im nach-Du (Anhang 1a) (verzeih mir den grammatikalischen Fehler). Obwohl ich eigentlich gerne noch beim während-Du wäre. Vielleicht werde ich dort wieder sein, ich weiß es nicht. Ich hab dich weggestoßen von mir, als du mir zu nah gekommen bist, und alle Menschen um mich herum sagen, es sei das Richtige gewesen. Ja, auf professioneller Ebene bin ich auch erschreckt, wie weit das letztendlich gegangen ist und es ist auch richtig, nun keinen Kontakt mehr zu pflegen.

Aber auf persönlicher Ebene fehlst du mir und ich darf nicht wissen, als was du mir fehlst, denn, und das ist mir während-Du gar nicht so aufgefallen und wenn, dann lediglich als wohlig warmes Gefühl. Du hast mich auf eine Weise liebevoll behandelt, wie ich es noch nie zuvor erlebt habe. Und es fehlen mir die kleinen Aufmerksamkeiten wie z. B. das Arbeitsblatt oder die Entstehung von Genton, sowie unsere kleinen *Insider* im Chat. Alles in allem bin ich so einsam, wie ich es nicht kannte. Ich hab zahlreiche Kontakte, ich tue alles um möglichst gut, nein besser, weiterzumachen. Doch meine Kommunikation in der Welt besteht zu 70 % aus einem ausdruckslosen, hinnehmenden "Mh".

Menschen sagen mir, es wird besser, wenn ich aufhöre, darüber nachzudenken, aber wie, wenn mich ständig Dinge in der Welt an dich

erinnern. Ich hab's versucht. Ich hab's wirklich versucht, mich abzulenken, weiterzumachen, zu vergessen. Doch jede Ablenkung ist am
Ende lediglich ein schlechtes Pflaster, wo eigentlich eine Naht von
Nöten ist, die mir aber verwehrt bleibt. Wir haben seit Wochen nicht
miteinander geredet und ich hab mich so oft dabei erwischt, wie ich
verschiedenste Nachrichten getippt habe, obwohl ich wusste, niemand
außer mir würde sie lesen. Ich wollte sie nicht mal abschicken, einfach
nur die Hoffnung, du würdest mich tippen sehen. Mich nicht vergessen.

Weil sich noch nie etwas in meinem Leben so laufend angefühlt
hat, was andere als abgeschlossen handeln. In der ganzen Zeit, wo die
Gespräche geführt wurden, hab ich versucht kühl zu wirken. Kühl und
distanziert, um nicht von meinen eigentlichen Schmerzen geleitet zu
werden. Denn es war ab dem Punkt vorbei, wo du zu Herrn Laud gegangen bist. Da hatte ich verloren. Und in der ganzen Zeit haben mir
Menschen Komplimente gemacht, wie gut ich die Situation händeln
würde. Doch in mir hab ich alles falsch gemacht.

Ich fühle lieber Schmerz, aber zusätzlich Liebe, als einfach gar
nichts zu fühlen. Außer immer mal wieder eine saftige Portion
Schmerz, weil ich diese Liebe vermisse und ganz ehrlich auch dich
als Person.

Nebenbei hab ich extrem große Angst, dass all das, was ich fühle
zu viel, falsch, ist. Dass ich die einzige Person bin, der das so viel
bedeutet hat. So viel bedeutet. Ja und bedeuten wird.

Während die Menschen um mich behaupten du seist trottelig, emotional nicht allzu schlau oder du würdest viel verdrängen, bin ich der
Auffassung, nach all dem, was ich glaube von dir kennengelernt zu
haben, dass du ziemlich genau Bescheid weißt, was da abging und was
auch abgeht, sowohl allgemein als auch in dir... und vielleicht auch
in mir.

Alles, was ich wollen könnte, werde ich bis in mindestens einem
Jahr nicht bekommen. Vielleicht nie. Doch nicht einmal das darf ich
wissen. Ich weiß, ich hab dir mit Frau Berger echt Schwierigkeiten
gemacht, aber das tut mir leid. Bitte glaub mir. Ich dachte irgendwie,
um so ehrlicher ich bin, umso eher bekomm ich 'uns' in einem Jahr

zurück. Ja, ich fand so manche Sachen echt kacke bzw. manche Sachen haben mir enorm weh getan und ein paar wenige davon durfte ich auch erläutern bei unserem letzten Gespräch. Es fehlt dennoch Aufarbeitung von meiner Seite.

~26.08.2022

Anhang 1

Kupfer & Tellur

Cinema (Acoustic) - Gary Go (30.03.2022 hinzugefügt und in Dauerschleife gehört, also an dem zweiten Tag wo wir so richtig geschrieben hatten.)

To Zanarkand ~ Final Fantasy X ~ Piano Collections (02.04.2022 hinzugefügt, weil du gesagt hast du konntest das spielen)

I Am the Antichrist to You - Kishi Bashi (30.03.2022 hinzugefügt, gehörte noch zu den vier Anfangs Songs, die ich in der Zeit viel gehört habe)

Say You Will - Kygo (30.03.2022 hinzugefügt, auch eines der vier Anfangslieder. Aber das hat mir rein vom melodiösen enorm 'unseren' Vibe gegeben, kann ich nicht wirklich erklären)

Sofia - Alvaro Soler (30.03.2022 hinzugefügt, das letzte der vier Anfangslieder, rein banaler Herkunft)

Fall In Love With A Girl - Cavetown (02.04.2022 hinzugefügt, den Song hab ich kurz davor kennengelernt und hat mir diesen leichten, sanften Vibe gegeben, weil du am Anfang per se erstmal vieles leichter gemacht hast in meinem Leben)

Heat Waves (Slowed) - Glass Animals (08.04.2022 hinzugefügt, da hat mich der Gedanke an die Absurdität der Situation zum ersten Mal gefickt. Ist aber im folgenden Song deutlich besser zu erkennen. Der Song hat an Bedeutung gewonnen, als ich ihn voller Lautstärke im Auto bei 180 km/h auf einer Landstraße ein paar Wochen später gehört habe, während wir geschrieben haben)

I'll Be Good - Jaymes Young (08.04.2022 hinzugefügt, wie oben erklärt)

Golden - Harry Styles (19.04.2022 hinzugefügt, *basically*.. genauso '*golden*' hab ich mich teilweise deinetwegen gefühlt)

Electric Love - BORNS (24.04.2022 hinzugefügt, dein Song + am ersten Schultag nach den Osterferien hatte ich den Song auf den Ohren, nachdem wir uns zum ersten Mal nach dem gesamten Schreiben gesehen hatten, und das war mit Abstand das beste Gefühl, was ich seit langem hatte)

We Didn't Start The Fire - Billy Joel (01.05.2022 hinzugefügt, weil du mir zur Aufheiterung deine *favorite* Playlist mit deinen *favorite* Songs geschickt hast.. ich fand das Lied sehr *nice* und hab dann DANACH erfahren, dass es einer deiner drei Lieblingssongs ist)

Outside - Calvin Harris (08.05.2022 hinzugefügt, da hab ich irgendwie in Erinnerungen geschwelgt und diesen Song gehört, auf Dauerschleife gestellt und mit dir geschrieben)

Make You Mine - PUBLIC (11.05.2022 hinzugefügt, k. A. ich denke ich war verliebt, ähnlich gutes Gefühl wie Electric Love)

Kill the Director - The Wombats (17.05.2022 hinzugefügt, auch beschreibend für die, ich sag mal Schmetterlings-Gefühle und stand sogar auf meinem Hefter ganz simpel " *I've met someone that makes me feel seasick*")

After Dark - Mr. Kitty (20.05.2022 hinzugefügt, hab ich dir auch geschickt und dazu hab ich ziemlich lange geheult, weil es anfing, dass ich zu verwirrt von unserer Situation war und es mir richtig schlecht ging)

Formula - Labrinth (22.05.2022 hinzugefügt, fandest du sehr nervig, aber ja der Schmerz wird abgefuckter so wie der Soundtrack, der mich begleitet, hab ich auch lange zu geheult)

High Hopes - Kodaline (25.05.2022 hinzugefügt, hab ich dir ebenfalls geschickt, weil es mir nur noch scheiße ging und ich irgendwie mehr Kontakt wollte, aber irgendwie auch nicht und alles irgendwie seltsam war)

Clay Pigeons - Michael Cera (01.06.2022 hinzugefügt, hat mich an dem Tag begleitet, wo alles zu Ende war. Zu dem Song hab ich sehr lange geweint. Das war das Erste, was ich gehört habe, nachdem ich mich mehrere Stunden vor Schmerzen nicht bewegen konnte)

In der Playlist fehlen:

Pacify Her - Melanie Martinez (02.05.2022 hinzugefügt Lieblingssongs, irgendwie selbsterklärend... und ja, ich schäme mich dafür. Insbesondere der Refrain entsprach irgendwie mehr oder weniger meiner Weltanschauung. Weil du mir irgendwie nie ein gutes Bild vermittelt hast)

Eventually - Tame Impala (04.05.2022 hinzugefügt Lieblingssongs, Text, der auch irgendwie beschreibt, dass alles einfacher wäre, hätten wir uns nicht kennengelernt)

Whataya Want from Me - Adam Lambert (27.05.2022 hinzugefügt Lieblingssongs, als ich mir die Frage stellte 'Was willst du eigentlich von mir?')

Junge - Die Ärzte (Wir beide mochten den Song und auf dem Ärzte Konzert hat der Song mich so krass an uns erinnert)

Nachtrag: Es gibt eine vierte Playlist fürs Gläsern, aber mit doppelter Funktion auch für generell nächtliche Spaziergänge.

Anhang 1a
Drowzee
The Boxer - Simon & Garfunkel
Holy Ground - BANNERS
OK - Robin Schulz feat. James Blunt
We Sink - Of Monsters And Men
Car's Outside - James Arthur
Au Volant - Elsa & Emilie
All I Want - Kodaline
Love In The Dark - Adele
Silence - Marshmello, Khalid
Don't give up on me - Andy Grammer
Unforgettable - Robin Schulz
THE LONELIEST - Måneskin
The Garden - Woodlock

Normale Notizen:

07.04.2022 07:19 - Ich duze ihn

Can anyone spoil me about this Story?

07.04.2022

(Du gibst mir den Vibe von:)

Auf einer Wiese liegen im Sommer und reden mit leiser Musik im Hintergrund.

12.04.2022

Wenn ich eine Sache rückgängig machen könnte in meinem Leben, dann wäre es alles, was mit dir jetzt und was noch passieren wird. Ich kann noch nicht einschätzen, was das alles ist oder sein wird. Ich will es auch gar nicht wissen.

27.04.2022

"Mir ist tatsächlich noch ne Glasfrage bzw. zwei eingefallen, die du glaube ich von mir weißt, aber ich nicht von dir, aber die sehr privat ist bzw. sind.. Soll ich die erstmal auf meine Liste trotzdem schreiben und warten oder jetzt als nicht Glasfrage stellen (dann musst du sie nicht beantworten)?"

(Hab die Frage nie gestellt.. Sie ging um Sex bzw. auch den ersten Kuss)

05.05.2022

Ich würde jedem Menschen verbieten mich Bernie zu nennen, aber dich würde ich bitten es zu tun.

06.05.2022

Glasfragen

- !!! Was war das einprägsamste Kompliment, was du bekommen hast?

- Für welches Ereignis deines Lebens bist du am dankbarsten?

- !!! Was war der größte Mist, den du bis jetzt gebaut hast?

- !!! Wenn du einen Tag aus deinem Leben wiederholen könntest, welcher wäre das und warum?

- Welchen Traum wirst du dir, deiner Meinung nach, nie erfüllen?

- (Was hat dich zuletzt emotional sehr berührt?)

- !!! Wenn du deinem jüngeren Ich sagen wir mal mit 16 einen Rat geben könntest, was würdest du sagen?

- !!! Würdest du deine schönste Erinnerung hergeben, damit du deine Schlimmste auslöschen kannst?

- !!! Wenn du z. B. Bundeskanzler wirst, musst du auf ein Buch schwören und eben einen Schwur sagen: welches Buch und welcher Satz?

- !!! Bist du glücklich?

- Wann wurdest du das letzte Mal getröstet oder hast geweint?

11.05.2022

Bitte nicht aber

Koi no yokan

14.05.2022

(Das AB)

15.05.2022

Dein fav. GoT Charakter ist...

Tyrion?

18.05.2022

I've met someone who makes me feel seasick

22.05.2022

in this world it's just us

- Harry Styles

(as it was)

23.05.2022

Beautiful - Kygo

(mit der Intention zu fragen ob du mich "*beautiful*" findest -> du hast gesagt ja)

23.05.2022

Finale Glasfragen

- du magst meine Augen? (Du hast angedeutet ja)

- Von 1 - 10 Wie happy bist du in deiner Beziehung?

- wo befinde ich mich auf der *hot-crazy*-Skala

- Wenn wir 24 h hätten und ich nicht nein sagen dürfte, was würden wir machen?

25.05.2022

Irgendwas *Idk* Backup oder so

Vielleicht zu dem, was mir durch den Kopf geht.

- Rein rational ist es extrem gut, dass es in diesem Rahmen war.. Glaube ich zumindest.

-> Emotional triggert mich dieses unterschwellige Zeitfenster. Zu wissen, dass es irgendwo diesen Zeitdruck gibt.

=> ich habe irgendwo gehofft, dass eben bei dieser Glasrunde der Zeitdruck wegfällt. Weil er mich ein Stück weit mich beim vollen Entfalten meiner Gedankengänge behindert?

28.05.2022

Künstler

Van Gogh zu sagen ist einfach. Er hat eine unfassbar einzigartige Art, die Welt und ihren Schmerz darzustellen. Seinen Schmerz so nachvollziehbar mit Farben auf ewig am Leben zu halten.

Mich beeindruckt Klimt mit seiner Art, das Gold zu bändigen.

Paul Klee und sein blaues Pferd haben mich, als ich jünger war, irgendwie darin bestärkt, es ist ok ein blaues Pferd zu sein, auch wenn die meisten Pferde braun sind.

Ich hatte Jahre lang ein Kandinsky Bild an meiner Wand hängen und Dali in den vatikanischen Museen, war wohl das Krasseste, was ich so gesehen habe.

Aber meine Antwort ist der junge Monet.

31.05.2022

Glasfrage 2.0

- ! Wer ist dein Lieblingskünstler?

- ! Das beste Geschenk, was du bekommen hast?

- ! Das beste Geschenk, was du verschenkt hast?

- ! Für welches Ereignis deines Lebens bist du am dankbarsten?

- ! Was hat dich zuletzt emotional sehr berührt?

- ! Wo hattest du deinen ersten Kuss?

- ! Wann hattest du dein erstes Mal?

- ! Welche 3 Dinge sind dir aktuell am wichtigsten im Leben?

- ! Was denkst du, ist der Schlüssel, um glücklich zu sein?

- ! (Wann hast du das letzte Mal in der Gegenwart einer anderen Person geweint?)

- ! Wie sieht ein perfektes Weihnachten für dich aus?

- ! Wie denkst du, sieht dein Leben in zehn Jahren aus?

- ! Was würde mich an dir überraschen?

- ! Über welches Kompliment in deinem Leben hast du dich am meisten gefreut?

- ! Welche persönliche Frage würdest du mir gerne stellen?

- Was haben deine Eltern richtig und was falsch gemacht?

- Welche Eigenschaft an Menschen stört dich am meisten?

- Ist es dir wichtiger, dass dein Kind klug oder nett ist?

- Wann hattest du das letzte Mal das Gefühl, gleich werde etwas Wundervolles geschehen?

- Glaubst du, deine Eltern haben sich ihre Träume erfüllt?

- Wie findest du ein Gefühl des inneren Friedens?

- Welche Abenteuer möchtest du erleben, bevor du stirbst?

- Wenn du in jeder beliebigen Sportart ein Superstar sein könntest, welche Sportart und warum?

- Was findest du derzeit am Leben spannend?

- Würdest du sagen, du bist ein eifersüchtiger Mensch?

- Wie bemerkst du, dass du verliebt bist?

- Was wünscht du dir, was genau in diesem Moment dir jemand sagen soll?

31.05.2022

Alles, was ich wissen will, ist, was du dir denkst, wenn du mich mit diesem ganz bestimmten Blick ansiehst.

Ich hab Angst davor. Was ist, wenn niemand mich so fühlen lässt wie du.

01.06.2022

Hab ich am 31.5. Kennengelernt und hilft mir irgendwie bei der ganzen Situation keine Ahnung

(Clay Pigeons)

02.06.2022

Hab Love Death & Robots die neue Staffel gesehen. War extrem *nice to be honest.*

02.06.2022

Wenn ich es nicht wünschte, es besser zu wissen, würde ich sagen, Sie lieben mich.

02.06.2022

Dein 'später' *including*

- [ ] Schon mal gekifft?

- [x] Was auch immer du scheiße fandest, am 15.05.2022 mit Fabian

- [x] Songanalyse

- [ ] Worten unterschiedliche Bedeutungen und Schwere zuzuschreiben.

- [x] Naschwaps definieren

- [x] hängt von der Definition der Liebe ab. Ich war tatsächlich kurzzeitig in einer solchen Situation und habe mich für zweitere entschieden. möchte aber behaupten, das hat nichts mit besagtem Zitat zu tun

- [ ] Parallelen zu anderen Menschen, die von Schwänen angegriffen wurden

- [ ] Back Battle

- [ ] Lindow wollte den Grad an toxischen Freundschaften und Beziehungen und den Unterschied erklären.

- [ ] Waren Sie in mich verliebt?

03.06.2022

Ich würde Sie gerne nochmal auf etwas ansprechen. Sie haben Fabian gesagt, Herr Laud sollte nicht der nächste Gregor werden. Kann ich völlig verstehen, aber mit dem Appell: Bitte lassen Sie keine zweite Maria folgen, denn Ihr Verhalten hatte enormen Impact auf mein Leben. Dass ich es geschafft habe mir Hilfe zu holen und mich daraus zu holen, verdanke ich auch zu großen Stücken Fabian. Wenn das jemand anderes gewesen wäre, der sich keine Hilfe geschafft hätte zu holen, hätten Sie richtig scheiße gebaut. Und mir wird schlecht bei dem Gedanken, dass ich es nicht zu 100 % verhindern kann, dass es passiert. Aber Sie können es.. Also bitte verhindern Sie es! Zudem, und ich weiß ich sollte mich da nicht einmischen, aber, denke ich Sie sollten mit ihrer Freundin über das alles als etwas vergangenes reden.

Es tut mir leid, falls ich in irgendeiner Weise Ihnen oder Ihrem Job geschadet habe, indem ich mich an Herrn Laud gewendet habe. Ich hoffe, oder eher ich würde mich freuen, wenn wir in ein bisschen mehr als einem Jahr die Glasrunde vollenden.

(Mich würde tatsächlich noch die Wette interessieren.)

05.06.2022

Probably der schwerste Tag bis jetzt.. Hab ganz viele Menschen *random* angeschrieben, obwohl ich nur deine Nachrichten sehen wollte.. Und mein Herz setzt immer noch einen Schlag aus, wenn ich sehe, dass du irgendwo online bist.

06.06.2022

Ich hab Karten für ein Ärzte-Konzert. Irgendwie voll *fancy*. Aber eigentlich hebt nicht mal das meine Stimmung und alles, was ich will, ist dir zu schreiben.

07.06.2022

Ich wollte die Zeit einfrieren. Du hast die Welt und mein Leben für eine Weile angehalten. Genauso wie ich es immer wollte. Aber die Zeit vergeht und die Erde dreht sich weiter. Ich mit ihr. Also nutze ich diese neue Kraft und setze die Dinge um, die ich immer machen wollte. Nichts ist unmöglich.

08.06.2022

To do Liste

- [ ] Psycho Kekse backen

- [ ] "All diese verdammt perfekten Tage" gucken

- [ ] Trinken
- [ ] Glasfragen 2.0
- [ ] Zusammen die Nacht durchmachen am Marx-Engels-Platz
- [ ] Eindeutig Monopoly spielen
- [ ] Italien Urlaub xDDDD
- [ ] F1 Unterrichtsstunde

19.06.2022

Das vollendete Gefühl von Glück
 (feel good moments, where life seems perfect)
- wenn unsere Nachbarin Klavier spielt und man es leise durch die Wand hört
- wenn bei Sonnenuntergang die Sonne orange in die scheinbar leere S-Bahn fällt
- bei Fabians Mutter bei Sonnenaufgang, wenn die Vögel zwitschern und die Autos auf der Straße wie ein rauschendes Meer klingen
- "im" Regen sitzen, also in so nem kleinen Vorsprung, sodass man nicht nass wird
- Reinhard Mey hören, während ich durchs abendliche Berlin laufe und es so *slightly* nach irgendeinem griechischen Gericht riecht.
- Hero - Family of the year
- Die Playlist auf meinem Spotify Profil "*feel good*?"

22.06.2022

Du fehlst mir so sehr..

16.07.2022

Ein letztes Mal loyal sein oder so
(ich erhoffe keine Antwort)
In erster Linie tut es mir leid, dass ich zu Herrn Laud gegangen bin, sowie, dass meine Mutter und Frau Berger eingeschaltet wurden. Ja, auf professioneller Ebene war das alles keine gute Aktion und ziemlich gefährlich, aber auf persönlicher Ebene danke. Ich glaube, ich hab mich noch nie so wertgeschätzt gefühlt.

Um ganz ehrlich zu sein, vermisse ich unsere Kommunikation enorm, auch Ihre (deine) Person, Charakter etc. Ich denke, ich würde vieles geben, um das zurückzubekommen. Und ich würde mich echt freuen, wenn wir in einem Jahr wieder in diese Richtung gehen und unsere "To-Do - Liste" durcharbeiten.

Bis dahin viel Glück.

20.07.2022

Naja, am Ende ist alles, was ich will, alle Erinnerungen auszulöschen (wie in "Vergiss mein nicht!" oder dem Musikvideo von "OK - Robin Schulz").

23.07.2022

Ja ich renne. Die gesamte Zeit in meinem Leben bin ich gerannt. Mit dir bin ich stehengeblieben. Und ja, da hat mich der Abgrund eingeholt und ich habe mit ihm gekämpft. Verdammt hab ich mich deswegen lebendig gefühlt. Jetzt renne ich wieder davon und ich fühle mich so leer. Irgendwo fehlst du mir, doch viel von dir verblasst langsam.. Als ob es mir irgendwie egal werden würde. So wie alles um mich herum.. Ein paar letzte Schmerzen, die mich dann überfordern. Aber im Groben bin ich einfach leer, weil ich nicht mehr lebe und doch erlebe ich so viel. Mehr als mit dir. Nichts lässt mich so leben wie Stehenbleiben und sich meinem Abgrund stellen. Ich bin so allein.. Warum sollte ich so einsam stehen bleiben? Du hattest mir einen Grund gegeben, du warst da und du hättest mich niemals im Stich gelassen. das hat vor dir noch niemand gewagt und irgendeine Stimme in mir schreit, dass es auch nie wieder jemand wagen wird. denn wer ist schon so…tollpatschig?

24.07.2022

Bald kommt der Punkt, wo ich mich länger an dich erinnere, als wir uns überhaupt kannten.

27.07.2022

Glasfragen 3.0

- Wie würdest du den Prozess beschreiben, sich zu verlieben?

- Wann und warum hast du das letzte mal jemanden zum Weinen gebracht?

30.07.2022

Es tut mir leid,

Nicht nur das mit Frau Berger etc.

Nein, es tut mir leid, dass ich Herrn Laud und meiner Mutter und Fabian diesen Text gezeigt habe. Wenn ich mich in diese Situation hineinversetze, dann würde mir das so enorm weh tun.. Ehrlich gesagt, so wie ich gehört habe, du Teile meiner Zettel bei diesem ersten Gespräch dabeihattest. Ein tiefer Einbruch in deine Privatsphäre und das tut mir leid.

01.08.2022

Wir haben immer so geschrieben und miteinander geredet, als hätten wir ewig Zeit und könnten für immer miteinander reden, jeden Tag. Nur beim letzten Treffen schien es so, als würden wir ein bisschen Abschied nehmen. Und dann liefen wir nebeneinander diesen Weg über den Blanki und du hast mich angesehen und in meinem Kopf waren einfach nur diese drei Worte "Ich liebe dich".

08.08.2022

Irgendwie hab ich *slightly* das Gefühl, dass mein Leben zerbricht, obwohl es gar nicht zerbrechen sollte. Und am liebsten würde ich einfach dich anschreiben, irgendwie würden wir doch eine Lösung finden oder zumindest würdest du mir das Gefühl geben, ich sei ok.

09.08.2022

Abgesehen davon, dass ich immer noch beim ersten Ton von *Electric Love* sterbe, ist mir heute aufgefallen, dass es jetzt länger her ist als es lang war. Zeit heilt ja bekanntlich alle Wunden oder so. Nur dumm, dass irgendwie Narben bleiben. Die verheilen theoretisch auch irgendwann wenn sie nicht zu krass sind.. Was mich irgendwie an deine Bezeichnung "lila Flammen" erinnert… Aber darum geht's eigentlich gar nicht. Ich könnte zum x-ten Mal schreiben, dass ich dich vermisse.. Tue ich auf jeden Fall, aber eigentlich wollte ich beschreiben, wie krass du meine Magersucht unter Kontrolle gehalten hast. Mit dir hab ich ok gegessen. Jetzt esse ich gefühlt gar nichts mehr, hatte zwei drei Mal diese Sache mit dem Übergeben.. Ich bin so unzufrieden mit mir selbst wie gefühlt noch nie und verdammt es fehlt mir hinter jedem *Bullshit,* den ich irgendwem erzähle ein "entschuldige dich nicht fürs Maria sein" zu hören.

"you found the light in me, that I couldn't find" - Always Remember Us This Way (Lady Gaga) [große Filmempfehlung]

12.08.2022

Danke *btw.*, dass du mir meinen Lieblingsfilm und die Musik zerstört hast.. Muss jetzt jedes Mal an dich denken und fast heulen.

23.08.2022

Ich hab dich zum ersten Mal wieder gesehen. Zuerst dachte ich, du siehst so unfassbar traurig und erschöpft aus. Aber nein, du hast gelächelt. Nicht mich angelächelt, einfach gelächelt. Vielleicht bin ich mehr darüber hinweg als ich dachte. Ja, die Intuition, zu dir zu gehen, wenn irgendwas passiert, ist noch da. Und der Herzinfarkt wenn ich deinen Namen höre. Aber ich denke so sehr will ich dich gar nicht mehr in meinem Leben. Du als Mensch bist mir zuwider. Das, was du in meinem Leben warst, werde ich wohl auf ewig vermissen. Ich hab mir gestern schon deinen Stundenplan angesehen. Obwohl ich eigentlich etwas ganz anderes wissen wollte, hat er meinen Blick gefangen.

Du als Mensch wirst verblassen und ich denke ich bin über deine Person hinweg. Doch ich liebe nach wie vor, was du in meinem Leben warst.

29.09.2022

„Und so durchlebte ich die 5 Phasen der Trauer nach Kübler-Ross:
1. Leugnen
2. Zorn
3. Verhandeln

4. Depression

5. Akzeptanz“

Ich glaube, ich habe diese Phasen dreimal durchlebt oder bin eher gesagt noch beim dritten Mal. Das erste Mal am 1. Juni. Das zweite Mal in den zwei Wochen danach. Und jetzt so im Großen und Ganzen lässt sich mein Verhalten seitdem 31. Mai auch auf dieses Modell zurückführen:

1. Leugnen. Ich weiß noch, wie ich Fabian bis Ende Juni immer wieder gefragt habe „Es ist noch nicht vorbei, oder? Ich bekomme ihn wieder...“

2. Zorn. Ich war wütend. Auf dich. Auf Fabian und Herrn Laud. Auf Frau Berger. Auf mich.

3. Verhandeln. Bis zu den Sommerferien wollte ich alles tun, um dich wieder zu bekommen. In den Sommerferien wollte ich alles tun, um dich wieder zu bekommen.

4. Depression. Gut ist in meinem Fall wahrscheinlich etwas schwierig und auf meine ganz eigene Art war ich die ganze Zeit depressiv und deshalb denke ich wahrscheinlich auch, dass ich immer noch darin stecke. Aber eigentlich bin ich mittlerweile in…

5. Akzeptanz. Du bist weg. Und du wirst wegbleiben.

Irgendwie durchlebe ich diese Phasen auch jedes Mal, wenn wir uns nochmal sehen, doch am Ende des Tages ist es das. Du bist weg.

09.12.2022

Hey,

Ich weiß du hast meinen letzten Brief an Frau Baum weitergeleitet. Was völlig verständlich ist und wichtig, richtig. Ich bin gerade in der Psychiatrie in Buch. Eigentlich bin ich das schon eine ganze Weile. 4 Wochen und ich werde Nächste entlassen. Ich würde behaupten, mir ging es in den letzten fünf Jahren noch nie so gut, wie jetzt gerade. Ich denke mal, es liegt an dem Abstand zu meinem Zuhause, der Schule und dir. Ich versuche hier das Alles aufzuarbeiten, was passiert ist. Mit meiner Mutter läuft es so gut wie noch nie und ich denke auch die Schule kann ich wieder bewältigen. Sogar meine Ess- und

Schlafstörung bekomm ich so langsam in den Griff. Ich bin jetzt seit zwei Monaten *clean* beziehungsweise seit dem Tag, wo ich den Brief geschrieben habe, und ich habe die Motivation, dass diese Zahl nur noch wächst. Ich habe mit Sport angefangen und finde meinen Körper langsam auch auf anderen Bildern als *Nudes* schön zu finden. Trotzdem bist du an vielen Tagen ein großer Teil meines Lebens. Aber es gibt auch mittlerweile Tage, wo du nur ein kleiner Schatten bist, verschwunden bist du aus meinen Gedanken noch nicht. Im Gegensatz zu den Suizidgedanken, denn auch von denen bin ich fast vollständig frei. Ich weiß, echt viele gute Nachrichten und trotzdem vermisse ich dich so sehr, dass ich diesen guten Zustand, ohne mit der Wimper zu zucken aufgeben würde, nur um wieder Kontakt mit dir zu haben. Außerdem habe ich angefangen Lolita zu lesen, ich bin noch sehr unschlüssig, wie gut das ist.

13.01.2023

Hey,

I'm doing fine and I'm healing. Finally it's getting better I think. And of course I'm still dying, when I hear your voice, but I know it's okay. Maybe I'll stay forever in this timeless moment when I saw you with your perfect little family, and I stood there, I felt my heart breaking but you were happy. It's better this way. It's better that I left. But you are in my heart and you'll be forever, 'cause you were the first person who really loved me and I believe in you as a good man.

28.03.2023

Und wenn ich dir gesagt hätte, dass ich dich liebe? Wenn ich zu dir gerannt wäre und dir ein letztes Mal in die Augen gesehen hätte. Wenn ich mich entschuldigt hätte? Würde es mir dann besser gehen? Wenn ich mich verabschiedet hätte, wenn ich ein letztes Mal deine Stimme gehört hätte. Könnte ich dich dann besser gehen lassen?

Und wenn ich noch gar nicht bereit bin, dass du gehst. Das mir diese Angst dich zu sehen lieber ist, als dich nicht mehr sehen zu können. Wenn ich sage, es hat mir Sicherheit gegeben, dass du da warst. Oh, ich wünschte ich wäre geblieben. Ich bin weggerannt, um mich hinter einer Tür zu verstecken und dich zu sehen, wann immer ich gewillt bin, an diese Tür ran zutreten. Und ich meine Türen sind dafür da, sie wieder zu öffnen. Und jetzt bist du von der Tür verschwunden. Selbst wenn ich sie öffnen würde und dir nachrennen würde, könnte ich dich nie wieder einholen. Wenn ich dir ein letztes Mal in die Augen sehen könnte, würde ich sie mir einprägen, tief in meine Netzhaut brennen. Wenn ich deine Stimme ein letztes Mal hören könnte, würde ich sie in meinem Herzen aufnehmen. Aber so verblasst du in meinen Erinnerungen.. Und ich steh immer noch in diesem Sonnenlicht und die Zeit bleibt einfach stehen. Und verdammt nochmal, da ist dieser Sonnenstrahl, der dich einfach anleuchtet und ich hab in meinem Herzen noch nicht auf Play gedrückt. Nein, ich steh da und guck dich, euch, einfach an. Wenn ich jetzt zu dir renne und sage, ich liebe dich, würdest du mich ansehen und einfach gehen. Nein, du würdest mich nicht mal eines Blickes würdigen, aber ich hätte es damals gemacht... Dann hätte ich alles so verdammt kompliziert gemacht, und ich meine das war es schon.

Ich könnte jetzt 100 Songs zitieren und in den verschiedensten Facetten meinen Schmerz erklären. Könnte den nächsten Song über dich schreiben und wie du mich zerstört hast. Und selbst wenn ich dich anschreien würde, käme nichts zurück. Ich stünde vor einer Wand. Eine Wand, die mir immer noch alles bedeutet. Für die ich alles tun würde, damit sie wieder mit mir redet. Und verdammt nochmal ich geb mir selbst die Schuld dafür, du mir auch? Es fühlt sich so an.

21.07.2023

Ich hab mir ein Jahr gegeben, ich hab gesagt, dann bin ich drüber hinweg. Ich hab am 1. Juni gemerkt, ich brauch noch ein Jahr. Wahrscheinlich 10. Vielleicht mein ganzes Leben. Es ist nicht der Fakt, dass du weg bist, der mich tötet, sondern, dass du da warst. Und ich war so sehr verliebt. Bin. Ja, wenn ich deine Texte nochmal lese. Ich hab weitergemacht, bin älter geworden... groß geworden. Musste erkennen, wenn du mir nicht gezeigt hättest, dass ich liebenswert bin, ich niemals angefangen hätte, mich selbst zu mögen... überhaupt leben zu wollen. Den Grundstein, dieses doch ziemlich coolen Menschen hast am Ende du gelegt. Ich hab so viele Therapiestunden damit verbracht über dich zu reden, gestand mir irgendwann ein, wenn es sowas wie die Liebe des Lebens gibt, dann warst du wohl meine, weil sowas wie das finde ich nicht nochmal. Aber ich glaube, das wird dich sehr freuen: ich habe angefangen richtig zu leben und alles zu genießen, was ich tue. Und ich bin 9 Monate clean.

Ich vermiss dich. Ich hab erkannt, dass ich das noch ne weile werde, aber das ist okay, weil du wirklich was Besonderes warst. Ich bin weg vom Ass, ich beende diesen Lebensabschnitt gerade und eigentlich will ich dich zumindest gehen lassen. Nicht den Schmerz, wie gesagt dafür brauche ich noch, aber du bist eigentlich vorbei. Natürlich hofft irgendwas in mir, dass wir uns nochmal treffen, denn man trifft sich immer zweimal im Leben. Aber ich hab gelernt, dass die Depression kein *Charactertrade* ist, also solltest du es auch nicht sein.

11.08.2023

436 Tage.

Ich fange an aufzuhören dich zu lieben. Ja, und ich meine das ernst. Weil ich den ersten Menschen getroffen und mich herangelassen habe. Der auch so ein hoffnungsloser verlorener Romantiker ist wie wir. Er sagt mir all das, was ich immer hören wollte, so wie du. Ich will mir noch nichts vorwegnehmen. Aber vielleicht komm ich wirklich über dich hinweg. Und ich höre wieder auf zu glauben, dass du meine Liebe des Lebens warst. Auch wenn mich das verdammt tief in eine Existenzkrise stürzt, aber er ist der erste Mensch, den ich nicht für dich hergeben würde. Und ich brauch dich nicht mehr. Er wird mich so verletzen xD. Aber dann trauere ich ihm nach und nicht mehr dir. 436 Tage. Danke, dass du da warst. Danke, dass du weg bist. Du bist weg. Und das ist gut so. Ich hab das, was wir hatten, wirklich sehr geliebt und gebraucht. Ich hoffe, du findest deinen Baum. Ich weiß jetzt, dass du nicht meiner warst.

01.11.2023

Ich berate mich gerade mit Andreas und Franz ob und was ich dir schreibe. Ich hab mich seit Monaten nicht so lebendig gefühlt. Aber ich hab Angst. Angst davor, dass du nicht antwortest, aber noch viel mehr, dass du antwortest. Ich hab dich romantisiert. Alles von uns. Du bist nur noch ein Mythos in meinem Leben…und wenn du nicht antwortest, ist es vorbei. *Fuck*. Vielleicht hab ich davor doch mehr Angst.

03.11.2023

Ich weiß das ist jetzt fast wie ein *Live*-Ticker. Heute über den Tag vergeht das Nein-Fenster und wir kommen ins Ja-Fenster. Ich will mich nirgendwo drauf einstellen… höchstens, dass du mir nicht antwortest, weil, wenn du es tust, steht alles auf dem Kopf. Und du hast keine Ahnung, welches Ausmaß ich meine. Wenn du reden willst, wenn wir reden, wenn wir uns wieder in die Augen sehen… Du glaubst doch nicht ernsthaft daran, dass uns dann noch irgendwas davon abhält, uns wieder genauso wie vor eineinhalb Jahren anzusehen. Und selbst wenn dann nichts weiter passiert, und ich meine, es wird nichts passieren, dann habe ich nichts gewonnen. Um wirklich zu gewinnen, müsstest du "Nein" schreiben und ich mich damit abfinden, dass du weg bist. Wenn du mir gar nichts schreibst, dann steh ich da, wo ich gerade bin, mit Hoffnungen. Und immerhin weißt du das. Wenn dir irgendwas an uns lag, wirst du antworten. Das weiß ich zumindest auch. Und wenn du mir antwortest und wir reden sollten… das Problem ist ganz klar. Und ich lege meine Zukunft irgendwo wieder in deine Hände. Wenn wir reden, wer verspricht dann wem, dass aus 20 Nachrichten nicht wieder 20-tausend werden? Und ich meine wo stehst du im Leben und welchen Stellenwert habe ich noch? Weißt du noch, wer ich bin? Ich glaube die Frage ist unnötig.

Dieses "Maria" klingt nach, dieses eine, als wir das letzte Mal am Blanki gesprochen haben. Und knuffiges Lächeln und so viel mehr. Wenn ich sage, ich war verliebt, meine ich ein Gefühl, was ich nicht anders beschreiben kann, welches meinen sprachlichen Horizont regelrecht sprengt. Zusätzlich kann ich nur aus meiner Erinnerung beschreiben und die geht so rapide zurück, dass ich mich nur noch ganz entfernt an deine Stimme erinnern kann. Dein Gesicht und dein Lachen sind so gut wie weg. Wie soll ich dann rückwirkend die gleiche Intensität beschreiben? Es ist eine Art Gefühl, wo ich nicht mal darüber nachdenken muss, dass ich alles für dich geben würde. Und rein gar nichts Körperliches, ich weiß nicht mal, ob wir uns überhaupt umarmen könnten, ohne dass ich Panik bekomme. Das meine ich gar nicht. Vielleicht ist es meine Erwiderung zu deiner, zumindest kam sie als diese bei mir an, bedingungslose Liebe, egal in welchem Sinne. Und trotzdem schnürt mir dein Fehlen die Kehle zu. Unsere Chats zu lesen, gibt mir ein Gefühl von Zuhause. Nicht mal das Gefühl, nein die Gewissheit, wenn ich dich irgendwo sehen würde, ich würde dir hinterherrennen. So ein intensives, ohrenbetäubendes Gefühl, dass ich mein ganzes Leben hinterfragt habe. Und ein ums andere Mal jagt mich die Reue, dich gehen gelassen zu haben. Ach was rede ich, dich aus meinem Leben geschmissen zu haben. Diese Angst, es nie wieder zu fühlen. Wie viel davon hast du auch gedacht? Bist du noch weiter gegangen? Ich meine, du hast 18 Jahre mehr Lebenserfahrung, wenn du das gefühlt hast, was ich gefühlt habe, dann bist du wahrscheinlich noch einen Schritt weiter gegangen.

05.12.2023

Du hast die Nachrichten gelesen. Ich weiß zwar nicht, was in deinem Kopf vor sich geht, doch du ganz sicher, was in Meinem passiert. Zwischen Nervosität und Angst kommt eine gewisse Wut durch. Ich hab dich um eine Antwort gebeten, am liebsten ein "nein", denn alles ist besser als nichts für das Ende dieses Lebensabschnittes. Was heißt besser… Wir, besser gesagt, ich habe etwas Besseres verdient. Vielleicht konnte dich Fabian überzeugen, dass ich die Welt falsch wahrnehme. Oder du hast Hannes geglaubt. Vielleicht darfst du es einfach nicht oder deine Freundin "verbietet" es dir. Ich rede mir zumindest ein, du hast sicher einen guten Grund. Mag sein, keinen guten Grund, aber ich hoffe, du hast einen. Bestimmt bist du einfach sauer. Ich hab sehr klar geschrieben, was ich denke und was ich will. Und dich um eine Antwort gebeten nach einem Monat. In meiner Welt habe ich nichts falsch gemacht. Ich hoffe in deiner auch nicht. Ich weiß das so wie es war, ich es sowieso nie wieder bekomme. Aber ich seh uns trotzdem mit Carla spazieren. Vielleicht ab und an schreiben. Nicht mehr als das… aber auch nicht weniger. Vielleicht hast du Angst, dass wir dann wieder zu viel fühlen und natürlich ist es dann legitim, nicht zu antworten, aber wenn du so abschließen kannst, dann gib mir doch bitte die Chance ebenfalls abschließen zu können und sag einfach nein. Es kann auch sein, dass du genau an dem Punkt bist, wo ich bis vor einem Monat war: Du willst mir nicht schreiben, weil die einzig richtige Antwort Nein wäre, aber du noch nicht bereit bist, es für immer zu beenden. Vielleicht willst du auch kein Nein schreiben, weil du Angst hast, mir weh zu tun. Ich hoffe in dem Fall kann ich dir einfach telepathisch übermitteln, dass ein Nein immer noch besser ist als gar nichts, oder wie gesagt, ein "ich brauch noch Zeit". Ich hab dir diese Macht ein letztes Mal zurückgegeben, damit du uns befreien kannst. Erfülle einfach diese letzte Bitte, erfüll deine Pflichten als Autoritätsperson, die du hättest gewesen sein sollen.

Und so viele negative Gefühle, die da auch mitschwingen mögen, du fehlst mir trotzdem. Du, dein Charakter, deine Schreibweise, deine Art, mir zu zeigen, dass ich wertvoll bin. Ich hab mittlerweile Menschen, die mir das auch zeigen. Aber keiner schafft mich auf diese Weise zu berühren wie du, weil ich nach wie vor niemanden so nah an meine Dämonen und mich hereingelassen habe wie dich. Und glaub mir, Franz hält mir das alles oft genug vor, weil ich immer noch von dir rede und wie du warst, vor allem wie sehr und warum du mir fehlst. 2o23 war ein verdammt cooles Jahr, aber du warst in 2o22. D. h. das Jahr bleibt mein bestes Jahr bisher.

"So if let down my guard
If I rip up my scars
And I show you my heart
Am I beautiful?
If I tell you my secrets
Show my dark and my demons
Tell me, what do you see?
Am I beautiful?"
~ Beautiful - Kygo (aber der gesamte Song passt) M.

"Ja" – G.

-       Enton

07.03.2018
1.   Aussehen (Körperbau / Bekleidung)
2.   Charakter

Aufgabe: Fertige eine aussagekräftige Beschreibung von dir selbst an!

Kurze Anmerkung von mir (Oktober 2o24), diesen Text abzutippen, war eine der schwierigsten Aufgaben. Ich habe es kaum übers Herz gebracht, ihn überhaupt zu lesen.

Die Person ist ca. 155 cm groß und schlank. Sie hat längere hellbraune Haare und braune Augen. Alter der Besagten beträgt 10 Jahre, der Geburtstag ist am 27.03.2007. Sie hat eine Brille mit einer Stärke von -0,75. Die Stimme ist etwas lauter und relativ tief für ein Mädchen. Die Bekleidung geht eher in Richtung „jungshaft". Am liebsten zieht sie den *Freedom-Hoodie* an. Der Charakter ist wechselhaft, oft traurig, manchmal wütend, pessimistisch und realistisch. Sie hat eine sehr schlechte Meinung von sich. Sie denkt sie wäre bekloppt, bescheuert, dumm, scheiße, doof, eine Verräterin, assozial, eine Lügnerin, hasst sich.
Sie spielt gern Klavier. Sie sagt sie spielt scheiße.
Sie gibt sich für alles die Schuld und sie ist depressiv, weshalb sie sich oft selbst verletzt. Was sie nicht bereut. Leider.

Ich will das nicht ganz alleinstehend lassen und nochmal sagen, das ist was Mobbing mit Kindern macht, die von zuhause nicht die ausreichende Unterstützung bekommen. Ich habe es nicht geschafft, das ohne Tränchenverdrücken abzutippen.

2 4 . 0 4 . 2 0 2 0

Ich habe keine Lust zu reden

Idk.

Ich bin so *fucking* inkompetent

Alles

Mein gesamtes Leben

Alles baut auf einem missratenen Gehirn auf

Ich habe keine Kontrolle über mich

Ich bin ein Haufen Scheiße... Abfall, der nicht mehr zu gebrauchen
ist

Mein Gehirn ist *done*. Ich bin *done*. Ich will alle Menschen von
mir distanzieren, damit es mir möglichst scheiße geht

Das ist nicht normal

Ich will einfach nicht mehr

Ich bin es leid zu leben

Ich werde mich nicht umbringen keine Sorge

Nichts, warum?

Schreiben

Ich hoffe dass das mit Mai morgen hilft und du über mich hinweg-
kommst, weil ich auf kurz oder lange nur eine Belastung bin und
wenn ich es endlich schaffe dich davon zu überzeugen, den möglichst größten Schaden zu erzielen damit ich endlich einen *fucking*
Grund habe mich umzubringen.

Ich bin ein Wrack

Ein Masochist

Was dann?

Ich habe keine Ahnung

Mh na schön

Wem?

Ich habe das Tim nicht so geschrieben

und es tut mir so unfassbar leid, dass ich so zu dir bin.

Dafür muss ich jemandem gegenübersitzen

am Montag und nein

ich weiß es nicht aber schon eher

und wie soll ich das meiner Mutter erklären?

Alle werden mir das Gleiche sagen,

dass ich ein toller Mensch bin und durchhalten muss

Ok, was soll sich denn ändern?

Betreutes Wohnen, Klinik?

Am Ende muss ich akzeptieren dass meine Eltern meine Eltern sind

anscheinend ja schon

Aber ich will nicht mehr da sein, ja

ich will mir nie wieder etwas von denen sagen lassen

weil ich nicht mal im Ansatz irgendeinen Menschen so behandeln würde

Bzw. ich mich immer zurücknehme

und mich verbessere

es tut mir leid, ja

das brauche ich, aber ich brauche einen persönlichen Draht

weil ich selbst die Aussagen meiner Therapeutin hinterfrage

ich hinterfrage alles und jeden und dass seit ca. 7 Jahren

ich vermisse es blind vertrauen zu können

oder nicht blind

aber einen Menschen anzusehen und zu sehen dass er mir nichts Böses will

aber das existiert in meinem Leben nicht

weil ich weder Vater in dem Sinne noch Mutter in dem Sinne habe

und all das ist nur eine Flucht

eine Flucht von dem, was ich habe

Egal

nicht jetzt

weder kann ich reden noch will ich es

...

am Ende des Tages will ich es auch einfach nur aussprechen

weil ich nicht mehr der Meinung bin, dass ich etwas ändern muss...

am Ende werde ich irgendwann aufwachen und ihr seid mir alle egal

so egal, dass ich mich ohne Gewissen umbringen kann

bis dahin werde ich mit den Schmerzen leben

und wenn der Tag kommt, dann ist es ok
ich habe keine Wünsche mehr vor Augen
ich habe vor zwei Jahren abgeschlossen

Deep Falling

Ich weiß tatsächlich noch nicht, wo ich anfangen soll. Ich habe versucht, sämtliche alte Aufzeichnungen herauszusuchen, sie zu lesen und Schlüsse daraus zu ziehen. Vieles, was ich gelesen habe, hat in mir ein Gefühl von Nostalgie ausgelöst. Ich, ein zwei Aufzeichnungen von vor dem Unfall. Ich war echt klein. Meine Art zu denken, die Welt zu sehen, alles hat kindliche Züge und ist von einer wahnsinnig jungen Hand. Aber dennoch sehe ich darin Narben. Narben die mich schon damals zu diesem Zeitpunkt schon beeinflusst haben. Ich bin mit dem Mobbing, mit Christoph, mit Noah, mit Timmi, nochmal Christoph und Tim gealtert. Gealtert in Zügen, die für mich manchmal unvorstellbar sind. In meinem Kopf bin ich alt? Nein, ich glaube, ich würde mich als manchmal ziemlich weise einstufen. Zugegebenermaßen habe ich sehr viele Arten, wo ich noch sehr klein bin, aber immer mit einer gewissen Blockade im Kopf. Ich weiß die Konsequenzen einer Tat bei gewissen Personen meistens zu gut. Nur das ich manchmal gewaltig auf dieses Wissen scheiße. Ich glaube, jeder hat manchmal den Wunsch, nein, das Bedürfnis klein zu sein. Vielleicht ist das bei mir weniger ausgeprägt als bei anderen, weil ich mich kaum daran erinnern kann, wie es war, als ich "klein" war. Oder ich unterdrücke es mehr als andere, weil ich mir nicht eingestehe, dass es so ist. Ich habe das Bedürfnis, du hast es, wir alle haben es.

Was meine ich mit klein? Mit klein meine ich, naiv zu sein und das auch zu dürfen, sich auf andere zu verlassen und aufgefangen werden. Ganz ehrlich, all diese Leute, die sagen: "Der einzige Mensch, auf den du dich verlassen solltest, bist du selbst", habt ihr mal überlegt, dass wir aus gutem Grund nicht allein auf der Welt sind? Lasst es mich an einem Beispiel erklären: Ein Mann, nennen wir ihn Hans. Hans hat ein gebrochenes Bein. Für Hans wird im Bus ein Platz frei gemacht. Menschen wünschen ihm eine gute Besserung und unterstützen ihn in seinen alltäglichen Aufgaben. Dann nehmen wir noch eine Frau, nennen wir sie Isabelle. Isabelle hat eine Depression. Isabelle tut so, als hätte sie nichts und hält ihren Kopf mit einem falschen Lächeln ihren Liebsten hin. Wieso tut sie das? Weil Menschen sowas sagen wie:

- "Hä, deine Krankheit bereitet dir kein wirkliches Einschränken und sie ist nicht sichtbar, ist es dann überhaupt eine Krankheit?"
- "Aber dein Leben ist doch so schön, ich hab dich doch letztens mit deinem Nachbarn lachen sehen!"
- "Du bist doch noch so jung, du kannst gar nichts Schlimmes erlebt haben."
- "Ach hör doch auf so rumzujammern du hast einfach eine dünne Haut!"

Versucht euch das selbst mal zu sagen. Nicht so angenehm, oder?

Und wenn jemand mal ernsthaft darüber redet, dass er z.B. eine Depression hat und er es diagnostiziert hat, dann redet er nicht darüber, um Aufmerksamkeit zu bekommen. Ja in gewisser Weise schon, aber nicht im Sinne von Mitleid oder Beachtung sondern im Sinne von "hey, kannst du mit mir mal n Kaffee trinken gehen und mich in den Arm nehmen, wenn ich dir irgendwie zeige das es mir nicht so gut geht? Dankeschön."

Ich weiß wie viel Überwindung es kostet, einem Menschen zu zeigen, dass es einem beschissen geht. Ich kenne die Angst nicht ernst genommen zu werden; oh ich kenne sie nur zu gut! In meinem Fall, und ich werde bei expliziten Details auch nur von meinem Fall reden, gibt es so ein zwei Menschen, die mir mit so ner Aktion von wegen 'hier etwas Kleines zu trinken und ein wenig körperliche Nähe', schon fast das Leben gerettet haben. Tatsächlich hat mein Ex-Freund und immer noch sehr guter Freund Tim dadurch, dass er eines Abends einfach so zu mir gefahren ist, das Leben gerettet. Ok, was heißt einfach so. Ich kann ja die Geschichte erzählen. Ich hatte einen ein bisschen nervenaufreibenden Tag und war bei meinen Großeltern zum Essen. Ich hatte mich schon ungefähr eine halbe Stunde, bevor ich nach Hause sollte, extrem komisch gefühlt und habe meinen Großeltern gesagt, ich würde gerne allein nach Hause fahren. Meine Oma wollte das zuerst nicht, weil es schon dunkel wurde, hat sich dann aber davon überzeugen lassen, dass ich sagte, ich würde mich noch mit einem Freund treffen. Ich verabschiedete mich von beiden und stieg in den Fahrstuhl. In der Sekunde, wo sich die Türen schlossen, überkam mich ein Gefühl von Schmerz und alles in mir zog sich zusammen. Ich zog meine Kopfhörer über meine Ohren und machte das Lied Zero von den Imagine Dragons an. Diesen Song hörte ich seit 3 Tagen fast durchgängig. Und auch in diesem Moment hörte ich ihn mit der Intention, ihn in Dauerschleife zu hören. Eigentlich gab das Lied mir immer ein Gefühl von Freiheit, fast so, als könnte ich fliegen. In diesem Moment war dieses Lied keine Medizin, ganz im Gegenteil es wirkte wie Gift, welches jeden Moment aufs Neue in meinen Adern schmerzte. Wenn ich jetzt zurückdenke, bin ich mir nicht mehr sicher, ob ich in den ersten 5 Minuten einmal richtig geatmet habe. Ja geatmet in so Schnappatmungsrhythmen auf jeden Fall, aber so tief glaube ich echt nicht, ich bin auch immer noch verblüfft wie ich laufen konnte.

Weißt du Ich hab viel gelernt in der letzten Zeit. Gelernt meinen Kopf, meine Gedanken und meine Gefühle zu kontrollieren
 Ich habe gelernt eine 4 von einer 6 und eine 7 von einer 9 zu unterscheiden. Ich habe gelernt so gut wie alles zu bekämpfen, um es nicht zu spüren.
So hab ich echt viele "schmerzfreie" Tage, aber wenn ich dann mal schmerzen habe, dann ist es eine 9.
Dann schnürt sich direkt meine Brust zusammen und ich spüre die Schmerzen durch meinen Körper zucken.
Ich bekomme das Gefühl es wird nie wieder aufhören und ich bin für immer allein. Diese Leere in mir, das Starren in die Luft und das regungslose da liegen.
Das Gefühl, vielleicht wird das nie wieder aufhören.
Wenn ich dann die Musik ganz laut drehe und meine Augen schließe, Dann ist es so, als wäre das Einzige, was existiert die Musik in meinem Kopf und die Schmerzen.
Ich versuche dann an nichts anderes zu denken als diese Musik.
Und zu hoffen dass alles andere, jeder Gedanke der eine erneute Welle auslösen könnte, ein Geruch der alten Erinnerungen in mir wecken würde, dass das all das weg bleibt.
Nur die Musik und ich.
Und dann wird es besser.

Wenn ich so in meiner Welt bin, dann hört langsam das Starren und diese Bewegungslosigkeit auf.

Ich lasse meinen Gedanken wieder freien Lauf.

Die schmerzen fangen langsam an weniger zu werden.

Zuerst sind meine Finger und Zehen wieder schmerzfrei.

Dieses Gefühl breitet sich dann langsam meine Gliedmaßen entlang fließend in meinem Körper aus.

Bis mein Herz irgendwann wieder normal schlägt.

Keine Atemnot sondern tiefe ruhige Atemzüge.

Nicht fühlbare Herzschläge.

Aber diese leere, dieses Nirgendwo-sein-gefühl.

16.10.2o2o

Ist es nicht schade, dass nicht immer Musik läuft? Ich meine, ja, jeder mag andere Musik, aber ich wünschte ich könnte immer Musik hören. Nur dann kann ich, ich selbst sein. Was ich eigentlich sagen wollte...

Ich habe Angst davor, das alles zu vergessen.
Auch wenn echt viel scheiße passiert ist und es mir nicht gut geht. Für alle schönen Jari-Momente möchte ich nicht vergessen. Warum ist es ausgerechnet Jari für oder wegen dem ich diese Meinung ändere?

Ich meine, wir haben uns sechsmal gesehen. Und trotzdem habe ich das Gefühl, er wäre ein wichtiger Teil meines Lebens. In der Nacht, wo wir uns zum ersten Mal getroffen haben, lagen wir auf seinem Podest, er hatte einen Arm um mich gelegt und wir sangen Lieder von den Toten Hosen. Es war um 4 Uhr oder so und er war komplett hacke. Er versuchte mir das Leben zu erklären. Ich sehe sein Gesicht noch vor mir. Ich hab hin und wieder die Augen verdreht, wenn es zu absurd wurde. Ey, und ich hatte so ohne Witz 8 Mate intus. Irgendwann fragte er mich: "Wenn du alles auf der Welt tun könntest, was würdest du tun?" und fügte hinzu: "Du musst wissen, was du in deinem Leben

willst. Dann musst du genau das tun."
Ich antwortete, mir falle nichts ein. Aber der Gedanke, den ich in dem Moment hatte, hat sich in meinen Kopf eingebrannt. "Ich will dich! Ich will dich küssen! Ich will dich haben!" und so sicher bzw. einig, waren sich mein Herz und Kopf noch nie.

You're Somebody Else - Flora Cash

16.12.2o2o

Wenn ich dieses Lied höre, muss ich an Jari denken. Ich denke daran, wie ich ihn am Ärmel ziehe, im schönen Charlottenburg um 3 Uhr nachts und barfuß, ihm in die Augen sehe und ihn frage: "Darf ich dich umarmen?" Ich muss an den unglaublich schönen Moment denken. Irgendwie wünschte ich mir, ich könnte einen Teil Jari nehmen und es in ein Glas packen. Wenn es mir dann mal schlecht geht, nehme ich das Glas, öffne es und habe einen kleinen Teil Jari bei mir.

Maybe it's Time – Bradley Cooper

Ich habe gerade ”*Burn*” gehört und das hat mich super krass an die Zeit, wo ich Tim kennengelernt habe, mich neu in die Welt integriert habe, erinnert. Und auf einmal hatte ich meinen ersten Freund und hab Fabian kennengelernt, diese gesamte Zeit wo ich in diesen Kreis reingerutscht bin. Die letzte Zeit, bevor es richtig schlimm wurde und selbst diese Zeit habe ich nicht genossen. Alles war so neu und die Zeit ist davongerannt, während ich dem Glück hinterhergejagt bin. Wenn ich daran zurückdenke, tut alles so schrecklich weh. Ich wünschte, ich könnte diese Zeit zurückholen. Weil… ich lebe von Tag zu Tag und versuche zu überleben. Dabei möchte ich doch einfach nur glücklich werden und für einen Moment stillstehen. Mit einem Menschen, der mit mir stehen bleibt. Vielleicht dreht sich die Erde dann etwas langsamer.

Keine Ahnung, wann du das liest.. Ich weiß nicht mal, ob ich will, dass das überhaupt jemand liest.. Heute war irgendwie ein kompletter Scheißtag, weil ich mich nach gar nichts gefühlt habe und Fabian damit runtergezogen habe (keine Ahnung wie die ordentliche Formulierung ist).. Dann hat er mich weggeschickt und das fand ich auch voll okay und richtig weil es ihm damit besser geht.. Klar es ist für mich scheiße wenn ich kurz innerlich verrecke, aber danach ist es *fine*.. Und das sage ich immer.. Es ist okay, passt schon oder *what ever*.. Aber es passt nicht! Ich sage immer allen Menschen, dass sie auf sich achten sollen und ich irgendwie durchkomme.. Ich möchte nicht immer mir die Schuld für alles zuschieben. Und ja ich bin krank und trotzdem sage ich allen Menschen, sie sollen darauf keine Rücksicht nehmen. Oder sie tun es von Anfang an nicht, weil man in unserer Welt selten als psychisch krank gesehen wird, wenn man trotzdem funktional ist.. Wenn man die Wunden nicht sieht.. Meinetwegen habe ich einen 1,5er Schnitt und versuche allen Menschen Kraft zu spenden und zu sagen „Jo, ich hab Depressionen, aber das passt schon!" Es passt mir nicht.. Das alles hat dazu geführt, dass ich nicht mehr sagen möchte, dass ich eine Umarmung brauche oder einfach mal 20 min telefonieren. Es hat mich dazu gebracht immer verstecktere Wege zu finden mich zu verletzen. Ich meine ich bin froh, dass zumindest ein Teil unserer Gesellschaft sieht, wie scheiße und verbreitet "offensichtliche" Depressionen bzw. generell psychische Krankheiten sind. Aber ich habe immer das Gefühl nicht "genug" krank zu sein... Aber ich kann so oft einfach nicht mehr..

Ich weine nur noch, wenn ich mir sicher bin, dass es niemand sieht und dennoch bricht es manchmal einfach aus mir heraus. Ich habe das Gefühl, ich stumpfe immer weiter ab mit jedem Schmerz.. Ja, ich habe Suizidgedanken, aber meine Güte, ich bin mittlerweile an dem Punkt, dass ich sage, wenn ich es tue, dann habe ich einfach aufgehört zu kämpfen und dann hab ich mir auch eine Pause verdient.. Ich habe das Gefühl, zu bluten, die ganze Zeit und egal was ich tue, es hört nicht auf.. Ich habe Beklemmungsgefühle, wenn mir Männer zu nahekommen (es reicht simpel vorbeilaufen). Selbst bei meinen Verwandten.. Ich kann mich nicht mehr daran erinnern, wie es ist, einen Tag lang keine seelischen Schmerzen zu haben.. Ich brauch eine Pause.. Ich brauch einen Menschen, der mich liebt, keine Psychiatrie. Der einfach das tut, was ich versuche meiner Mutter so oft, Fabian so oft und anderen Menschen zu geben.

Kp, ob du diese TikToks kennst mit dem und dem und dann "you were only x".. Meine Güte ich war 10, als ich mich das erste Mal geritzt habe und ich hab es nicht mal mit einem sonderlich scharfen Gegenstand getan. Ich hab das erste Mal versucht, mich umzubringen, da war ich 11.. Ich habe das Gefühl, ich habe schon 10 Leben gelebt. Ich bin müde und ich möchte schreien und dann möchte ich einen Menschen, der mich umarmt und mir sagt, dass er mich nicht mehr loslässt und ich das alles gut gemacht habe, er/sie stolz auf mich ist..

1 3 . 0 7 . 2 o 2 1

Lieber Rob,

Das ist ein Brief, den ich niemals schreiben wollte, an einem Tag, der mir nichts bedeuten sollte. Ich schreibe ihn doch und dein Geburtstag bedeutet mir etwas. Ich weiß nicht einmal was und vor einem Jahr hat es mir auch nichts bedeutet. Es ist halt heute einer dieser Tage, wo ich nicht schlafen kann. Ja, diese Tage häufen sich in letzter Zeit, weil mir gefühlt eine *fucking* Millionen Gedanken durch den Kopf rasen, ich mich einsam fühle und nichts in meinem Leben sich bedeutungsvoll anfühlt. Oder sagen wir einfach: ich bin depressiv.

Um mit dem anzufangen, was ich eigentlich sagen wollte… Irgendwie bist du ein großer Teil dieses Fragezeichens in meinem Kopf. Ich meine nicht ohne Grund bekommst du mehr *cringe* Nachrichten meinerseits als alle anderen Menschen in meinem Umfeld zusammen… Die bekommen nämlich gar keine und bei dir, keine Ahnung, bei dir riskiere ich etwas?

Wie auch immer ich es beschreiben soll..

Der Punkt ist.. ich mag dich und das hast du wahrscheinlich schon mitbekommen. Das ist nicht die *"omg he is so cute"*-Variante oder "ich versuche jedes Zeichen von ihm zu deuten, weil wir seelenverwandte sind" -Variante..

Die erste Phase habe ich durch.. Nein! Es ist die "Alter, weißt du… Wir passen nicht zueinander, wir gehören nicht zueinander, ich hab es akzeptiert, aber Gefühle: bitte verpisst euch!"-Variante… Spoiler Gefühle sind immer noch da seit Anfang des Jahres und nein, ich möchte das nicht!

Ganz ehrlich, seitdem ich mir sage *"Girl* es ist Rob, das passiert nieeee!"*, finde ich a) alles, was ich an dir kennenlerne total sympathisch und "attraktiv"... b) ich träume von dir und das nicht wenig (*like WTF?*) c) ich habe das Gefühl du wirst "netter" zu mir und d) (was die Geschichte unerträglich macht) ich habe nur noch Augen und Gedanken für dich… (Ich schwöre dir, das war vorher bunter) und dann versuche ich mich mit *hotten*, toten F1-Fahrern gedanklich abzulenken (*nope*, das ist nicht besser).

Umso weniger oder ne, umso mehr ich versuche mit dir abzuschließen, naja, umso mehr will ich dich. Der kleine Teil in meinem Kopf der für den "gefährliche" Gefühle-für-andere-(nicht-gut-für-mich)-Menschen-auf-romantischer-Ebene-Part zuständig ist.

Ich hab mich eigentlich gut unter Kontrolle, sodass ich nicht in den "Ich-stelle-mir-eine-zukunft-mit-dir-vor"-*Mood* verfalle… Naja meistens zumindest.

Es existiert für dich nur ein *Lovesong* und ich bleibe positiv motiviert bei dem Versuch, mich zu entlieben… *Next step* ist nächste Woche sehen + Geschenk geben.

In Liebe Maria

P.S.: Es war unglaublich schön, hier auf dem naja optimistisch gesehen Halbbalkon um 4 Uhr morgens zu sitzen und zu schreiben!

03.09.2021
(angepinnte Notiz)
18500 mg Paracetamol

- Als er meinen Steckbrief gemalt hat und meine Haare vergessen hat

- Montagabend als wir die Kanu Verteilung mit den "Chaos"-Gleichungen erarbeitet und das Tafelbild erstellt haben

- Dieses 'bis um halb 1 über Radi'-quatschen und spazieren

- Er hat mein Essen am Dienstag aufgegessen

- Hin- und zurücklaufen vom Kanufahren
  -> "Seid ihr in einer Klasse?"

- Aufpassen auf die Kleinen beim Schwimmen und er hat meinetwegen seine erste Mate getrunken

- Ich hab ihm Toffifee geklaut, um ihn zu ärgern

- Er hat mein *"for the first time"* - Lied (*little girl*) für schön befunden

- Dieser Blick und dieses Lachen als er den "alle meine Piranhas"-Brief gelesen hat

- Am Mittwoch haben wir bei der Nachtwanderung und die halbe Stunde gequatscht, die wir, als wir zu zweit den See umrundet haben, auf der Bank am See verbracht haben. Dazu, wie wir uns fast verlaufen haben. Uns vor den anderen versteckt haben und er mir erzählt hat, dass er es nicht mag, in die Seite gepiekt zu werden, aber er lustig reagiert.

- Beim Klassenrat unsere Verunstaltung von Moderationskarten und das Stadt-Land-Bildungsinitiative-XY-Spiel

- Bei der Strandparty im Wagen sitzen und reden. Er hat mir von seiner Beziehung zu Musik erzählt und mich so seitlich von oben angesehen

- Das ab*dancen* zu 8. Im Wagen. Ente neben mir wieder mit diesem Blick und die Fahrt wo ich auf dem Tisch *gechillt* habe

- Zum Abschied habe ich gesagt: "Wir sehen uns." Und er hat in diesem Ton geantwortet: "Auf jeden Fall. War schön mit dir." ~KFT 2o21

Hey Emil,

Ich überlege gerade schon zum dritten Mal dich anzurufen, weil ich eben an allem Zweifel und es mir komplett scheiße geht. Aber wenn ich mich daran erinnere, dass das eigentlich mein Normalzustand ist, finde ich es halt unnötig. Irgendwo in meinem Kopf ist aber auch der Gedanke, dass ich das eigentlich verändern möchte. Aber damit will ich dich einfach nicht belasten und auch nicht Fabian. Und ich habe halt keine Eltern, die mich dabei unterstützen können. Und ich meine, ich kenne wie ich mich fühle, ich kenne diesen Schmerz gut und irgendwie komme ich auch klar. Aber ich habe einfach Tage, wo ich nicht nur klarkommen will.

Und ja, ich hab halt diesen *Struggle*, weil ich niemanden belasten will, aber ich mich auch besser fühlen möchte.

<<<Eagle - Denis Sanacore>>>

Kennst du das, wenn auf einmal alles wieder grau wird?

So als ob alles egal ist

Und man sitzt da

Eigentlich ist alles friedlich und ruhig

Aber man möchte nur noch nicht mehr da sein

Weil es nur schwieriger wird,

Mit jedem Atemzug nicht die Hoffnung zu verlieren

Alles um dich herum ist zwar vertraut, aber doch fremd

Und irgendwie wirkt alles so, als hätte das alles mal eine Bedeutung gehabt vor langer Zeit

Aber nicht für dich, sondern einen anderen Menschen, den du kennst, aber der dennoch nicht mehr da ist. Aber du lebst in seinem Körper.. Du lebst sein Leben

Maria, [12 Okt 2021 um 00:53]

Ich hab vergessen dass mein Körper blutet.

Maria, [12 Okt 2021 um 00:54]

Und dass es schwierig ist durch dieses Blut tiefer zu kommen.

Maria, [12 Okt 2021 um 00:54]

Während ich versuche zu vergessen, wie Jan sagt, dass es nur leichte Selbstverletzung ist.

Maria, [12 Okt 2021 um 00:54]

Weil ich mich deshalb nicht krank genug fühle.

Maria, [12 Okt 2021 um 00:55]

Und verzweifelt versuche kränker auszusehen.

Maria, [12 Okt 2021 um 00:55]

Aber du glaubst nicht wie schwierig es ist

Maria, [12 Okt 2021 um 00:55]

Ohne die richtigen Werkzeuge

Maria, [12 Okt 2021 um 00:55]

Es geht mir

Maria, [12 Okt 2021 um 00:55]

Gut

Maria, [12 Okt 2021 um 00:56]

Mich holt nur die Vergangenheit wieder ein

Maria, [12 Okt 2021 um 00:56]

Weil du diesen Menschen so nah an dich ranlässt.

Maria, [12 Okt 2021 um 00:56]

Diese ganzen Menschen

Maria, [12 Okt 2021 um 00:56]

Und sie dir nur weh tun

Maria, [12 Okt 2021 um 00:56]

Und mit denen Menschen

Maria, [12 Okt 2021 um 00:56]

Die dich vergöttern

Maria, [12 Okt 2021 um 00:56]

Mit denen spielst du, als wären sie Puppen.

Maria, [12 Okt 2021 um 00:56]

Ich habe Puppen gehasst, als ich klein war.

Maria, [12 Okt 2021 um 00:57]

Aber es geht mir gut.

Maria, [12 Okt 2021 um 00:57]

Ich hab gestern Nacht versucht Emil zu erreichen.

Maria, [12 Okt 2021 um 00:57]

Weil ich das Gefühl hatte es erdrückt mich.

Maria, [12 Okt 2021 um 00:57]

Weil mein Leben bedeutet ich verletze immer einen Menschen.

Maria, [12 Okt 2021 um 00:57]

Aber ich bin okay.

Maria, [12 Okt 2021 um 00:58]

Weil ich es mir nicht leisten kann es nicht zu sein.

22.11.2o21
Ich las einen Brief von vor ein paar Jahren
Es war eine Zeit mit vielen Plagen
Ich schrieb ein Gedicht über einen Jungen
Damals mit Schmerz in meinen Lungen

Du sagtest es sind die kleinen Dinge im Leben
Dinge, die dich lächeln lassen, deine Stimmung heben
Und wenn du eines dieser Dinge bist?
Mich lachen, lieben und vergessen lässt?

Du sagtest es ist okay zu leiden
Hilfe anzunehmen und aufzustehen
Und wenn ich deine Hilfe brauche?
Weil ich saufe, kaufe, krauche, Probleme habe zu Haufe.

Du sagtest ich solle meine Liebe aufheben
Weil du es warst, der sie wegwarf, als wär es kein Segen
Aber es, nein du, warst mein Leben

Und du gabst mir Liebe, wenn man das so nennen kann,
Vielleicht wars auch nur Hoffnung und du dachtest ich würd ver-
brennen dran.
Mit einer Hitze die dich wärmen würde
Denn das wars doch, oder? Für dich ein Spaß, für mich eine Hürde

Nun kann ich sagen und es ertragen
Du nahmst mein Leben Stück für Stück
Aber jetzt bin ich stärker und blicke nicht mehr zurück

Abgeschlossen

Ich muss meine Essensprobleme unter Kontrolle bringen.. Und meinen Mate-Konsum. Ich muss einen Menschen finden, der mich versteht und unterstützt. -> Fabian unterstützt mich, aber hat oft keine Ahnung wie ich mich fühle, *like* das ist auch irgendwie okay, aber ich hätte glaube ich gerne jemanden der weiß, was ich mit dem Gefühl meine, meine Arme brennen oder ich will nicht mehr. Ich muss meine Probleme mit Frau Hons auf die Reihe bekommen. Und ich muss le- ben.. Weil gerade atme ich und schaffe es diesen Schein von 'ich komm klar' aufrecht zu erhalten, aber es geht mir nicht gut. Es geht mir auch nicht okay.. Ich bin einfach nur am Arsch.. Und ich schreie innerlich danach, dass das alles endlich aufhört.. Ich baue auf der Si- tuation auf, dass ich nicht mehr lange bin. Und es gibt Momente, wo ich mir denke, 'scheiße man ich will nicht sterben' und es gibt Mo- mente, wo ich mir denke 'wann endlich?' Ich fühle mich so schreck- lich einsam.. Als wäre ich nicht real und alles würde lediglich in mei- nem Kopf passieren. In meinem Kopf verschwimmen die Gesichter wie Wasserfarben. Das Einzige, was sich real anfühlt, ist Musik. [Es wäre *fucking funny*, wenn ich eigentlich *Idk* im Koma liege oder so und Elio irgendwie eigentlich ne wichtige Person oder Liebe meines Lebens ist oder so und Tom und Rene meine Väter. (Geschichtsidee)] Mein Kopf fühlt sich einfach schwer an.. Meine Gefühle fühlen sich schwer an.. Und heute ist so ein Tag, wo mir schon vom Geruch von Essen schlecht wird. *Idk* ich bin müde... Und ich wünschte, das würde jemand lesen, der mich versteht.. Und mich einfach in den Arm nimmt und sagt alles wird okay

2 o 2 1

Ich hab zu Simon "Ich liebe dich" gesagt.
Bzw. er auch zu mir.

Simon will, dass wir es versuchen, aber ich bin mir unsicher. Aber ich hab diesen Satz seit über einem Jahr nicht mehr so ernst gemeint wie gestern.

Maria, wenn du ihn liebst, dann versuch es mit ihm, denn ich kann mir aktuell keinen besseren für dich vorstellen als Simon.
~ Konversation auf einem Zettel im Unterricht

Hi Emil,

Hier ist Maria. Du hast ja gesagt, ich kann mich melden, wenn ich Hilfe brauche. Und ich weiß das kommt gerade voll aus dem Nichts, aber ich hab gerade irgendwie niemanden so wirklich, dem ich das erzählen kann (bzw. bei anderen Personen das nicht möchte). Weil entweder habe ich Angst, dass ich die Personen nerve oder verängstige oder, dass irgendwer einen Krankenwagen ruft.

Also: ich versuche mal die Situation zu beschreiben.. Ich hab in der Schule aktuell so einen Schnitt bei 2-3, womit ich kein Problem habe. Meine Mutter gefühlt ein bisschen, aber das passt so weit. Das größte Problem ist dabei glaube ich, dass ich halt keine Hefter bzw. irgendeine Ordnung generell in meinem Leben habe. Das ist auch nicht das Hauptproblem, sondern eher, dass ich das ganz bewusst mache, weil ich nicht daran glaube, dass ich noch lange lebe und sich das in meinem Kopf einfach nicht lohnt. Und an und für sich läuft mein Leben gerade halbwegs, aber ich nicht. Ich hab das Gefühl, ich war noch nie so einsam, weil mich gefühlt niemand versteht, wenn ich in so einem Loch bin und ich nicht mehr richtig atmen kann, meine Arme gefühlt verbrennen und ich mehr Schmerzen habe als mein Kopf eigentlich aushält. Dann kommt noch dazu, dass meine Essprobleme wieder so schlimm sind, dass ich entweder *binge* oder gar nichts esse.

Unser Sozialarbeiter hat mir gesagt, meine Selbstverletzung sei 'nur' leicht, was dann in mir wieder ausgelöst hat, dass ich mir keine Hilfe suchen darf und ich jetzt wieder bei nicht ganz so sichtbarer Selbstverletzung bin. Und was mir am meisten Sorgen macht, ist, dass ich mich sogar in guten Momenten langsam, aber sicher mit dem Gedanken anfreunden kann, nicht mehr da zu sein. Ich bin zwar mit Schneiden bzw. offensichtlichem SVV seit 2 Wochen *clean*, aber ich habe seit ca. einem Monat wirklich konkrete Suizidgedanken. Bitte mach dir keine Sorgen. Ich denke, ich schaff das schon irgendwie. Aber ich bin an einem Punkt, wo jemand davon wissen sollte. Ich weiß, ich sollte mich damit wahrscheinlich an meine Therapeutin, Notdienst oder *Whatever* wenden. Aber ich schaff das nicht, weil die Stimme in meinem Kopf zu groß ist, dass ich Menschen, die wirklich

Hilfe brauchen, den Platz wegnehme und dann die andere Stimme, die keinen Bock hat für die letzten paar Wochen/Monate die Kontrolle zu verlieren und durch die Hölle zu gehen.

LG Maria

Ich hab mich am Montag das erste Mal seit Monaten ernsthaft selbst verletzt.. Ich weiß das sollte nichts Großes sein.. Ist es aber irgendwie, weil es wegen einer unwichtigen Sache war und ich es nie schaffe das zu tun, was ich will, weil ich zu große Angst habe.

Vielleicht ist das die letzte Nachricht, die ich schreibe an dich..
Keine Ahnung. Ich glaube nicht, dass es nochmal einen Versuch geben wird, der scheitert. Dass ich krank geworden bin.. So krank, war
ein interessanter Prozess. Aber ich glaube das wird jetzt nicht mehr
lange weitergehen. Ich realisiere auf eine komische Weise immer und
immer mehr was Suizid bedeutetet. Und irgendwie tuen diese Gedanken schon weh, aber weil sie nicht meine Einstellung ändern, dass ich
nicht mehr leben will, zeigt glaube ich, dass ich an einem Punkt oder
nah dran bin, die vollständige Bedeutung von Suizid zu verstehen. Ich
denke nicht, dass es allzu viele Menschen gab, die bereits an diesem
Punkt waren.

Okay...

To my best friend and the boy I fell in love with.

Sometimes my mental illness is a bitch.. I know that. And I know that I hurt you often. And I fucking promise I don't want to do that. You are my safe place and, no matter if I love myself or not, you love me. That's new for me because in my relationship or in my life in general, I always had to love myself to be beloved. It's hard for me to not run away when you still love me even I hate myself. I try to fix that. The way you look at me and especially your gaze, when I try to show you that I love you make me feel beloved. And I know that sounds strange but this is also new for me. I always had to give something, just then other people showed me love, not you... You do it without anything. Thank you for that.. I know I heal when you are around. Please don't judge my english. German is sometimes such a complicated language and only in english my mind is "clear". Btw I felt some stitches when the others talked about ms Durer. Yeah I am that jealous lol. Sometimes I actually think you are the one, and yes you changed my thoughts about children. You make me feel alive. And I am so sorry, that I hurt you. Again and again. I just want to be in your arms again. Because I do... I love you. And yes you can be annoying and sometimes I am really angry on you. But if I had to choose one Person who has to be on my side for the rest of my life, and I don't fucking mean my suicide problems, no I mean a real long life, I would choose you.

In love Maria

Btw... If you don't speak english in your 'anyway-I-know-it-better-than-you'- voices it sounds actually hot. And your slightly deeper voice is hot too.

25.02.2022

Notiz an mich:

Simon einen Planetarium-Gutschein schenken.

Testament

von Maria (Lukas) Hahne

Berlin d. 16. März 2022

1. Ich möchte, dass alle Teilnehmer*innen meiner Beerdigung weiß
   tragen. (Hin & Weg Bestattungen)
   Mein Abgang Song: OK - Robin Schulz
   Erstellt eine Playlist mit Songs, die euch an mich erinnern.
   Schneckchen bleibt bei mir.

2. a) meine Sachen Spenden
   b) Konto zwischen den Kindern von Matteos Familie aufteilen
   c) Timmi bekommt Fred
   d) Rob bekommt den Laptop
   e) Johannes wird Schulsprecher Anstelle meiner
   f) Raúl bekommt den Synthi
   g) Fabian bekommt das Surface

3. Wichtige Gäste:
   - Junky
   - Frau Drost
   - Leni
   - Gregor (soll to Zanarkand auf dem Klavier spielen)

2 6 . 0 3 . 2 0 2 2

-> ich könnte mir eine Beziehung mit dir vorstellen.

23.04.2022 (guter Tag)

- Hab Kekse gebacken
- Mit Rob und meiner Ma 'n film geguckt
- Wir waren zu dritt lange spazieren

24.04.2022 *actually* gut

- Schulaufgaben geschafft
- *Grey's Anatomy* mit meiner Mutter gesehen
- Lange baden

25.04.2022 (guter Tag aber anstrengend)

- Erster Schultag, deshalb anstrengend
- Hab gebacken
- Mich mit nem Freund getroffen

26.04.2022 (schwierig)

- Einer meiner Lieblings-Youtuber hat aufgehört mit YT
- Ich hab mich mit meinem Ex getroffen
- Lange Gitarre gespielt

27.04.2022 (gut)

- Nur 5 Stunden + langes Gespräch mit nem Freund
- Abends mit meinem Freund gezockt

28.04.2022 (anstrengend)

- Bildungsinitiative-XY-Praktikum, ich durfte n *Energizer* anleiten
- Hatte mies das *Down* Zuhause
- Bin zu meinem Vater gefahren, wollte Rob eig. nicht bei mir haben, hab's dann aber doch ertragen

29.04.2022 (schlecht)

- Langes Gespräch mit nem Freund..
- Hab mich mit meinem Ex getroffen
- Mit Rob mies gestritten

30.04.2022 (anstrengend)

- Ich war beim Tag der Mathematik
- Hab danach n Spaziergang mit zwei guten Freunden gemacht

- Auf ner Parkbank geschlafen

01.05.2022 (beschissen)
- Suizidgedanken. Hab nur im Bett gelegen
- Mich mit Rob und meinem Ex gestritten
- Krank geworden

02.05.2022 (ok)
- Viel geschlafen
- War halt krank
- Lange heiß geduscht

03.05.2022
- Immernoch krank
- Mit meinem Vater Dokus geguckt

Wie kann ein Mensch, der von sich selbst sagt, er sei Gefühlsdistanziert und L-wortet nicht gerne, einem anderen Menschen so viel Liebe bzw. Zuneigung, oder zumindest kommt es beim gegenüber als diese an, schenken? Wie können zwei Menschen einander so sehr vertrauen? Wie kann die Situation die einzige Begründung sein, den Umgang zweier Menschen nicht als flirtigen Anfang beidseitiger Verliebtheit zu sehen? Warum sagt ein 32-jähriger Mann zu seiner Freundin nicht die Wahrheit wenn da nichts ist?

Lieber Gregor,

Ich weiß so ganz offiziell soll/darf ich dich noch nicht so nennen, aber genau darum geht es mir gerade. Du gibst mir nicht das Gefühl, dass das zwischen uns noch in irgendeiner Weise ein Distanzverhältnis zweier Personen, Lehrer/Schülerin, ist. Und wenn du es erwähnst, dann oft an seltsamen (in meinem Kopf fast schon pseudo-) Stellen. Klar gibt es Tage, wo du es mehr erwähnst. Wo es auch authentisch klingt. Aber insgesamten führen wir keine Pseudofreundschaft, sondern dein Pseudo ist pseudo, um uns zu schützen. Denn das ist der einzige Weg, wie wir funktionieren. Indem wir uns *basically* unser Leben anvertrauen.

Irgendwo in mir ist trotzdem dieser riesige Konflikt, der mir so viel Kraft raubt und der so viele Schnitte auf dem Gewissen hat. Und der letztendlich auch der Grund ist, warum ich bei Rob und Fabian nicht die Kraft habe irgendwas zu tun. Du gibst mir die *Vibes*, dass deine Freundin nicht wirklich über uns Bescheid weiß und jedes Mal wenn du sagst 'Ausrede X', kommt dieses schlechte Gewissen. Ich will nicht dein Leben zerstören, aber noch viel mehr will ich nicht das Leben deines Sohnes zerstören, denn ich komme aus einer Situation, wo mein Vater meine Mutter betrogen hat. Ich hab einfach das Gefühl bzw. wenn ich mich versuche in die Situation deiner Freundin hineinzuversetzen, dann stell ich mir das so unfassbar schlimm vor, dass du ihr es nicht erzählt hast. Ich meine wenn zwischen uns nichts *sus* 'es ist, wovon ich versuche auszugehen, dann kannst du ihr bzw. der ganzen Welt von unserer Pseudofreundschaft erzählen…

Und zu dem, was zwischen uns ist, ich will da nichts sehen und irgendwie kann ich das noch ganz gut, aber wenn unsere Situation ein bisschen anders wäre, würde ich denken, dass hier gerade, ist der Anfang von zwei Menschen verlieben sich ineinander. Das alles wäre ja noch irgendwie auch in die 'sus-Richtung' ok, wenn das *suse* von mir ausgehen würde, aber das tut es nicht Team Gregor, "du bist toll", ich schätze ich rede gerne mit dir, die Sache mit dem Umarmen, dass du gesagt hast ich wäre dir teilweise näher als deine Freunde... Diese Liste geht noch weiter.

Ich rede mir das schön, in dem ich sage, du magst mich halt ganz gerne und solange wir beide darauf pokern, dass "wir" kein wir sind, passt da unser Verhalten noch rein. Aber was mich killt, sind diese langen Blicke. Es passt halt vorne und hinten bei uns nicht mehr zusammen, aber wir reden nicht darüber, weil wir nicht das kaputt machen wollen, was da gerade ist? Geht mir zumindest so.

Ich mag dich als Menschen, aber ich finde weder dein Aussehen noch deinen Charakter wirklich attraktiv. Irgendwie ist es seltsam darüber nachzudenken, dass du mich wahrscheinlich attraktiv findest, sowohl menschlich als auch körperlich und vor allem geht es dir ja bis zu einem gewissen Punkt genauso wie allen anderen Typen in meinem Leben... Du schätzt es, dass ich dir Aufmerksamkeit schenke und dir das Gefühl gebe, dass du gut bist. Warum *catcht* dich das, als 32-jähriger Mann mit Freundin und Kind so sehr? Du nimmst dir so viel Zeit für mich... Täglich mindestens eine Stunde, wo wir aktiv kommunizieren und von dem, was du mir gespiegelt hast, denkst du ja auch viel über mich nach.

Ich bin einfach verwirrt von deinem Verhalten und ich hab Angst, dass sich etwas verändert. denn ich genieße das mit uns, was auch immer es ist, sehr. *Tbh.* ich bin auch verwirrt von mir mit der weiter bestehenden Angst, dass du mich manipulierst. Ich mag deine Stimme und ich denke, ich will mittlerweile sogar körperliche Nähe. Ich freue mich auf jede Pause/nach der Schule, wenn wir uns sehen, und ich zähle seit Wochen die Tage bis zur Glasrunde. Wir machen so viele *Jokes* und *Insider* mittlerweile, während ich mich komplett fallen lasse und du... Du fängst mich auch noch auf, genauso wie ich es immer wollte. Ich verlass mich nicht auf dich und ich werde dir auch nicht sagen, wenn ich mir deinetwegen weh tue, aber irgendwie fange ich an diese Situation, dein Verhalten, das alles zu L-worten. Nicht dich. Aber das Drumherum ist so schön. Du wirst mir weh tun, oder? Ich meine du bist in der Lage mir mehr weh zu tun als jeder Mensch vor dir. Wenn ich ganz ehrlich bin, ist diese Situation so abstrus, es kann nicht gut gehen... Kann ich das hier nicht einfach einfrieren, ohne dass sich diese beschissene Erde weiterdreht. Geht es dir nicht ähnlich? Einfach auf ewig irgendwo zwischen Pseudo-Freundschaft, richtiger Freundschaft und dem größten Fehler meines Lebens.

Irgendwie komm ich ja mit der Schuld und der Verwirrung klar, solange wir miteinander reden bzw. schreiben, aber sobald ich anfange zu reflektieren wie gefährlich das eigentlich ist, *Idk*. Was ist wenn das auf eine perverse Weise von Anfang an deine Absicht war. Ich weiß ich trage keine Verantwortung gegenüber deiner Familie und lediglich die Verantwortung für mich selbst und ich komme unabhängig von der Situation bzw. dem drumherum klar. Ich will so viel mit dir teilen, obwohl ich weiß, dass es nicht mit dir als Person zu tun hat, sondern lediglich deine Art… Weil du, als ein Mensch der ernsthaft gesagt hat, er wäre Gefühlsdistanziert bzw. ohne viel L-wort, mir so viel Zuneigung, so viel Liebe gibst. Oder zumindest kommt es als diese an. Sagst du das generell, um die Wahrnehmung des Anderen zu verstärken oder nimmst du das gar nicht so wahr? Oder bin ich was Besonderes…

Eine seltsame Ausnahme in deinem Leben, weil du zu viel für einen Schüler empfindest, als das du es von dir aus beenden kannst. Ich hab das Gefühl, ich habe in mir einfach Moralkompass und Selbstliebe ausgeschaltet und renne dem irgendwie blind hinterher. Und dann holt mich die reale Welt wieder ein. Du bist mein Lehrer und da darf nichts sein und wo nichts sein darf, kann auch nichts sein oder so. Ich will es auch nicht, aber du?

Ach keine Ahnung, egal wie man dieses Gespräch aufzieht, es wird immer seltsam. Genauso seltsam wie deine halben Andeutungen, dass du mich attraktiv findest? Denkst du darüber nach, wie ich das alles als was anderes als… Ach, wie auch immer deuten könnte?

Ich habe meine Position ja irgendwie klar gemacht.. Und ja, das mit den *Nudes* und der Geschichte kann man auch in die andere Richtung interpretieren. Wenn du das so interpretiert hättest, hättest du mich angesprochen darauf, dass du denkst, dass ich was Seltsames will… Oder du wärst am gleichen Punkt wie ich; irgendwie alles deuten, aber nicht ansprechen, weil es einem am Ende des Tages gefällt.

Und wenn du letzteres bist, dann streben wir beide nach der Zuneigung einer Person, dessen Zuneigung wir niemals annehmen dürfen
und egal wie ich es drehe und wende, sollten wir aufhören zu reden…
Zu unserem beider wohl. Warst du so weit mit deinem Philosophieren
schon? Ich gehe irgendwie davon aus…

Wie oft wollen wir noch Herrn Heder oder wen auch immer belü-
gen…das "pseudo-Chemiebuch". Irgendwie habe ich dank dessen,
nicht das Gefühl, ich würde überdramatisieren. Wobei du wie ein
niedliches Tier teilweise *cute* gewirkt hast, als du das mit Heder und
dem Teich erzählt hast. Wir wissen also beide von der Thematik. Irgendwie drehe ich mich mit dieser Argumentation genauso im Kreis
wie diese Gedanken in meinem Kopf. Ich habe ca. eine Woche nachdem das mit "uns" angefangen hat, eine Notiz getippt: *"can anyone
spoil me about this story?"* und das schwebt immernoch in meinem
Kopf und mein Wunsch, als ich meine erste Sternschnuppe gesehen
habe, sowie sämtliche Wimpern; ist: "bitte lass das mit Gregor gut
gehen". Ich wünschte ich könnte einfach blind in "uns" vertrauen…
Ich mag dich wirklich gerne, obwohl ich nichts will von dir!

Danke für alles trotzdem

Maria

Die letzten Male, als ich dich in den Pausen auf der Bank im inneren Hof nahe der Tischtennisplatte sah, wirkte das sehr ruhig und harmonisch und in einer besonderen Weise auch irgendwie sehr natürlich. Beinahe so, als wäre diese Bank nur für dich gemacht - so, als hättest du schon immer dort gesessen. Es fehlt nur noch der eine Sonnenstrahl, der dich dabei beleuchtet. Und du hast ein leichtes Grinsen auf den Lippen. Kein sarkastisches, ein friedliches.

Um dich herum rennen die ganzen kleinen Kinder. Machen Krach. Sind laut. Sind Kinder.

Doch du hast mit diesen, um dich herumwuselnden Menschen nichts zu tun. Du siehst sie nicht. Sie sehen dich nicht.

Trotz deiner Einbettung in dieses hektische Treiben bleibst du ruhig, unberührt, unnahbar - einsam.

Und so wandelt sich dieser anfangs fast schon romantische Eindruck bei mir in eine tiefe Traurigkeit.

Lieber Gregor,

hier kommt Reflektionsschreiben Nummer 2 weil… weil… weil ich irgendwie immer noch kein Stückchen weiter bin. Ich meine ich habe ja so halb mit dir darüber geredet, ohne zu sagen, dass es das zweieinhalb Seiten Verwirrung-Essay über dich gibt, obwohl ich so *slightly* das Gefühl habe, du hast es vermutet.

Ich kann nicht aufhören über "uns" nachzudenken. Ich glaube nicht, dass ich noch lange da bin, aber irgendwie hab ich das Gefühl bzw. nein. Gläsern ist aktivst ein Grund zu überleben… und danach? Es kann so viel schief gehen bzw. es ist doch eine große schlechte Idee, dass wir uns außerschulisch zum Reden treffen und du so viele Anspielungen darauf gemacht hast, dass du bis spät abends an dem Platz quatschen willst, wo du früher mit deinen Freunden gequatscht hast. Was irgendwie hoffentlich dagegenspricht, dass wir *sus* sind aber *idk*. Irgendwie habe ich auch jedes Mal diesen Schmerz bei jeder kleinsten Ablehnung von dir und es ist so schwer einzuschätzen was im Chat wie gemeint ist. Alles in allem ne beschissene Situation. Ich hab gerade Koffein und Schmerzmittel im Französischunterricht intus und trotzdem habe ich leichte physische Schmerzen. Ich glaube ich würde dich *actually* vermissen, wenn wir uns die nächsten Tage nicht sehen… Du mich auch? Bestimmt, oder… So oft wie du erwähnst, dass du gerne mit mir redest. Ich überlege, ob es überhaupt sinnvoll ist, wenn wir uns kurz sehen…Was willst du denn tun außer mich umarmen *Ig*.

KLICK-MOMENTE

Irgendwie fang ich oder vielleicht sogar wir an, "Klick"-Momente zu haben. Vor allem hab ich da im Kopf, wie ich im Kopierraum auf dieser Theke saß und du dir einen Keks genommen und mich so angesehen hast. Ich konnte irgendwie nur daran denken, wie du mich jetzt küsst. Es wäre so lustig, wenn du das gleiche gedacht hättest. Und irgendwie, als du meine Hand gehalten hast, um meine Panikattacke zu beruhigen und angefangen hast, meine Hand zu streicheln, wollte ich dich so sehr umarmen. *Still,* ich kenn deinen Geruch noch nicht und es wird interessant, wenn wir uns das erste Mal umarmen. Weiterer "Klick"-Moment, auch im Kopierraum, als du meintest: "das hat nicht nur eine Umarmung verdient, eher ein Knuddeln".

Im Japanischen gibt es den Begriff 'koi no yokan'. Er beschreibt so viel wie das Wissen, sich in eine Person zu verlieben, auch wenn die Liebe noch nicht da ist. Es beschreibt eben nicht diese Liebe auf den ersten Blick, was ich auch einfach als unrealistisch erachte… Ganz im Gegensatz zu dem Vorwissen, was ich persönlich schon mehrere Male hatte, und irgendwie gerade wieder. Es ist, als würden wir uns verlieben… Ganz langsam, aber unmöglich diesem Gefühl zu entkommen… Eine scheinbar unwiderstehliche Spirale in den Abgrund.

Und jetzt gerade bin ich für meinen Teil in einer Art Schwebe. Dieses "uns" macht mich unfassbar glücklich und ich will überhaupt nicht mehr, aber ich will auch nicht weniger. Wenn ich dich ansehe bzw. wenn wir uns in die Augen sehen, habe ich ein warmes Gefühl, was mich durchströmt und erfüllt.

Die Nachmittagssonne scheint mir in den Rücken. 19:30 Uhr zeigt meine silberne Armbanduhr an. Ich sollte nicht hier sein. Oder eher habe ich wichtigeres zu tun. Aber doch sitze ich hier in diesem kleinen Café in einem Bahnhof. Die großen Fenster, welche bis zum Boden reichen, schirmen die laute Welt ab. Schirmen meine Probleme ab. Obwohl die Menschen hektisch vorbeilaufen, während ihre Schatten über den Boden tanzen, wirkt es drinnen friedlich. Die leise Musik aus schäbigen Lautsprechern wird ab und an von einem Röhren der Kaffeemaschine übertönt, aber das stört die Gäste nicht. Weder den alten Herrn, der mit seinem Espresso in der Ecke sitzt, noch die zwei Studenten, welche sich mit einem rosafarbenen Milchshake vor einen Laptop zwängen. Erst recht nicht die unzähligen Besucher, die ihre Getränke mitnehmen. Und mich? Ich trinke mein seltsam sahniges Getränk, beobachte diese Menschen und lasse mich von nichts und niemandem stören.

Mit jedem Blick nach Draußen wirkt es ganz so, als wäre ich mitten in der Hektik dieser großen weiten Welt, ohne dass sie mich stört. Als wäre ich unscheinbar, unwichtig.

Warum kann ich nicht einen Tag in meinem Leben so unscheinbar sein?

Ich fühle mich wohl, allein in diesem Café, allein in meiner eigenen Welt. Und es scheint, als wäre dieser Tisch an der von pastellpinken Dreiecken gemusterten Wand, nur für mich gemacht, gerade groß genug, um meine Notizen der letzten Woche auszubreiten. Es umgibt mich ein sanfter Kaffeegeruch und ich schlürfe die letzten Schlucke des sahnigen Etwas.

Irgendwie scheint es, als hätte ich das, was all diese Menschen, diese einzigartigen Geschichten suchen, gefunden. An diesem Nachmittag, dieser Tisch, mit der immer schwächer werdenden Sonne in meinem Rücken. Ich habe meinen Frieden gefunden. Auch wenn ich weiß er wird nicht von Dauer sein, so verliert er nicht an Schönheit.

Es wird Zeit für mich. Ich packe meine Notizen zusammen und stelle meinen gläsernen Becher auf die Theke. Meine Hand ruht für einen Moment auf der eisernen Türklinke. Ich atme ein letztes Mal den Kaffeeduft ein, öffne die Tür und gehe.

Es ist laut. Es stinkt. Die wahre Welt umgibt mich wieder und die Hektik ist erneut ein Teil von mir. Ich schwimme mit dem Strom der hetzenden Menschen und bin eine der nach Frieden lechzenden Geschichten. Aber dieses Mal weiß ich, dass es ihn gibt und ein Teil meines Herzens sitzt noch immer an dem kleinen hölzernen Tisch und lässt sich die Sonne auf den Rücken scheinen. Beobachtet das Treiben und mich aus dem Bahnhofscafé.

Lieber Gregor,

ich weiß nicht, wie ich das anfangen soll. Ich hab das Gefühl machtlos zu sein, als würde ich fallen und gleichzeitig zerbrechen. Meine Beine brennen und mir ist schlecht vor Schmerzen. Und das alles, weil… keine Ahnung. Es ist irgendwo noch immer das schlechte Gewissen und das Andere kann ich nicht beschreiben. Und auch nicht ergründen.

Wenn wir schreiben oder uns sehen, dann geht es mir gut und ich vergesse diese Schmerzen, aber wenn ich Zeit habe zum Nachdenken, dann kommt dieser Druck und ich drehe mich im Kreis mit meinen Gedanken. Du raubst mir all meine Kraft. Meine Depression verstärkt sich von Tag zu Tag und ich weiß nicht, ob es das noch wert ist. Klar am Ende des Tages bringst du mich näher und näher an den Suizid und hey das will ich. Ich mag das, was wir haben und gleichzeitig hasse ich es. Du magst mich und du zeigst mir das auch. Aber ich glaube ich verstehe nicht, wie du mich magst. Und hier und da diese seltsamen Nachrichten helfen nicht. Ich mag dich ja auch und ich hab das Gefühl ich tue dir ein Stück weit gut und wie gesagt, wenn wir uns sehen, tust du mir auch gut. Ich glaube nur irgendwie, dass wenn es passieren sollte, wir uns mehr mögen als wir sollten, keiner von uns es beenden kann. Und dann kommt wieder so ne Nachricht, die mir den *Vibe* gibt, dass du mich längst mehr magst als du solltest. Ich komm auf die Situation nicht klar und um aus diesem Kreislauf rauszukommen, brauche ich entweder Schmerzen, Tabletten, solche Schreiben oder ewige Gespräche mit Fabian.

Und irgendwie fangen 'wir' an, etwas Ästhetisches zu haben. Ich will diese Ästhetik nicht als Liebe beschreiben oder mit ihr gleichsetzen. Nein, es hat nur etwas Einzigartiges, wie 'wir' stetig darauf bedacht sind, den anderen emotional zu streicheln. Du schreibst Texte, Nachrichten, die mich emotional tiefer berühren als alles, was ich jemals gelesen habe. Verständlich, du schreibst es über mich. Und so schweben wir, lautlos, atemlos, schwerelos im Wasser des ewigen Anfangs und Endes. Während wir so viel und so wenig zugleich sind. Dieser ganz bestimmte Glanz in deinem Blick, wenn du mich ansiehst. Ich hab sowas noch nie erlebt. Ich hab nicht einmal davon gelesen. Wie können sich zwei Monate, oder auch wenn wir uns zwei Stunden sehen, wie eine Unendlichkeit und Wimpernschlag zugleich anfühlen. Während alles ist und nichts bleibt. Ich fühle tiefe Verbundenheit und es lässt mich nicht wie ein Narr fühlen, bei der Vermutung du hattest all diese Gedankengänge. Ich glaube sogar mehr. Ich versuche nur das Realistische zu achten und das Ungewisse sei irrelevant. Mehr noch, das Ungewisse ist nicht und wird niemals sein. Es ist nicht, dass ich jeden Song *relaten* kann, vor allem will ich es nicht. Ich heule bei romantischen Filmen. Ich will dir so viel geben, so viel sagen, vielleicht nur leere Worte, die lediglich schön klingen, aber ich fühle diese Schönheit. Ich fühle mich. Mehr als ich mich meistens fühle.

Beziehung (nicht romantisch) zu einem Lehrer der Schule.

Regelmäßige Treffen innerhalb und nach der Schule.

Vereinzelte Treffen komplett außerhalb der Schulzeit.

Intensive emotionale Gespräche über Themen beider Seiten.

Durch ihn initiierte Teilhabe an seinem Leben.

Interesse an weiteren Treffen durch ihn.

Er weiß um die Problematik ("Aus Lehrersicht ist es stark grenzwertig sich weit nach der Schule mit einer Schülerin zu treffen").

Beobachtungen:

Gefühl, dass er mehr fühlt als nur Freundschaft.

Emotionale Folgen (extrem viele Gedanken):

Er hat eine Freundin .

Ich weiß nicht, ob das alles richtig ist.

Ich will körperliche Nähe (keine sexuelle oder romantische).

Ich fühle mich seinetwegen falsch darüber zu reden.

Zitate:

"Knuffiges Lächeln"

"Du bist toll"

"Ich schätze ich rede gerne mit dir"

"#TeamLehrkraft " (bezogen auf Beziehungssstress)

"Ich werde die Beziehung nicht beenden, außer es entstehen Gerüchte"

"Mein Vertrauen in dich hat deutlich gelitten als mir immer klarer wurde, wie gut Fabian um unsere Kommunikation weiß"

(wrtl. Zitat)

Es ist wie ein Schuss in die Brust, wenn ich deinen Namen höre. Und das erste Mal dich wiedersehen, nach all dem, ist krass. Ich müsste nicht auf dieser Hofpause sitzen. Ich könnte irgendwo sein, doch ich sitze hier. Schreiende Kinder rennen um mich. Dieser Text ist mir so bekannt und ich sitze hier, genauso wie du mich beschrieben hast. Ich bin einfach noch nicht fertig mit dem Thema. Irgendwas fehlt.

Wie wird wohl das erste Mal sein, wenn ich mit dir rede. Könntest du mir in die Augen sehen? Könntest du mir in die Augen sehen und mir sagen, dass du mich nicht liebst?

Ein *fucking* Jahr und ich hab nicht mal die Garantie, dass ich es wieder bekomme. Ich kann gar nicht beschreiben, was ich fühle, wenn ich dich sehe. Ohne auch nur dein Gesicht zu sehen. Da ist so viel Wut, Enttäuschung und Trauer, aber genauso Fragezeichen. Und nach wie vor, auch wenn ich versuche, es wegzudrücken, ist da so unfassbar viel Zuneigung. Es fällt mir so verdammt schwer mich nicht selbst zu verletzen. Und mein Kopf ist so leer. Ich will mit dir reden. Ich will dich anschreien. Einfach irgendwie die Verwirrung lösen.

Liebes Traumato,

heute bin ich unvorbereitet in eine Situation gerutscht, die mich, mein gesamtes Bild auf dich/uns überdenken lässt. Wir haben uns in die Augen gesehen. Ich hab deine Stimme wieder gehört. Wie kann ein kurzer Augenblick mich wieder davon überzeugen, mein Herz gehört 100 % dir. Meine Gedanken sind gefüllt von: "Wann kann ich dich wieder haben?" "Bist du sauer auf mich?" "Willst du mich noch?"

Tja, und wenn man solche Briefe nicht beendet, sieht es einen Tag später komplett anders aus. Mein ganzes Leben steht Kopf, mein Bodycount ist eins höher und ich bekomm Panik, wenn du mit mir redest. Was eine Ironie. Im November mit Elia an der gleichen Stelle wolltest du mich rauswerfen. Heute wieder. Und es hat sich die gesamte Situation verändert. Ich wollte dir eigentlich hinterherschreien: "Lass mich in Ruhe, Gregor.". War denke ich besser einfach nichts zu sagen. Ich mag die neue Frisur. Vielleicht, ganz vielleicht, heilt Zeit doch nicht alle Wunden. Warum ich das denke? Weil ich ein großes Loch in meiner Brust mit mir herumtrage. Du siehst es nicht, meine Therapeutin sieht es nicht, keiner wird es sehen. Ich habe es bedeckt, genäht, tue so, als wäre es nicht mehr da. Doch letztendlich könnte ich es jederzeit aufreißen, wenn du möchtest. Das ist der Punkt. Es gibt keinen Menschen, für den ich alles aufgeben würde, außer für dich. Bei allen Menschen wäge ich ab, dir würde ich blind folgen.

In Liebe, Enton

Ja, dieses Mal ist es kein Wut-Brief oder ewige Liebeserklärung. Es geht nicht einmal um dich. Es geht eher um mich und das ich wohl wieder einen Menschen brauche, der meine Probleme anhört, drüber urteilt und dann behauptet, ich wäre wichtig.

Ich meine; wir haben Person A. Ich kenne Person A seit fast einem halben Jahr. Er liebt mich extrem. Mein Körper mag ihn. Wir haben miteinander geschlafen. Er macht auch Musik, ist aber echt nicht attraktiv. Dann haben wir Person B und Person B sieht insane aus, ist absolut mein Typ. Wir haben den gleichen Humor und sind super romantisch miteinander und kennen uns seit zwei Wochen. Ja, und sind vielleicht zusammen, weil ich Angst hatte 'nein' zu sagen, was A echt das Herz gebrochen hat. Und Person C ist ein ehemaliger LSA[1]-*Dude* mit eigener Wohnung, der voll mein Typ ist. Wir haben uns vor zwei Tagen auf einer Party kennengelernt. Irgendwann saß ich auf seinem Schoß und er hat mich geküsst. Wir sind irgendwann zu ihm gefahren, haben noch eine Flasche Hugo getrunken und haben in seinem Bett geschlafen und er hat mich halt weiter geküsst. Am nächsten Morgen haben wir gekuschelt und geredet und kurz rumgemacht und er hat mich so richtig süß auf seinen Schoß gezogen. Irgendwie war mein Gehirn noch nicht wieder im Beziehungs-*mood*. Ich fühle mich nicht einmal schuldig. Zudem bin ich sehr verwirrt von diesem ONS was irgendwie keins war, weil er will, dass ich in seinem Leben bleibe. Aber er war so lieb zu mir…

---

[1] Landesschüler*innenausschuss

Okay, dann fange ich einfach mal ganz von vorne an. Wir kannten uns generell schon vom Bauausschuss und der Schulkonferenz, d. h. wir hatten schon ein paar private Gespräche über so mäßig *deepen Stuff*. Dann haben wir nach ner Schulkonferenz mal noch übel lange an der Storkower gestanden und halt so über mein Leben geredet. Ca. ne Woche später hab ich ihn dann abends mal über Discord angeschrieben weil ich ne rechtliche Frage hatte und das ist dann in nem Chat bis 1 Uhr ausgeartet. Und dann haben wir uns für den Mittwoch vor den Osterferien verabredet in der Schule. (Da war ja Zuhause-arbeit). Und bis dahin auch jeden Tag viel geschrieben und immer persönlicher geworden.

An dem Mittwoch haben wir dann jedenfalls auch ewig geredet, was dazu geführt hat, dass er mich dann am Freitag (wo ich ihn dann auch schon duzen durfte) im AssClub eingesammelt hat und wieder ewig reden und wir waren zusammen bei DM. In den Ferien halt auch *basically* jeden Tag geschrieben und er hat die erste Sache gemacht, die ich halt *sus* fand. Weil er so mir morgens irgendwann als Freude mal gemacht hat, meine *favorite* Pokémon in son Mixer zu packen und dann zu bewerten, wie gut die Kreationen sind. Als die Schule dann wieder angefangen hat, haben wir uns wirklich täglich nach der Schule bzw. in den Pausen gesehen + schreiben. Und ich hab mich halt verliebt, weil er *fucking* nett war. ('Du bist toll.' 'Du hast ein superknuffiges Lächeln.' 'Ich schätze ich rede gerne mit dir' im Kontext hat er *basically* gesagt 'ja, also mit meiner Ex konnte ich ja son bisschen psycho analytisch reden, mit meiner jetzigen Freundin gar nicht und mit dir ist es extrem cool.' Ich bin irgendwann mal bei ner Panikattacke bei ihm gewesen und er hat halt meine Hand genommen und sie gestreichelt. Und ich hatte seinetwegen extreme Selbstverletzung, die ich ihm dann auch einmal gezeigt habe und er hat halt auch, nicht erotisch oder so, die Stellen kurz gestreichelt (Oberschenkel). Und er hat mehrere Male betont, dass ich einen aufreizenden Kleidungsstil hätte und schwammig formuliert, dass er mich attraktiv findet.)

Er hat an son paar Abenden halt richtig krasse Sachen geschrieben und ich hab angefangen mich schlecht zu fühlen, weil ich wusste, er lügt seine Freundin an. Wir hatten uns für Ende Mai bzw. am Männertag fürs "Gläsern" verabredet, war son Glas mit persönlichen Fragen. Kurz danach hat Fabian mich dann gezwungen, zu Herrn Laud zu gehen, weil ich emotional nicht mehr auf die Sache mit seiner Freundin klargekommen bin. Ich hab also die ganze Sache Herrn Laud erzählt, ohne zu sagen, wer es ist. Hab am gleichen Tag nochmal mich mit ihm getroffen und es war eigentlich ganz schön als so Abschluss treffen *I guess*. Und dann hab ich am nächsten Tag, weil er mit Herrn Laud geredet hatte, mit ihm den Kontakt abgebrochen. Hab's dann irgendwann meiner Mutter erzählt. Die hatte dann ein Gespräch mit Herrn Laud und dann noch irgendwann eins mit Herrn Laud, Fabian und ihm. Dann hat er sich *weird* verhalten und gelogen und dann wurde Frau Berger eingeschaltet und dann hatte ich noch ein letztes Gespräch mit ihm, Laud und Frau Berger. Mein Schuljahr wurde von ihm dann noch aufm Sommerfest damit beendet, dass er mit Freundin und Kind aufgetaucht ist und ich an einer Panikattacke *basically* verreckt bin.

Die Story *feat.* er hat die komplette Verantwortung mir überlassen mit den Worten: 'Ich beende das nur, wenn es Gerüchte gibt, ansonsten musst du sagen, wann Schluss ist.' Eine Umarmung, sehr viele Kekse und Mate, ein paar Momente wo wir uns angesehen haben und ich mir halt dachte okay er guckt mich gerade an, als würde er mich küssen wollen. Er gibt mir in seinem Kopf den Spitznamen Lamabär + Genton und ich hab das permanente Gefühl er ist mindestens genauso verliebt wie ich.

Irgendwelche Fragen?

2 0 . 1 0 . 2 2

Hey Gregor,

mal wieder ein Brief, der recht wenig mit dir zu tun hat. Es geht mehr darum, dass es mir nicht gut geht. Ich bin paranoid, was Fabian und Eva angeht, generell was Fabian angeht. Und dabei will ich das nicht mal. Es ist richtig und gut, dass wir nicht mehr zusammen sind, und doch tut mir jeder Gedanke an Eva und ihn weh. Es *triggert* mich nichts so sehr wie das. Bzw. bin ich mal schnell fünf Tage *trigger*-frei, wenn's mich nicht *triggert*. Ach so und ich hab den Wartelisten-platz, dazu hab ich Felix angeschrieben. Wir treffen uns nächsten Frei-tag.

Jetzt zu deinem Teil. Ich vermisse dich natürlich immer noch und träume von dir, viel zu oft. Mal reden wir einfach nur miteinander und du verzeihst mir, mal haben wir etwas miteinander. Alles in allem *weird*. Und ich muss ständig an diese eine Situation denken. Ich weiß ich hab das schon sooooo oft beschrieben. Nach der Bauausschusssit-zung, wir beide im Kopierraum, ich sitze auf dem Tresen und du stehst am Kopierer. *Damn it*, dein Blick. Ich würde so gerne wissen, was du da gedacht hast. Weil alles, was ich gesehen habe, war, dass wir uns geküsst hätten, wenn einer von uns offensiver gewesen wäre. Oder zumindest warst du verliebt. Ich war verliebt.

Es ist zu weiß, zu *clean*, um diesen *cozy coffee shop Vibe* zu erfüllen, aber die italienische Musik, und ich liebe italienische Musik, verleiht dem kleinen Café mit Blick auf die kleinen Läden einer Seitenstraße der Einkaufspassage von Frankfurt Charme. Es ist kein großes Treiben auf dem Bürgersteig, dafür ist er zu klein und die kleinen Tische des Cafés lassen lediglich eine kleine Schneise zwischen Taxen und rauchenden Gästen für die Passanten. Die Bilder zeigen Weinberge, eine kaffeetrinkende Frau, eine weiße Blüte im Hintergrund, undefinierbare Früchte. Und so stillt auch der letzte Schluck überdurchschnittlichen Kaffee Lattes das tiefe schmerzende Fernweh.

HOFFNUNGSLOSER ROMANTIKER

Vielleicht finde ich auch einfach Gefallen an der Trauer.

Es ist so ein tiefer Herzschmerz mit der Melancholie.

Als würde ich mich nie davon erholen, dass er weg ist, aber ich weiß dass es besser wird.

Diese Trauer, die ich in mir trage, macht mich so kreativ.

Vielleicht bin ich auch einfach ein hoffnungsloser Romantiker.

Er und meine Liebe lösen es aus.

   - Novo Amor - *Carry You*

*"now you're smiling, smiling like you've got something on your
mind*
Are you here looking for love?" Mehro - *Chance with you*

Die Sache mit der Angst ist schon interessant, ähnlich wie die Sache mit dem Schmerz und freundlicherweise begleiten mich beide
wieder auf Schritt und Tritt. Und warum? Naja, einerseits hab ich was
für mich und die Allgemeinheit getan und was gibt mir die Allgemeinheit zurück? Schmerz.

Und andererseits darf ich auf meiner wie-viel-ist-in-deinem-Leben-schiefgelaufen-Bingo wieder ein Kreuzchen setzen. Vielleicht
höre ich auf zu arbeiten und der Welt zu helfen. Vielleicht scheiß ich
einfach drauf. Oder ich beiß die Zähne zusammen, Kopf hoch und
weiter, denn ich bin unbesiegbar und stärker als all das, was mein Herz
schon abbekommen hat.

Und ich hab vor allem gelernt, dass Zeit so viel mehr ist als dieses Elende von Arbeit zu Arbeit, Wochenende zu Wochenende. Denn wenn man Zeit genießt, fängt man an zu leben.

Maria, [9 Dez 2022 um 22:00]

Weil diese rationale Einstellung, die ich habe, ist, dass wenn ein Mensch einen besseren Menschen als mich findet, dann soll er diesen nehmen

Maria, [9 Dez 2022 um 22:00]

Weil dann ist es das Schicksal und muss so

Maria, [9 Dez 2022 um 22:01]

Aber der einzige Mensch, den ich wirklich wollte, und der mich auf einer anderen Welt auch gewollt hätte, ist nicht mehr da

Maria, [9 Dez 2022 um 22:02]

Weil wenn es eine große Liebe gibt

Maria, [9 Dez 2022 um 22:02]

Und ich hatte meine erste Liebe

Maria, [9 Dez 2022 um 22:02]

Ich hatte meine Zweite

Maria, [9 Dez 2022 um 22:02]

Aber wenn es eine große Liebe gibt, hab ich meine andere Hälfte verloren

Maria, [9 Dez 2022 um 22:03]

Du bist süß und toll und ich möchte dich heiraten

Maria, [9 Dez 2022 um 22:03]

Aber du wirst niemals meine große Liebe sein

Es gibt keine vollkommene Schönheit. Es gibt nicht das perfekte Glück. Aber vielleicht kommt italienische Klassiker auf einem harten Linolboden an einer Heizung gelehnt im November hören, näher an meinem vollkommenen Glück als jede meiner Vorstellungen. Über einen möglichen Schreibplan für eine meiner Geschichten philosophieren, mir vorzustellen, es wäre ein schwüler Mittsommertag. Und irgendwie liebe ich es allein zu sein, denn so ist es am leichtesten, diese Ästhetik zu halten.

Natürlich erzählt einem niemand, wie einschläfernd italienische Schnulzen sind. Oder es ist die Wärme der Heizung.

Bemerkenswerte Erkenntnis: Wenn man sich frei macht von der stetigen Stimulation von Musik und eine Weile wenig bzw. gar keine Musik hört, genießt man, wenn man dann wieder Musik hört, diese enorm. Mehr als man sie davor genießen konnte, wahrscheinlich eine Befriedigung, die man seit Ewigkeiten nicht hatte.

These: Wirkt Musik auf das Gehirn wie eine Droge?

"Denk an KKUKK im Fischi, sonst geben dir die PEDs eine SORG." Das war einer der ersten Sätze, die bei meinem Aufenthalt gefallen sind und zu diesem Zeitpunkt habe ich keine der Abkürzungen verstanden, geschweige denn sie in einen gemeinsamen Kontext bringen können, aber das kommt noch.

Im Folgenden möchte ich mich mit einem Tagesablauf, dem Essen, wie der Berliner Senat, mich anscheinend sogar bis in die Psychiatrie verfolgt und ein paar Eindrücken beschäftigen, um zu einem abschließenden Fazit und meiner Bewertung zu kommen.

KJP (Kinder- und Jugendpsychiatrie), Helios Klinikum Buch, Station 1. Dienstag:

Unser straffer Zeitplan beginnt um 7 Uhr. Meine Zimmermitbewohnerin hat unseren Wecker ausgestellt, also weckt uns das PED (Pflege Erziehung Personal). Ich tapse 10 nach in meinem Gengar-*Onesie* den Gang zum PED-Büro herunter. Dort angekommen setze ich mich auf den Stuhl, Ärmel hoch und Puls messen, Finger ausstrecken, Sauerstoffsättigung und Herzfrequenz.

Um halb geht es in den Bewegungsraum für den Frühsport.

7:45 Uhr dann zum Morgenkreis im Fischiraum (namensgebendes Aquarium steht in der Ecke) mit den üblichen Fragen: "Wie geht es dir? (und möchtest Du uns erzählen warum?)"

„Ich bin müde und angespannt, weil ich schlecht geschlafen habe und angespannt weiß ich nicht."

"Was ist dein Tagesziel und wie kannst du es erreichen?"

„Schule produktiv nutzen, indem ich mich motiviere."

Jetzt zum Frühstück. Wir haben bis 8:25 Uhr Zeit, aber manchmal sitzen wir bis 8:45 Uhr. Die Schule beginnt um 8:30 Uhr im Gebäude gegenüber, also ein sehr kurzer Schulweg und es stört niemanden, wenn man ein paar Minuten zu spät kommt. Zum Essen später mehr. Wobei das Frühstück recht annehmbar ist.

In der Schule arbeite ich an meiner PibF[1].

Um 10 Uhr ist dann eine halbe Stunde Arsch-Abfrieren angesagt. Ich habe um 10.30 Uhr Ergotherapie.

Um 12 Uhr, ausnahmsweise mal wirklich pünktlich, gibt es Mittagessen. Wir essen wieder alle gemeinsam im Essensraum auf Station.

Um 16 Uhr gehe ich in den Ausgang und mit einem Freund spazieren zu gehen. Auf dem klassischen Weg zu Kaufland (denn dort ist es warm) fällt mir heute zum ersten Mal ein großes "HOWOGE"-Schild auf und ich muss lachen, dass sogar hier draußen im Exil (ich nenne Buch so, weil es über eine Stunde bis nach Mitte ist) die Howoge ihre Fühler hat.

Bis 18 Uhr geht mein Ausgang und direkt um 18 Uhr gibt es auch Abendbrot.

18.45 Abendkreis mit den Fragen "Wie geht es dir? (und möchtest Du uns erzählen warum?)"

"Ich bin nachfreudig, neutral bis positiv gestimmt und erschöpft, weil mein Ausgang sehr schön war."

"Was war dein Tagesziel und konntest du es erreichen?"

"Schule produktiv nutzen, ich würde sagen, ja."

"Was war dein Tageshighlight?"

"Mein Ausgang."

Danach bekommen wir unsere Handys und mein restliches Abendprogramm ist Sport mit anschließendem Yoga. Ich mache noch ein Reflektionsgespräch mit dem PED, um mein Handy zum Einschlafen zu bekommen und werte dort mein Essensprotokoll aus.

Mit meinen MPs (MitpatientInnen) verstehe ich mich sehr gut und in einer Gruppe von zwölf Personen wächst man sich gegenseitig schnell ans Herz. Die Gesprächsthemen variieren stark von Hobbys, über den neusten Klatsch und Tratsch, über PEDs bis hin zu völlig absurden Theorien über Gott und die Welt. Und es gibt auch Tage wo eben beim Essen fast gar nicht geredet wird, da die Stimmung der

---

[1] Prüfung in besonderer Form

Gruppe stärker negativ ist. Was ich persönlich schön fand, war, wie wir uns gemeinsam hochgezogen haben. Wenig überraschend war die Queerquote, somit war auch das ein großes Gesprächsthema. Wir haben uns über unsere diversen familiären Hintergründe ausgetauscht und ich habe meine Eltern nochmal ganz anders zu schätzen gelernt.

Mein Therapeut und ich sprachen vor allem über meine Geschichte und das Essen. Die Beziehung zu meiner Familie, frühe Problematiken in meiner Kindheit und mein starkes Erinnerungsproblem wurden thematisiert. Doch wirklich viele Stunden haben auch meine Erfahrungen im Frühling 2022 gefüllt. Die ganze Thematik musste aufgearbeitet werden und ich muss gestehen, ich stellte oft die gleichen Fragen in einer Art Loop, weil ich einfach nicht damit klarkommen wollte. Doch mein Therapeut hatte wirklich viel Geduld und erklärte es mir immer und immer wieder, was mir so enorm geholfen hat. Im Bereich Skills hatte ich dank meiner vorangegangenen Therapien schon viele Werkzeuge zur Hand und generelle Therapieerfahrung hat sicher einige Prozesse beschleunigt, aber es ist eigentlich irrelevant und ich hatte einige MPs, die keinerlei Therapieerfahrung mitbrachten.

Das Essen? Annehmbar. Für VegetarierInnen… Schwierig.

Nun zu meiner ganz eigenen Kuriosität, denn ich habe meine Erfahrungen mit dem Senat gemacht durch unseren Bauausschuss, aber dass ich ihm auch in Buch begegnen würde, hätte ich nicht gedacht. In meiner dritten Woche dort bekamen wir Besuch, denn das Klinikum muss alle drei Jahre überprüft werden. So fiel dieser Tag zufällig in meinen Aufenthalt und ich erklärte mich direkt bereit, mit den zwei gestandenen Herren über die Station zu reden. Ich beschwerte mich im Namen aller über die Bäder.

KKUKK machte mir an manchen Tagen das Leben schwer. Denn "kein Körperkontakt unter Klapsenkindern". Eine Regel oder zumindest Richtlinie, die, ähnlich wie die Fragen aus den Morgen- und Abendkreisen, wir auch gut im Schulalltag gebrauchen könnten.

Dennoch hätte ich ab und an eine Umarmung gut gebrauchen können. Irgendwann beginnt man zwar diese wie auch viele andere Regeln zu missachten (hust, das habt ihr aber nicht von mir gehört), aber trotzdem bleibt sie immer präsent und man versucht, die Bedürfnisse aller Anwesenden zu beachten.

Kommen wir zu meiner Bewertung. Ich habe, wie im Titel schon zu lesen, 4,5 von 5 Sternen gegeben, denn diese Zeit hat mir wirklich geholfen. Es waren alle nett zu mir, die PEDs, mein Therapeut und vor allem die MitpatientInnen. Vor allem sie waren ein großer Kontrast zum Ass und auch das, was ich am meisten vermissen werde. Mein Zustand hat sich innerhalb von fünf Wochen komplett stabilisiert und ich habe viele neue Ressourcen und Ansätze, wie es mir auch zuhause gut gehen kann. Ich bin von immer-wiederkehrenden-selbstverletzenden-Verhalten zu seit-einen-Monat-vor-meiner-Klinikzeit-*clean* und ich arbeite an einem "für immer", was ich vor allem kurz vor meiner Aufnahme nie für möglich gehalten hätte. Ich habe in der Klinik gelernt, wie gut mir Rituale und ein strukturierter Tagesablauf tun. Und ich habe mir wirklich viel Zeit für mich und nur mit mir allein genommen, wofür ich in der Schule keine Zeit fand. Es war für mich so wichtig zu erleben, dass es auch anders geht, und ich hoffe es hilft mir in Zukunft besser mit diesem Leistungsdruck an unserer Schule klarzukommen.

Genug vom reflektierenden Gedöns und zurück zu meinem ersten Satz. Schließlich fehlt noch der Begriff "SORG" und so ganz genau, was das ist, weiß ich immer noch nicht. Es ist eine Verhaltensanalyse, soviel kann ich euch sagen, aber ich habe in meiner Zeit keine bekommen, deshalb fehlen auch mir hier die näheren Infos.

(MaLu)

Und ich hab keine Ahnung wie du heißt, aber ich find dich wunderschön.

Mit deinem Kaffee in der Hand, du *vibest* mit deinem einen Airpod. Sonntag um 14:04 Uhr im Ring.

Dein Ring am Ringfinger, Silber.
Kleine Herzchen auf deinen Nägeln. So schwarz wie dein Haar und die Klammer, die sie hält.

Hab dich nur einmal angesehen und mir all das gemerkt. Dein Lächeln in mich aufgesogen. Dabei bist du schon vor Ewigkeiten ausgestiegen, aber du bist noch in meinem Kopf.

Ich hab noch keine Worte für das, was ich empfinde. Ich bin noch nicht bereit für all das. Ich bin ungefähr so alt wie er, als er mir das angetan hat, und ich kann es nicht verstehen. Ich kann es mir nicht vorstellen, einem Menschen seine Sexualität zu nehmen. Und ich habe nicht nur sie verloren, ebenso einen großen Teil meiner Seele. Es ist so absurd, dass ich mir die Schuld gebe und eigentlich nicht realisieren kann, dass es passiert ist. Die Art, wie er mit mir darüber redet, lässt mich an meinen eigenen Erinnerungen zweifeln. Ja, soweit ich mich frage, ob ich der Täter war, so wie er mich behandelt, aber dann spüre ich wieder seine Hände auf meinem Körper. Ich zucke zusammen, weil jemand zu schnell die Hand bewegt, und ich sehe dieses Gesicht vor mir. Er schafft es, dass ich mich in meinem Körper so falsch fühle und ich habe Angst, dass dieses Gefühl nie wieder weg geht. Und ich stecke zurück.. Nach all dem bin ich es, der seinen Tätigkeiten nicht mehr nachgeht, weil ich es nicht mehr kann. Er hat mir diese Leidenschaft genommen. Das sind noch nicht einmal im Ansatz alle Worte, die ich sagen möchte. Es ist ein Anfang von der Spitze des Eisberges. Es ist das, was ich gerade formulieren kann, aber es gibt so viel mehr, was ich fühle. David Kushner bringt es in *Burn* einigermaßen auf den Punkt:

"Alles, was du je verursacht hast, war Schmerz

Du kannst sagen, dass es dir leidtut, der Beweis ist auf Meinem

Körper, aber ich beklage mich nie

Ich trage es als eine Lektion, ein Fluch und ein Segen

Du bist kein Prophet

Hast du vergessen, dass du gottlos bist?"

Ich glaube der schwierigste Teil am Gesundwerden ist zu akzeptieren, dass man gesund wird, weil das Kranksein, die Schmerzen, so ein großer Teil vom Leben geworden sind, dass man ihn nicht aufgeben möchte.

"Und plötzlich waren wir doch einfach 16 und fuhren zu fünft mit drei Fahrrädern durch Brandenburg. Ich war frei. In dem Moment, wo ich mich von Fabian trennte, entschied ich mich dazu zu leben."

Ich bin ein schlechter *victim*. Ich bin so ein schlechter *victim*, dass ich mich dafür schäme, weil ich allen Menschen in meinem Umfeld predige sie sollen ihren Mund aufmachen. Und ich es selbst nicht kann. Ich kann nur schweigen. Weil ich so große Angst habe. Weil mein Täter in jedem Kampf gewinnen würde. Weil ich nichts sagen kann. Weil er mir beigebracht hat, dass ich nichts zu sagen habe. Und ich mir eingeredet habe es ist nicht passiert. Er sei nicht der schlechte Mensch, sondern ich bin es. Ich bin so ein schlechter *victim*, dass ich weinen könnte. Ich fühle mich machtlos und verloren. Und bei jedem Menschen, dem ich davon erzähle, habe ich Angst, er nimmt mich nicht ernst. Weil mein Täter einfach ein zu netter Mensch ist. Und ich will wieder nicht aufstehen, ich will seine Hände vergessen. Es wäre mir lieber ich würde es mir einbilden. Es wäre mir lieber ich wäre die psychotische Ex, als die er mich darstellt. Ich will nur dass es aufhört. Dass es nie passiert ist. Und ich kann nichts tun. Ich kann nicht sagen was passiert ist, weil man mir nicht glaubt. Ich dreh mich im Kreis.

Ich weiß nicht, wie und wo ich diese Nachricht anfangen soll. Vorab, mach dir keine Sorgen, das ist kein Abschiedsbrief oder *whatever*. Ich hab mich auch nicht selbst verletzt. Ich merke nur, ich bin in einer Situation, wo ich so dringend deine Hilfe brauche und mich nicht traue zu sagen was los ist. Ich fühle mich ohnehin schon wie ein schlechter Mensch. Ich bin ein schlechter Mensch.

Ich glaube, ich hab mich in Franz verliebt. Wir hatten auch schon was miteinander und Andreas weiß davon. Ich habe alles dafür getan, dass Andreas damit klarkommt, weil ich so schreckliche Angst um ihn habe. Und ich hasse mich so sehr dafür, dass ich mich nicht beherrschen konnte. Ich glaube, Franz war einfach da und hat mir so was anderes gegeben als Andreas. Ich will mit Franz zusammen sein. Zumindest denke ich das gerade und ich weiß nicht mal, ob das hält, das Gefühl. Aber er ist der erste Mensch, wo ich das Gefühl habe, ich will was fest Monogames und ich glaube trotzdem daran, dass Andreas mein 'für immer und ewig' ist, aber eben noch nicht jetzt. Und ich kann nicht heilen, solange Andreas da ist. Keiner von uns beiden, dafür wollen wir zu unterschiedliche Sachen und sind beide zu aufopferungsvoll.

Und ich weiß es wäre das Richtige gewesen, mit Franz bis nach Italien zu warten. Aber es fühlt sich nicht wie ein Fehler an. Ich hab so Angst davor Andreas allein zu lassen. Aber diese Angst macht mich seit Monaten krank und ich will Franz, aber das tut Andreas weh und wenn ich Andreas irgendwas gebe ist es einfach aus dieser Angst oder aus einer tiefen freundschaftlichen Liebe, aber nicht romantisch. Es fühlt sich an, als hätte diese Angst meine Liebe nach und nach aufgefressen. Franz hat mich zum Nachdenken gebracht, ob ich wirklich *poly* bin oder einfach nur unglücklich war und nicht verstanden habe, was ich will. Aber es ist wieder so impulsiv und intensiv und deswegen hab ich so schreckliche Angst, dass es weg geht und ich weiß nicht... Noch viel größere Angst, dass es nicht weggeht. Ich hab Angst davor, ob du ihn mögen würdest, weil er Fabian sehr ähnlich ist. Ich hab Angst, ob der Rest von unserer Familie ihn mag (obwohl ich bei

Papa eigentlich keinen Zweifel habe, die sind sich schon teilweise ähnlich.. na gut Franz interessiert sich Null für F1). Ich hab Angst, ob seine Familie mich mag. Ich meine alle in seiner Familie sind sooo krass. Ich weiß nicht, ob wir von unseren Interessen, abgesehen von Musik, zueinander passen. Aber unser *Vibe* passt. Unsere Chemie stimmt. Und er versteht das mit dem Essen. Er bringt mich dazu zu essen. Und er sagt all diese romantischen Dinge, die ich immer hören wollte. Ich hab Angst davor, dass er mir weh tut und mir mein Herz bricht. Und trotzdem fühle ich mich so bereit wie noch nie, diese Beziehungssache auszuprobieren. Mit dem ganzen Sexuellen zu warten.

Ich will das mit Andreas aus dem gleichen sozialen Druck nicht beenden, wie damals bei Fabian. Und die Angst, dass Andreas sich umbringt. Ich versuche gerade irgendwie einen Mittelweg aus Andreas das zu geben, was er will und das tun, was ich will. Ich habe Angst, dass ich daran zerbreche. Ich kann seit Monaten kaum noch essen. Mein Körper ist so kaputt, aber ich wollte einmal nicht das Problem-Kind sein. Ihr habt euch so gefreut, dass es mir gut geht. Ich fühle mich einfach nur falsch und wie ein schlechter Mensch. Als würde ich alles kaputt machen, was ich berühre... Ich weiß, ich bin nicht allein schuld daran, dass der Freundeskreis zerbricht, aber ich bin beteiligt.. Ich habe das Gefühl, ich mach alles kaputt und mein Körper will nicht mehr.. Ich hab's nichts mehr unter Kontrolle und jede Rippe, die ich sehe, macht mich glücklicher.. Meine Haut zieht sich nur noch über meine Rippen, meine Schulterblätter und Wirbelsäule stehen hervor... Und ich finde meinen Körper zum ersten Mal schön. Es hat einfach alles so viel einfacher gemacht, nichts zu essen. Ich konnte alles kompensieren, doch das reicht nicht aus, um mich aus dieser Situation zu holen. Und ich weiß nicht, was das Richtige ist, weil ich schon wieder so viel objektiv falsch gemacht habe, was sich subjektiv so perfekt angefühlt hat.

Und er macht mir Angst, auf diese Weise, dass er genauso schlau ist wie ich und ich das nicht kontrollieren kann. Es macht mir Angst, weil es erst so kurz geht. Es macht mir Angst, dass er mich mit dem gleichen Verlangen in den Augen ansieht, wie der Mensch, der mich vergewaltigt hat. Es macht mir Angst, dass ich nicht weiß, wie weit ich gehen würde. Es macht mir Angst, dass ich mein Verlangen nicht kontrollieren kann. Es macht mir Angst, dass er mich an Gregor erinnert, von dem, was er sagt und wie er es formuliert. Es macht mir Angst, wie er den *Vibe* der beiden Menschen, die mich am meisten gebrochen haben, kombiniert.

Es tut mir leid.

Ich weiß nicht, ob ich lebensfähig bin.

145

Ich weiß nicht, ob ich lebensfähig bin.

Es gibt ein bestimmtes Maß an Schmerz, was jeder Mensch aushalten kann. Wird dieses Maß überschritten, ist der oder die Betroffene nicht mehr ansprechbar, die Psyche macht an diesem Punkt zu.

Ich wollte immer ein *Happy End* oder wenigstens ein Ende. Doch es geht immer weiter.

DIE HÄLFTE VON UNENDLICH GLÜCKLICH

Ich bin die Hälfte von unendlich glücklich
Ist das Maß relevant?
Bin ich denn überhaupt und ich mein wirklich
Oder ist glücklich schon verkannt
Wärs nicht besser, wäre ich beständig
reicht Zufriedenheit schon aus?
Ich bin *happy* oder hm wie nenn ich's
Machen wir ein Sorglos draus
Meiner Therapeutin erzähle ich
mein Leben läuft grad gut
Ausgeglichen sei es wohl an sich
Vielleicht weil es grad ruht
Aber die Gesellschaft will doch am Ende
Nur das ich weiß, wer ich bin
Was ich will und eine Prise
Bestimmtheit ist bestimmt mit drin
Selbst überzeugt sein wie Elon Musk
So ergibt das dann wohl Sinn
Doch die Hälfte von unendlich glücklich
Gehört da glaube ich nicht hin
Aber die Gesellschaft will am Ende
Nur das ich weiß, wer ich bin
Was ich will und eine Prise
Bestimmtheit ist mit drin
Doch die Hälfte von unendlich glücklich
Gehört unendlich mal nicht hin

2 4 . 1 0 . 2 0 2 3

Am dissoziieren

und starker Druck

Sie hat's gut gemacht, dass ich mir in dem Aspekt nie wieder professionelle Hilfe suchen werde, weil sie mir den Mädchen Notdienst noch heute anprangert.

Ich bin ja gern Zuhause aber am liebsten allein oder wenn sich niemand mit mir beschäftigt.

Und sie sagt ständig, sie sei so eine schlechte Mutter und ich muss ihr widersprechen, sonst versucht sie dann eine pseudo gute Mutter zu sein und mir irgendwas vorzuschreiben.

Und ich hab das Gefühl egal was ich mache, ich fühle falsch und ich bin undankbar und ein schlechtes Kind.

Ich mach nie genug ich kann gar nicht genug sein egal wie sehr ich an mir arbeite.

Und egal wie viel ich kämpfe, ich bin nie genug.

Und wenn ich einmal schlecht gelaunt bin bzw. ihr widerspreche, bin ich pubertär und es wird runter gespielt.

Ich setze mich über alles hinweg, was sie sagt, während sie mir nur so halb sagt, was ich darf und was nicht.

Ich wär gern einmal genug, oder ich selbst oder, keine Ahnung, das Kind.

Sie macht mich gefühlt von sich abhängig damit, dass sie so tut, als wär sie ja so nett zu mir und sonst würde es mir ja nicht so gut gehen und sie liebt mich ja so sehr und ich hasse mich bei allem, was sie sagt, so sehr.

Ich hab langsam das Gefühl umso älter ich werde, dass die komplexe PTBS von ihr kommt... Und das ich mich im Gregor Kontext mit schwerer psychischer Misshandlung auseinandergesetzt habe, macht es nicht besser.

Aber das kann es ja alles nicht sein, weil sie das abtut und ich ja nirgendwo sonst hinkann, weil ich ja dann keine Freiheiten hätte. Und ich nehm mir zu viel raus und bekomm immer meine extra Wurst.

Ich bin so ein krasses Vorzeigekind gewesen und ich hab nicht das Gefühl, dass sie das überhaupt sieht. Ich würde ja gern Rücksicht auf sie und ihre traumatische Kindheit nehmen, aber sie ist meine Mutter.

Jedes Mal, wenn sie mir schreibt, hab ich Angst die Nachricht zu lesen, weil ich Angst habe, dass ich irgendwas vergessen habe und sie deshalb sauer ist bzw. weil ich irgendwas falsch gemacht habe.

Sie gibt sogar selbst zu, dass sie manipulativ ist. Und sobald ich vor ihr wegrenne, mach ich ja wieder Fehler und bin falsch.

Seitdem ich mich erinnern kann, bin ich am liebsten zuhause, wenn ich allein bin. Und mein Zuhause ist mein Zuhause, aber die Beiden gehören nicht dazu. Also unsere Wohnung ohne die Beiden ist mein Zuhause.

Und auch das mit Carla... Ich pass gern auf Carla auf und bemühe mich zu lernen und nichts falsch zu machen. Und sobald ich irgendwas nachfrage kommt direkt 'du wolltest den Hund auch'. Ich frag doch nur nach...... Ich trau mich teilweise nicht generell irgendwas zu fragen, weil ich dann schon angeblafft werde. Ich frage mich, ob sich irgendwer von den Beiden überhaupt ernsthaft für mein Wohlbefinden interessiert. Es fühlt sich zumindest nicht so an. Nur dass ich halt nicht verrecke, lol. Sie hat ja die Verantwortung für mich. Ich soll ehrlich sein, aber ehrlich meine Meinung sagen ist wieder falsch oder zumindest wird sie nicht gehört. Dass ich mein Leben mag, ist ganz allein und nur mein Verdienst. Und das ist typisch: ich räume ihr so im übertragenen Sinne hinterher. Was sie angeht wär ich lieber ne Abtreibung gewesen. Und ich fühle mich schlecht überhaupt darüber nachzudenken, weil mich das undankbar macht.

Ich weiß ich hab gesagt, ich melde mich, deswegen tut es mir extrem leid, dass ich es erst jetzt tue. Ich hatte es schon seit ein paar Wochen vor, aber jetzt hab ich mir endlich die Zeit dafür genommen.

Ich hab nach zwei Wochen Schule erstmal gemerkt, wie dringend ich eigentlich eine Pause brauche. Länger als sechs Wochen Sommerferien. Also habe ich mit meinen Eltern und meiner Therapeutin visualisiert, wie ich mir ein Jahr ohne Schule vorstellen könnte. Danach hab ich mir eine langfristige Krankschreibung von meiner Psychiaterin für die Schule geholt und dort alles geklärt, sodass ich nächstes Schuljahr ganz regulär in die 11. wieder einsteigen kann. Seitdem versuche ich mich bei Motorsport-Zeitungen für ein Praktikum zu bewerben und setze mich generell viel mit Motorsport auseinander. Meine Eltern haben in den Sommerferien einen Welpen adoptiert, auf den werde ich ab nächste Woche ganz viel aufpassen, wenn die beiden im 'Praktischen Jahr' sind. (Beide haben die Prüfungen bestanden.) Außerdem habe ich in den Herbstferien eine 'Ausbildung' zum Transportsanitäter gemacht und kann somit bei Konzerten und anderen Events arbeiten. Im Moment bin ich auch an der neuen Schule in der SV eingebunden und helfe dem BFD'ler vor Ort bei der Planung der SV-Fahrt, bei der ich sogar Co-Seminarleitung bin und den ganzen Seminarplan geschrieben, sowie das Material gerade schreibe und male.

Mir geht's eigentlich ganz gut. Ich bin auf jeden Fall stabiler als die letzten 16 Jahre wahrscheinlich zusammen. Ich versuche meine Zeit gut zu nutzen und viel zu lesen, zu backen und mich um mich selbst zu kümmern. Außerdem habe ich angefangen, viel in Museen zu gehen. Ich versuche mit all meinen Freunden Kontakt zu halten. Es läuft auf jeden Fall besser bei mir als je zuvor.

Liebe Grüße

Maria/Lukas

Und ich suche immer noch meinen Frieden in deinen Nachrichten,
jedes Liebeslied geht um dich
und ich will gar nicht weiter machen.
Ich will hier noch ne Weile stehen.
Ich würd dir gern nochmal für eine Ewigkeit in die Augen sehen.
Und dann mich aus deinen Augen verstehen.
Wenn mir irgendwer gesagt hätte, das kann im Leben passieren...
Dieses eine Lied berührt mich besonders tief
Dein Name raubt mir noch den Atem
Und wenn du auf mein 'ich liebe dich' gewartet hast?

GROSSE LIEBE

Alle reden davon, ihren Seelenverwandten zu finden. Ich muss sagen, ich hab nie dran geglaubt. Warum sollte ich auch? Die wahre Liebe existiert nur in Filmen. Das Leben ist zu chaotisch für irgendwas dergleichen. Ja, das hab ich gesagt.

Aber dann traf ich dich und es war nicht Liebe auf den ersten Blick, aber Liebe auf den Blick, den du mir Monate später gabst.

Und jetzt steh ich wie ein Blöder an jeder Haltestelle und suche nach dir.

Meine Augen weit aufgerissen, ich will dich nur finden und nie wieder loslassen.

So ganz offiziell war ich nie verliebt, und ich weiß ich sollte es niemals sein. Dein Leben existiert und meins direkt daneben, aber ohne einen Überschneidungspunkt.

Aber ich will doch nur wissen, schaust du sie so an? Hast du jemals jemanden so angeschaut wie mich? Dein Blick fühlte sich einmalig an.

Hey, ich wollte hiermit bis zuallerletzt warten. Und du wirst es wahrscheinlich niemals sehen, aber hier ist meine Verabschiedung, die uns würdig ist.

Ich danke dir für jeden Moment, den ich mit dir verbringen durfte. Vor allem, dass du der Mensch warst, der mir mein Lächeln geschenkt hat. Du hast mich dazu motiviert, ich selbst zu sein. Ohne dich wär ich nicht nur nicht mehr am Leben, nein, viel mehr noch hast du diesen Menschen erschaffen, der ich heute bin. Ein seltsames, flummiartiges, verrücktes, selbstbewusstes und glückliches Genton.

Ich weiß ich muss dich gehen lassen

WUNDEN

Wie erklärt man dem Typen den man eigentlich echt toll findet und
der ausnahmsweise mal ne 10/10 ist, dass man trotzdem an seinem
sozusagen Ex hängt und ein toxisches 'Er ist meins und niemand außer mir darf ihn haben'-Gefühl hat, von einem echt süßen Typen an-
geflirtet wird und nebenbei einen anderen aus der Ferne toll findet...
Während man eigentlich an einem Menschen hängt, den man seit eineinhalb Jahren nicht gesehen hat und wo die gesamte "Beziehung" nur
aus schreiben und jeden Tag sehen ohne das etwas passiert bestand,
man aber trotzdem langsam aber sicher das Gefühl bekommt er war
die Liebe des Lebens, weil man noch nie jemanden so nah an sich
herangelassen hat und plötzlich alles über romantisiert. Der Mann
zwar 18 Jahre älter war als man selbst, aber egal wie man's nimmt
sein Verhalten süßer war als alles, was man ansonsten kennengelernt
hat. Und man sagt, Zeit heilt alle Wunden, doch umso länger er weg
ist, umso mehr will ich beinahe zwanghaft, dass diese verdammte
Wunde eben nicht heilt.

- nicht in mein altes Leben zurückwollen
- Mit Carla durchhalten für die SV-Fahrt war okay, jetzt fühlt es sich perspektivlos an
- Ich will das beruflich machen, ich bin extrem gut, es macht mich so unfassbar glücklich
- Ich bin nicht *happy* mit meiner Elternkonstellation
- Ich fühl mich nicht fähig zu leben
- Ich will mit dem beziehungsunfähig/traumatisiert auch gar nicht leben
- Ich will nicht noch mehr erleben, ich habe fertig
- Ich werd das nicht beruflich machen können
- Ich werd Schule nicht schaffen
- Ich fühl mich nicht in der Lage zu leben
- Ich hätte gerne einen Neustart
- Ich bin kaputt
- Ich fühl mich außerhalb vom Seminarkontext nicht genug
- Ich schaff es nicht bei einer Person zu bleiben, selbst wenn sie alles ist, was ich will
- Ich bin so *insane* im Anleiten und Moderieren. Das, was mich ausgepowert hat, war die soziale Komponente, die ich außerhalb vom Forte Gymnasium nicht hätte
- Ich liebe es viel zu sehr *vercrusht* zu sein und unschuldig einfach nur nebeneinander zu sitzen und sich anzugucken und zu necken.
- Ich bin kaputt
- Ich fühl mich sozial nicht in der Lage mich umzubringen, aber ich wär dem Schicksal sehr dankbar wenn ich einfach einschlafen würde und nie wieder aufwachen würde
- Ich kann hoch und heilig versprechen dass ich mir nichts antue und vorsichtig zu sein, dennoch wünsche ich mir friedlich einzuschlafen
- Ich will nicht mehr

- Ich drehe mich in meinem Leben im Kreis, ich gehöre nirgendwo hin, ich hab kein Zuhause
- Ich will niemanden belasten, vor allem weil ich nicht gefährdet bin
- Ich hab zu sehr gerallt wie sehr ich Menschen weh tun würde
- Ich hasse es mich auf andere Menschen zu verlassen
- Mex ist der erste Mensch, dem ich arbeitstechnisch zumindest einigermaßen vertraue
- Ich fühl mich familiär nicht genug
- Ich hab um einen freien Tag gebeten.... Und es wurde mir verweigert, weil ich das mit Carla machen muss
- Und dieses passiv Aggressive von meiner Mutter macht das alles so viel schlimmer
- Ich fühle mich nicht ernst genommen, weil meine Kritik abgetan und nicht umgesetzt wird.
- Ich würd gern wegrennen
- Ich bin nicht unzufrieden mit mir. Anders, ich bin zum ersten Mal in meinem Leben ziemlich zufrieden mit mir, meinen Leistungen, meiner Resilienz, aber es fühlt sich nicht so an, als wäre das irgendwer aus meiner Familie und ich bin einfach nur richtig unzufrieden mit meinem Leben wie es ist.
- Ich glaube, wenn ich alles, was mir passiert ist an mich heranlassen würde, würde ich meinen Verstand verlieren, weil es eine Menge an Problemen und Traumata ist, die weder mein Körper, noch meine Psyche oder mein Unterbewusstsein egal mit wie viel Therapie wegstecken können
- Ich denke lösungsorientiert, aber ich sehe einen Klinikaufenthalt nicht für sinnvoll, solange ich danach wieder in mein Umfeld zurück gehe (Familie, Freunde, Franz, Andreas). Ebenfalls habe ich ein zu starkes Autoritätsproblem, als das ich nur ansatzweise in einer betreuten WG zurechtkommen würde. Ich müsste genug Geld für ein WG-Zimmer verdienen und erstmal eins finden.
- Ich will mich nicht erwachsen verhalten müssen, aber ich hatte nie eine andere Wahl, ich würd gerne mehr Kind sein, und ich

versuche es, aber mein Leben gibt mir im Moment nicht die Chancen dazu.

- Ich hab das Gefühl ich müsste mich perfekt verhalten und auch wenn mir mein Umfeld sagt es stimme nicht, so gibt es mir doch das Gefühl
- Ich bin extrem aufgeblüht auf dieser Fahrt, ich denke ich hab nicht nur Talent sondern es wär perfekt für mich so etwas beruflich zu machen... Ich denke nicht, dass meine Mutter mir die Chance dazu geben wird
- Ich bin nicht unbeständig... Ich bin polyamorös und gleichzeitig *jealous*, d. h. ich muss an Letzterem arbeiten und Grenzen in meiner Beziehung setzen, insofern, dass ich jetzt weiß, dass mich selbst der nahezu perfekte Mensch nicht glücklich macht und ich glücklicher in einer polyamoren Beziehung/*Situationship* wäre
- Menschen finden mich und meine Geschichte beeindruckend + inspirierend
- SV-Fahrten/SVs generell begleiten gibt mir einen annehmbaren Willen zu lebe. Ähnlich bzw. sogar mehr als Formel 1
- Ich bin unfassbar belastbar und stark auch in alltäglichen Belastungssituationen, wo ich von meinen Eltern und tlw. meinem Umfeld eig. immer das Gefühl bekommen habe, ich müsse belastbarer werden.
- Ich bin optimistisch. Ich glaube, ich bin nur schwer depressiv und vom Leben gezeichnet, aber grundsätzlich bin ich ein positiver Mensch, der in Menschen immer versucht, das Beste zu sehen und allen Menschen irgendwie helfen will.
- Ich muss meine Prioritäten verschieben. Ich meine zu verschieben, wie viel ich Menschen körperlich verzeihe. Dann würde mich aber jedes übergriffiges Verhalten komplett ausknocken. Was ich nicht riskieren will... Ich halte es für naiv *Teenie-Dudes* zu vertrauen. Aber ich sehe das auch als eine Möglichkeit, warum mir das "so oft" passiert ist.

- Ich werte meine Partner gerne schnell ab bzw. werte sie dann auch wieder schnell auf, aber ich bin definitiv zu ambivalent bei Personen, an die ich romantisch gebunden bin
- Ich bin ein konfliktscheuer Mensch
- Fabian hat mich schwer sexuell traumatisiert, auch auf meiner Lukas-Seite bzw. speziell da nochmal anders, worüber ich noch nie ordentlich geredet hab weil ich mich damit so widerlich fühle, deswegen fällt es mir auch schwer als Lukas männlichen Personen gegenüber romantische/sexuelle Gefühle zu fühlen erst recht zeigen
- Ich mag körperliche Berührungen, aber ich kann nur sehr sehr schwer vertrauen, um sie richtig zu fühlen bzw. ich benutze sie zu nonchalant, um bestimmte Sachen durchzusetzen
- Ich wäre gerne mit Mädchen befreundet, ich habe nur immer Angst, ausgegrenzt zu werden.
- Meine Essstörung macht mein Leben zur Hölle.
- Das augenzucken wird mehr deutlich mehr

My past is more secure, than my future will ever be.

Ich liebe deine Augen für alles, was sie gesehen haben und trotzdem das Gute in dieser Welt suchen.

Ich liebe dein Lächeln, was du jedem Menschen schenkst.

Ich liebe deine Nase vor allem mit dem kleinen Buckel, irgendwie sieht sie unfassbar knuffig aus.

Ich liebe deine Augenbrauen, sie geben deinem Gesicht einen Charakter.

Ich liebe es, wie du deine Stirn runzelt.

Ich liebe deine Lippen, ich weiß es klingt kitschig, aber du hast unfassbar schöne Lippen.

Ich liebe ihre Fülle und ihre Farbe.

Ich liebe deine Augen für ihre Farbe, auch wenn ich glaube, dass sie in den letzten Jahren einen großen Teil ihres Glanzes eingebüßt haben.

Ich liebe deine Haare, nicht nur das Rot steht dir verdammt gut, auch deine Naturhaarfarbe passt unfassbar gut zu dir.

Ich liebe es, dass man deinem Gesicht nicht ansieht, was du erlebt hast.

Ich liebe dich dafür, dass du auf deine ganz eigene Weise wunderschön bist.

Ich liebe dich dafür, wie du meiner geschundenen Seele eine liebenswürdige Fassade gibst.

Es tut mir leid, was du meinetwegen durchmachen musstest, all die Schnitte, all die sexuelle Gewalt, all den Hunger.

Dein Körper ist so wunderschön, du hast etwas so viel Besseres verdient.

~ Januar 2o24, in einem Schub, bei dem ich das Gefühl hatte, nie wieder rauszukommen, mit konkreten suizidalen Absichten. Ich hab ihn geschrieben, weil ich dachte, ich würde es nicht überleben.

Die Folgenden Songtexte sind von Maria Hahne, wenn ein
"Maria-Lukas" dahinter steht, ist der Song online zu finden.

WOANDERS – MARIA-LUKAS

Ich hab mich damit abgefunden,
dass du mich nicht mehr willst.
Ich hab wieder Verabredungen
während du dein Leben chillst.

Vielleicht werd ich niemals vergessen können was war,
Doch ich bleibe nicht hier sitzen, nein mir wird jetzt alles klar.

Ich muss hier raus. Ich muss jetzt weg.
Ich muss hier fort, von diesem Fleck.
Ich will jetzt gehn, nie mehr zurück.
Ein andrer Ort, vielleicht ist dort das Glück.

Ich weiß nicht, ob es besser wird,
Wenns anders werden wird,
Aber es muss anders werden,
Damits besser werden kann.

Vielleicht werd ich niemals vergessen können was war,
Doch ich bleibe nicht hier sitzen, nein mir wird jetzt alles klar.

Ich muss hier raus, ich muss jetzt weg.
Ich muss hier fort, von diesem Fleck.
Ich will jetzt gehn, nie mehr zurück.
Ein andrer Ort, vielleicht ist dort das Glück.

Ich muss gestehn, das schwerste bis jetzt war dann doch zu gehen.
Doch wenn man erst gegangen ist, man alles recht schnell vergisst.
Das Einzige, was dann noch bleibt sind Erinnerungen an dich,
Was mir eigentlich zeigt, es geht mir nur um mich.

Ich muss hier raus, ich muss jetzt weg.
Ich muss hier fort, von diesem Fleck.
Ich will jetzt gehn, nie mehr zurück
Ein andrer Ort, vielleicht ist dort das Glück.
     ~ geschrieben Sommer 2o19

TEARS IN YOUR EYES – MARIA-LUKAS

You sit in your room
Nothing on your own
All humans go
You are alone

The talk to yourself
The happiest on the day
You are alone
All friends away

Tears in your eyes
Nobody see this
Tears in your eyes
You whisper I miss

All love in your head
Destroyed dreams
You cry everyday
The only heart seems

The talk to yourself
The happiest on the day
You are alone
All friends away

Tears in your eyes
Nobody see this
Tears in your eyes
You whisper I miss

Tears in your eyes
Nobody see this
Tears in your eyes
You whisper I miss

HOLD YOU

Should I wait for another day of life
Should I hold you and me 'till morning rise
And I wish this day ends never
Cause I'm happier than ever

HALFBROKEN HEART

You said the big matter in life
Are the little things
All things they let you smile and you let me smile
More then so much things in my life

I'm lucky for being a girl with a half broken heart

I gave you a little part
I thought it was smart
And I never felt the stitch
If you speak about your girlfriend
I'm so happy for you
That you are happy too
And it hurts only
If I don't know what I feel

Do you remember as I lay in your arms
Within this pretty darkness
It was a clear night sky only you and I
This moment seemed to be forever

I'm lucky for being a girl with a half broken heart

I gave you a little part
I thought it was smart
And I never felt the stitch
If you speak about your girlfriend
I'm so happy for you
That you are happy too
And it hurts only
If I don't know what I feel

You said I was good girl
I should love as much as I can
But not let him be that person

I'm so happy for you
That you are happy too
And it hurts only
If I don't know what I feel

LITTLE GIRL – MARIA-LUKAS

A little girl so innocent
in this big world
Life hasn't been kind to her
Yet she was a happy child

But as she grew up
She began to understand
Felt that pain
And slipped away
She cut herself for the first time when she was 10 years old
At 11 she tried to kill herself
And she said she deserved it

And she got older
She fell in love with an older boy
Thought she was doing well
And got hurt

But as she got older
She began to love that pain
Lost her footing
And slipped away
She cut herself for the first time when
When she was just 10 years old
At 11 she tried to kill herself
And she said she deserved it

A few years later
She wanted to die for good
Prepared everything
And said goodbye

But there was a friend
He said don't go
He gave her support
And pulled her up

Now I can say

I first cut myself when I was just 10 years old
Tried to kill myself when I was 11
And I no longer say I deserved it

BRINGS ME BACK TO LIFE

I feel something I don't want to feel.
And I like someone I may never like.
But my heart is under attack and my brain doesn't work and everthing
is hard.
I just want to feel something real,
That brings me back to life.

SEE IT IN YOUR EYES – MARIA-LUKAS

The light in your hair
The field we lay
You wear a hemd
And I a summer dress

Oh I see it in your eyes
This big brown eyes
I feel your hair
Glide to my fingers

The smell ofgGrass
While you kiss me
The hope this day
Will never end

This isn't real
That's not my life

This sunlight
It's all in my fantasy
You aren't here
Nobody is
And I sit here on my window
All I hear is the rain

Rob 2021

So you know: we have a long history.
But you know?
This was a film I showed you.
In my head, no in my heart
This was no friendship.
Because there was always more.
Can I tell you now?
What do I feel like?
What does my heart say?
Please I can't wait

Every morning I wake up,
I see your face.
Always I want to be with you
And I know it's wrong.
But after all this pain, all this fight
One thing has remained.

F1 Song – Maria-Lukas

This is a song for a dead man
I didn't know him, but I admire him
This is a song for all those dead men
I didn't know them, but they touch my heart

One is in first place
Another struggles with his life
Many are long gone
And some will never matter

I remember one... He had three titles
The other was on his way
And still death overtook them

There were two rivals at the end of the year
one was dead
the other never got to race again.

Some died because there was not enough safety
Some died because they made a mistake
That's what the others say
But no one should have died

In the end the world makes a champion.
Sometimes he is not even alive
But the world needs this circus

Cause the wheel never stops turning
When the petrol is running
and you're driving through your friends' flames
You try to help them but the smell of smoke
How many have you lost? How many are gone now?
Forget it you don't need to count
There are too many

ONE LAST KISS (AT MY MOTHERS DOOR) – MARIA-LUKAS

I told all my friends about you.
My family knows your bravery
I like the way you act cool
sadly, you think you're a nobody.
I have another view
But my enemy is my fantasy.

Cause I see us
Sitting on the bathroom floor
One last kiss at my mother's door
Nightdrive to a lonely park
Just us, dancing in the dark

We're dating for a while
I think you like my smile
You have your own song
I hope I don't get you wrong
And I might be too fast
But I wish you were my last

Cause I see us
Sitting on the bathroom floor
One last kiss at my mother's door
Nightdrive to a lonely park
Just us, dancing in the dark

I wish I'll never see you again
I wish I'll never hear you voice
Cause I was waiting at the bathroom floor
And you'll never come. I'll never hope again

I saw myself sitting on the bathroom floor
No last kiss at my mother door
Night drive to the lonely park
Just me, crying in the dark

OH LITTLE DAISY – MARIA-LUKAS

Oh, little Daisy
Cradle yourself in the wind
Don't let the world affect you
Stay so beautiful

Oh, little Daisy
Why are you crying today?
The sun is shining so beautiful
For you she always will

The earth keeps on turning
People come and go, but you stay forever

So dainty and so sweet
I saw you one night by the wayside
I took you with me, now you're mine
To me you're perfect
Oh, little Daisy
The years are passing us by
The grass is getting gray, I'm getting old
And soon you will stand on my grave

MY DOOM – MARIA-LUKAS

This is just another story about two people don't know each other well
And about trust, compliments and cozy cuddles at 6 in the morning.
Honestly nothing special, it happens so often and is so unimportant
But somehow it hits differently every time
Looked at you too long not to like you
But too short that you feel it too
Really not the circumstances for that

My heart beats faster when you walk in the room
I'm not sure but I think this will be my doom
My head falls out when you look at me with that gaze
I am somewhere between love and space

I've been sending different signals. So you too
And I've been acting really weird. I think you were dismissive, do
you?
You're nice to everyone, so I don't know if I was special.
You suddenly changed your ways, did I do something wrong?

Looked at you too long not to like you
But too short that you feel it too
Really not the circumstances for that

My heart beats faster when you walk in the room
I'm not sure but I think this will be my doom
My head falls out when you look at me with that gaze
I am somewhere between love and space

You said it's just friendship, it doesn't even really hurt to hear it.
But if at any time you wish for something else
I'll be there waiting for you
Till then

My heart beats faster when you walk in the room
I'm not sure but I think this will be my doom
My head falls out when you look at me with that gaze
I am somewhere between love and space

FRIDAYS

Fridays after school, quickly home by bike
My hair blows in the wind, it smells like lime tree
Take off my cloths and go swimming with you to the lake
Later we go to the park for a drink,

We'll look at the stars together
This life is so wonderfully good
You look at me and take my breath away
And now it's the best time of year again

Love this song I can't get enough
From you, this night and us
Wish if I wake up tomorrow
All this still be there

STRANGER

I feel like a stranger in my head
like the only one in this world
the streets are filled with blank faces
just robots working at their places
And I am one of them? No, I feel like an alien in this system
I never learned. I never worked in the way I should.

Busfahrt Frühlingscamp März 2022

I never learned to look at myself
in a caring way
I only saw the bad things, my weird habits,
the reasons I should die

I learned to look at you in a healthy way
but just for you
Now I look at all my friends, my lovers,
in a way I shouldn't
It's not that I'm mad at you
Sometimes I'm glad I do
But I really feel, like noone has a clue
What I've been through

Because that's not the way
for a child to feel okay
From tomorrow to my last day
I'll probably say:

I was never meant to live
you all say I am a gift
to you, the whole world and me
But how, when I was never meant to be

ROB 2022

You, you are faded
In the ravages of time
Somewhere out there
Is still your voice
And I miss you
Sometimes
Not always

You are the ghost in the mirror
The voice in the wind
The thought that keeps me awake at night
The reason why I don't talk to anyone
For days I don't go outside the door

'Cause I am afraid to see your eyes
To smell your scent

I THINK SUMMER'S ENDING *6*

And all this shine bright turns into gold light *10*
Cozy sweater, long pants *6*
Driving through brown leaves in this endless grief *10*
Where has all the love gone? *6*
Wish I could be someone *6*
Hot coffee, cold breath *5*
Rain outside, in my head *6*
Is it just me or does the whole world fade? *10*
I can't help and again calls out the blade *10*

WHATEVER – MARIA-LUKAS

I think I like your eyes
your voice maybe twice
the way you look at me
I lose it suddenly

I wish I could freeze time
just for a while

because it can't be what's not allowed
but you want me, my only thought
please tell me am I wrong?
or better not. Oh, I don't know

I know I like your smile
your gaze for a while
my name out of your mouth
someday I'll be over about

I wish I could freeze time
just for a while

now I know it can be what's not allowed
but you wanted me, still my only thought
please tell me am I wrong?
or better not. Oh, I don't know

I'M SO SORRY – MARIA-LUKAS

I'm so sorry for your parents
I'm so sorry for your child
I'm so sorry for your girlfriend
and your friends in general

I'm so sorry for your students
I'm so sorry for your boss
I'm so sorry for yourself
but even less

I'm so sorry for the faith
and even more I hope you can't
look in the mirror tell yourself
That everything you did was right

I feel sorry for the world
that you exist
This sorry is a never ending list

I'm so sorry for your brother
I'm so sorry for your cat
I'm so sorry for your exes
and the people that you met

I'm so sorry for the faith
and even more I hope you can't
look in the mirror tell yourself
That everything you did was right

I'm not sorry for your fat ass
I don't envy your ugliness
All your choices
Damn, I hope, your wife can live with you

I'm so sorry for the faith
and even more I hope you can't
look in the mirror tell yourself
That everything you did was right

I feel sorry for the world
that you exist
This sorry is a never ending list

BERLIN, BERLIN

Und dass der U-Bahn Boden funkelt, als wärs 'n Sternenhimmel
In der Stadt wo jeder hin will
Das kriegst du nur mit, wenn du am Sonntag um 5 da drinsitzt
Der Alk nochmal richtig kickt

Und ich brauch kein Miami, kein Paris
Nur den 200er bei Nacht
Irgendwo auf Schotter und Kies
Hab ich Sonntag auf Montag verbracht
Und wieder ist es Berlin, Berlin
Die Stadt der ewigen Vielfalt
Berlin, Berlin
Die 7. Mate gibt mir halt
Berlin, Berlin
Und Nazis raus aus der Rigaer
Berlin, Berlin
Bin in Neukölln seid ihr startklar

WON'T BE ALRIGHT

Time, oh time, time will heal everything they've said.
But the voice inside my head says
We won't heal, no we won't be alright.
Cause as long as the pain remains,

He will stay, he can be in my heart

ICH STAND DA

Sieh mich noch einmal an
Oh, verzeih mir, verzeih mir alles
Ich kann es nicht erklären, ich konnte die Worte nicht finden

Du hast mich fühlen lassen, als ob ich nicht atmen könnte
Und ich habe es viel zu lange nicht gesehen
Jetzt könnte ich es sagen, aber sicher werde ich es nicht

Und ich schrieb einen Song, der im Grunde diese Situation beschreibt
nur der Junge liebt das Mädchen nicht
Nicht beide haben sich verliebt
Aber derselbe Herzanfall, derselbe Blick
Und ich mag irgendwie deine Augen

I wrote a song which describes basically this situation
but the boy doesnt love the girl
not both fell in love
but same heart attack, same gaze
and I kinda like your eyes

lay your eyes one more time on me
oh, forgive me everything
I can't explain, couldn't find the words
you make me feel, like I can't breath

NONE OF THEM ARE GOOD

It's got difficult to explain
And it's hard to fight back on this way
But for some reasons
And none of them are good
But for some reasons

I would change my words, the past and me
'Cause I want it back, want it back
Like everything we had

IMPORTANT

And I took pictures every month since you left,
Talked to my mum again, said I don't love you anymore
I got my smile back, closed our tab
Started something new, found a nice place in this world
Gathered me together
Thought I could heal
But (just for a moment I miss u)
then I open it again and read

"The moment I call you 'important'
You get a special place in my life
Just a word but in my world
It means something.
I'm neglecting my duties, and I really mean that really nice, I do less
with my girlfriend, just I can chat with you.
But you, your life is worth it, because you are important"

HOME BY TRAIN

The fields slowly become houses again
Bright sunsets fade too quickly into darkness
And these lights, all these lights cut the silence

I feel so alone without you by my side
A piece is missing

HOLLOW EYES – MARIA-LUKAS

You are the only one in the room
There's like 20 girls ´round you
But you are the only one in the room
The only boy who doesn't care

Is under the silence
A little blink of love
Can I with violence
Reach out to your heart
Your solitude
Your different way of life
Your loneliness
Behind this hollow eyes

LET ME BE

Let me be the poem to your poetry
Let me through your walls
Into your self-prescribed cell
Tell me of your deepest wounds
Who was the girl that hurted you so?
Will you tell me I don't know

ICH BIN DOCH NICHT VERLIEBT IN DICH – MARIA-LUKAS

Ich sehe dir beim Schlafen zu
Du siehst so friedlich aus
Ich bin gar nicht müde
Es ist bemerkenswert, wie wenig Schlaf man braucht
Wenn du mit einem Menschen wach sein willst

Wir hören meine Lieblingslieder
Du hast dieses eine viel zu schöne auf der Gitarre gelernt
Wir leeren den zweiten Wein
Und Lennart Schilgen singt:

"Ich bin doch nicht verliebt in dich"
Aber wenn ich nicht verliebt bin, woher kommt das Herzklopfen,
Du kannst mir nichts erzählen, du fühlst es auch
Und ich sollte nicht, ich will auch nicht,
Doch jede Berührung gleicht einem Feuerwerk,
Und ich kann das nicht, ich brauch's echt nicht
Doch dieser böse Teil will noch mehr

Du versuchst meinen Blick zu fangen
Oder du siehst mich einfach an
Mein Kopf ist nicht klar genug, um zu verstehen
Meine gute Seite besteht auf Gehen

Du legst deine Hand auf meine
In meinen Ohren klingt jedes Wort nach,
Es wird schon wieder hell
Und Lennart singt schon wieder:

"Ich bin doch nicht verliebt in dich"
Aber wenn ich nicht verliebt bin, woher kommt das Herzklopfen, du
kannst mir nichts erzählen, du fühlst es auch
Und ich sollte nicht, ich will auch nicht,

Doch jede Berührung gleicht einem Feuerwerk,
Und ich kann das nicht, ich brauch's echt nicht,
Doch dieser böse Teil will noch mehr

Diese fünf Wörter, die in unseren Köpfen schwirren.
Sprich sie doch aus. Nein. Tu's besser nicht.
Und wenn ich nicht verliebt bin
Und mein Herz des Klopfens willen schlägt,
Und du mir einfach nichts erzählst,
Vielleicht kommen wir da beide
Als schlechte gute Menschen heile wieder raus.
Und Lennart singt zum Abschluss:

"Du bist doch nicht verliebt in mich"
Aber wenn du nicht verliebt bist,
Woher kommen die ganzen Blicke,
Ich will mir nichts erzählen,
Ich will es auch nicht fühlen
Und ich sollte nicht, ich will auch nicht,
Doch jede Berührung gleicht einem Feuerwerk,
Und ich kann das nicht, ich brauch's echt nicht,
Doch dieser böse Teil will noch mehr

ALLES WAS ICH DIR NOCH SAGEN MUSS

Es beginnt mit einem Satz
Und dann schlägt mein Herz
so viel zu schnell
Irgendwo ist dein Name gefallen
Und ich steck's immer noch nicht weg
Dieser eine Song, ach was, ich mein die Zehn
Ist das nur mein Gefühl
Oder ist's langsam generell Musik

Ey, ich weiß nicht wo du gerade bist
Wenn du das hier hörst
Ob du überhaupt noch wissen willst
Was meine letzten Worte wärn
"Ich muss dir noch was sagen"
Singt Farin in 'Wie es geht'
Ich werd es euch jetzt sagen
Obwohl ihr nichts davon versteht
Ich würd mein ganzes Leben geben
Für Kekse, Enten und Chemie
Gläsern und ein E-Mail-Schnitzel
Glaub mir ich seh die Ironie
Und könnt ich zurück in 22
Hätt ich dich gerne nie gekannt
Ich glaub zwar dann würd ich nicht mehr sein
Müsst aber auch nicht ohne dich, ich so ganz allein
Es tut nicht weh, dass du da warst
Du killst mich, weil du weg bist
Doch was ich dir noch sagen muss
Was ich eigentlich nicht will
Denk an das knuffigste meiner lächeln
Ab jetzt weißt du für immer es ist deins

FRANZ' ZUPFMUSTER

Ich will hier sitzen und vergessen, dass ich lebe
ich seh nur dabei zu wie ich mich schon wieder übernehme
Wahrscheinlich gings mir besser wäre ich gerade bei dir
Oder vielleicht auch nur bei mir
Ich will hier sitzen und vergessen, wie die Zeit nur so verrinnt
Im Spiegel seh ich in müde Augen, doch in mir noch das Kind
Und mein Herz steckt noch irgendwo vor 2020 ca. fest
Ich will nicht so tun, als würd ich innerlich nicht grad zerreißen,
Also ja es wär schön *edgy*
Und ich hab irgendwie erkannt, da wo ich bin, will ich nicht bleiben
Vielleicht in nem andren Land, weit weg vom Leben und mein'm lei-
den

POEM TO THE PAST

Ich verliere mich in dieser Fiktion.
Du sagst, ich muss gehen. Ich frage "schon?"
Ich bin noch nicht verheilt, halt mich doch fest.
Nur ein falscher Blick gibt mir gleich den Rest.
Als würde ich nur durch ihn fühlen,
Weil ich alles an seiner liebe mess,
Kann ich nur durch ihn leben.

Ich glaub nicht an die wahre Liebe.
Oder die Eine.
Ich habe keine Angst zu sterben,
Nur für immer, ohne ihn zu leben.
Er war meine wahre Liebe.
Das alles kein Traum.
Irgendwo im Dunkeln,
War er mein.

Kein viel zu langer Kuss

Und die Welt bleibt auch nicht stehn
Was ich von gestern wollte
Wird wohl niemals geschehn

Late night promises

After three to five
Drinks
Projecting everything I've ever wanted
Could you forgive me, if I forget you
I know I were your first,
you're more not my last
when the sun will rise, and I'll break every good
could you let me some air to breath
I'm sorry for not being the one

Kein letztes Liebeslied

Ich schreib kein letztes Liebeslied
Ich will auch keinen letzten Kuss
Gib mir nur ein Versprechen
Dass, und ich bitte dich,
Mach's und ich tu's auch
Halte mich in Ehren
Verklär nicht unsre Welt
Finde deinen Frieden
Mach das Beste draus
Ich wünsch dir alles, was man brauchen kann

I COULD WRITE THE PERFECT LOVESONG

Ich könnte das perfekte Liebeslied schreiben
Ich wüsste den Regen zu beschreiben
Deinen Blick
Und ich hab nicht nachgedacht, kann ich das zurücknehmen?
Nur den Teil wo ich alles kaputt gemacht habe
Für immer in dieser kleinen Unendlichkeit, wo alles so verdammt per-
fekt war
Ich wusste es besser
Es zerreißt mich, nimmt mir den Atem
Und ich konnte diese blauen Augen nicht anlügen,
nicht noch weiter
Und ich würd dir jedes Mal nachrennen, in diesem Regen stehen, ich
fühl mich nicht mal schlecht, nur kaputt
Ich bin gern romantisch, vielleicht nicht so sehr,
wo war die *fucking* Kamera?
Diese Augen, sie gaben mir Sehnsucht
Aber *god damn it,* du hast meinen "dieser Moment ist für immer in
meinem Herzen eingeschlossen"-Moment umgeschrieben
Und es wirkt vertraut, jede Berührung, dieser Geruch
Was spielt mein Kopf mir vor...

HALTE MICH IN EHREN

Ich bin doch gar nicht so ein schlechter Mensch
Ich hab zwar meine Macken und ich weiß, dass hier und da was fehlt
Und ich bin nun wirklich nicht einfach
Ich hab's wirklich versucht
Aber dieser Schmerz, der durch meine Adern fließt, macht mich blind
und dumm, und interdimensional irrational
Ich will dir doch gar nicht weh tun und ich will auch nicht so sein
Ich würd gern sagen werd glücklich, verlieb dich neu, ich bin's doch
selbst
vielleicht, weil ein „ich geh heut Abend weg" eine Eifersucht auslöst,
die ich noch nie gefühlt habe

Ich bin doch eigentlich nicht so toxisch
Ich hab ne blöde Vergangenheit,
doch hab mir größte Mühe gegeben
alles hinter mir zu lassen
Ich will doch gar nichts mehr von dir
Ich bin längst fertig, fühl nichts mehr
Halte an dir fest, als letzter Hauch einer verblassenden Erinnerung

IST ES JETZT WENIGSTENS ROMANTISCH? 
- MARIA-LUKAS

Siehst du die Abwärtsspirale?
Und wir rolln geradewegs auf sie zu
Nimmst du meinen Arm?
Willst du wirklich mit mir untergehen?
Leere Versprechen, keine Wörter mehr
Ich würd uns gern verstehen

Und du legst deine Hand unter mein Kinn, ich schau dich an, die Tränen Tropfen auf den Boden. Ist es jetzt wenigstens romantisch?

Ich würd gern gehen, besser rennen, bis an das Ende dieser Welt,
Ist das dann weit genug, um sicher zu sein vor dir.
Doch dein bittersüßer Duft zieht mich an, hält mich fest.
Siehst du's nicht eigentlich wie ich, dass wir beide darin verbrenn?
Zumindest ich.

Schreib nochmal mit dunkelroter Farbe
Deinen Schmerz auf meinen nackten Körper
Lass uns danach Strandurlaube planen
Übers Heiraten und Kinderkriegen reden

Und du streichst mit deiner Hand über mein Bein, ich schau dich an,
das Blut verklebt an deinen Händen. ist es jetzt wenigstens romantisch

Ich würd gern gehen, besser rennen, bis an das Ende dieser Welt,
Ist das dann weit genug, um sicher zu sein vor dir.
Doch dein bittersüßer Duft zieht mich an, hält mich fest.
Siehst du's nicht eigentlich wie ich, dass wir beide darin verbrenn?
Zumindest ich.

Du sagst mir 'Süße, du bist nicht einfach', als wär es irgendein Roman.
Wir sehen uns an, bloß zwei Liebende zum Hass verdammt,
Ich geb's doch zu ich will nicht ohne dich
Doch lass mich gehen, scheuch mich weg von dir
Siehst du die Abwärtsspirale
Und wir rollen geradewegs auf sie zu

HÄNDE – MARIA-LUKAS

Ich wünsch dir alles Gute
Und auch ganz viel Erfolg
Ich hoff du siehst mich niemals wieder
Oder irgendjemand sonst
Du erzählst ja immer viel Schlechtes
Da hört dann jeder zu
Doch erwähn bloß nicht die Wahrheit
Dann bist der Böse nämlich du

Nimm einmal deine Hände
Von meinem jungen Körper
Und sei es nur im Traum

Hab kein Einfluss auf mein Leben
Ich halt mich von dir fern
Lass mich einfach sein

Werd doch Bundeskanzler
Denn in diesem Falle
Bekomm ich bestimmt Gesellschaft
Ich mein dann hassen dich alle

AUFBRUCH NACH MORGEN

Wir leben in dieser viel zu lauten Welt
Wo es keine Ruhe mehr gibt
Und jeder rennt, doch keiner weiß mehr wohin
Suchen nach Antworten, suchen nach Sinn
Gibt es einen Weg hier raus?
Oder sind wir gar dem Untergang geweiht?
Doch
Ich will dahin, wo niemand vor mir war
Ich will dahin, wo noch die Stille herrscht
Ich will ihn sehn, den Frieden hinterm Horizont
Ich will es spürn, dass es noch Gutes gibt

SPÄTSOMMER – MARIA-LUKAS

Ich schwimm im See
Über mir die Sterne
Ein Lächeln im Gesicht
Ich kann es grad nicht fassen

Meine Zukunft winkt
Mir schon aus der Ferne
Ich hab nur einen Wunsch
Sie soll sich noch Zeit lassen

Und es ist Spätsommer
Irgendwo, irgendwann
Du siehst mich neuerdings

So andersartig an
Es ist Spätsommer
Irgendwer, irgendwie
Und ich glaub ich bin grad glücklich
So glücklich wie noch nie

Es ist kaum zu glauben
Wie schnell die Zeit verrinnt
Aber ich glaub ich bin verliebt
In was wir gerade sind

ICH HAB NEBEL IM KOPF – MARIA-LUKAS

Ich hab Nebel im Kopf, nicht weil du sprichst.
Nicht weil meine Worte nur Leere sind.
Ich hab Nebel im Kopf, einfach weil ich fühle.
Wie immer zu viel. Wo steck ich's mir nur hin?
Ich hab Nebel im Kopf, bei ihm ist klare Sicht.
Warum, warum, warum bei dir denn nicht?
Ich hab Nebel im Kopf, kanns dir nicht kontrollieren,
Kanns dir nicht erklären, nur noch reagieren.

Ich hab Nebel im Kopf, Regen im Gesicht.
Nur, dass ihm das nicht mein Herz verspricht.

Endlos lange Dauerschleifen, lassen nicht mein Herz begreifen,
Das du bist, was ich will. Mein Kopf hält gerade alles still.
Endlos lange Dauerschleifen, endlos lange Dauerschleifen,
Endlos lange Dauerschleifen, die Wahrheit nur zu nah zum Greifen.

Ich würd gern einfach in deinen Armen einschlafen.

Und wenn ich jetzt sage '…und nie wieder aufwachen' klingt das doof, aber trotzdem denk ich das irgendwie.

Es ist halt kalt und ich bin müde.

Und es ist so kalt, als ob es nie wieder warm werden würde

In meinem Kopf

Es sollte mich umhauen

Das alles

Aber es lässt mich kalt.

Es ist einer diese Tage die mir in Erinnerung bleiben sollten

Aber es ist egal

Ich bin an dem Punkt meiner Resilienz an dem nie sein wollte.

SCHÜTTELREIME UND WO SIE ZU FINDEN SIND
(SIE SIND ZUM SCHÜTTELN SCHRECKLICH)

-      der Name ist Programm

Ich find dich eigentlich

Und so für sich

Bei mir für mich

Ganz toll

Vielleicht versteh ich nich

Und du für dich

Was wohl ich

Empfind

Weil von dem oh wie toll

So ziemlich doll

Nichts mehr ist

wie es war

Und ich seh dich an und denke mir

So ich bei dir und dieses wir

Ist nichts, was ich will

Und was das soll

Denn wo bleibt denn dieses toll

Mein Beileid, falls irgendwann jemand diesen Text im Deutschunterricht analysieren muss.

11.03.2024

Hey Emil,

Ich dachte mir ich melde mich nach zwei Jahren mal wieder. Und ich denke mal du hast viel zu tun, aber weit gefasst wollte ich fragen, ob wir dieses Jahr mal spazieren gehen wollen. Nicht, weil ich jemanden zum Reden brauche, ich bin wirklich gut aufgestellt, sondern, weil es mich interessieren würde, was die letzten zwei Jahre so bei dir passiert ist.

Ich hoffe das ist noch deine Nummer

Liebe Grüße

Maria

1 4 . 0 3 . 2 0 2 4

Perspektivisch hältst du nur an ihm fest, weil er deine Erinnerung an 2023 ist und du Angst hast, nie wieder so glücklich zu sein. Bitte lass ihn gehen und vergiss ihn. Er tut dir so unfassbar nicht gut, bitte. Bzw. du tust dir selbst nicht gut mit deinem, *whatever,* besitzergreifenden.

Ich bin kein Mensch, der wütend ist, oder nachtragend. Ich bin kein Mensch, der anderen Böses wünscht. Ich bin ein Mensch, der verzeiht.

Aber dieser Mensch hat mich an den Rand des Wahnsinns getrieben. Hat meine Glaubhaftigkeit durch den Dreck gezogen. Hat mich kaputt gemacht.

Dieser Mensch hat mich gezeichnet, sodass mein Körper von unsichtbaren Narben nicht übersät ist, sondern aus ihnen besteht. Und sie lassen mich nicht vergessen, was er getan hat. Ich sehe es täglich in meinem Verhalten.

Ich hab mal gesagt, ich bin kein guter *Victim*, weil ich so schreckliche Angst davor habe, Schritte gegen ihn einzuleiten. Er hat mich gut erzogen, was das angeht. Angst haben. Und ich bin kein Mensch, der Angst hat. Ich hatte nie Angst.

Jetzt habe ich Angst vor der Dunkelheit, dem allein sein und nicht allein sein. Körperliche Berührungen, alles, was ich sage... Sagen könnte. Was ich denke.

Er hat mir alles genommen und so getan, als wäre ich die Böse... Was ihm geglaubt wurde. Irgendwann sogar von mir selbst.

Ich habe seinetwegen angefangen zu zucken, zu krampfen, Panik vor zwischenmenschlichen Konflikten zu haben.

Und ich kann mein jüngeres Ich nicht beschützen, nicht retten. Ich kann ihm nicht den Willen zu leben zurückgeben, auch wenn ich ihn mittlerweile gefunden habe. Ich kann es nicht beschützen. Ich würd ihm so gerne sagen, halt dich fern von ihm. Auch wenn er scheint, als würde er deinen Kummer verstehen.

Er hat mir beigebracht, nur noch Ja zu sagen, und vor allem an Menschen festzuhalten, die mir nicht guttun, die mich aktiv verletzen.

Und ich kann mir nicht den Schmerz nehmen. Niemand kann das. Ich wollte mich so oft retten. Ich hab's nie geschafft. Ich verstehe bis heute nicht, was er mit mir gemacht hat. Ich verstehe nicht, warum ich bei ihm geblieben bin. Für ihn gekämpft habe. Ihn angefleht habe, bei mir zu bleiben. Ich kann nicht zurück gehen.

Er hat meinen Willen gebrochen, meine Seele, alles worüber ich mich definiert habe, bis ich nur noch meine Depression war. Und ich hasse ihn dafür. Ich bin wütend. Ich könnte schreien. Ich stehe über dem Gedanken, ihm Schlechtes zu wünschen, aber er hätte es verdient.

Und ich hatte es sogar geschafft, mich irgendwann zu lösen, versucht neu anzufangen, für einen klitzekleinen Moment war ich vielleicht sogar darüber hinweg. Nicht geheilt, aber einen Moment lang wollte ich leben. Und er war es, der mich dazu gebracht hat, diesen Moment zu beenden. Und Gregor wegzuschieben. Ich kann nicht glauben, dass er das für mich gemacht hat. Gregor war der erste Mensch, der mir wichtiger war als er. Der erste Mensch, der mich wirklich geliebt hat. Der da war. Mich aufgebaut hat. Versucht hat, das zusammenpuzzeln, was er zerstört hat. Ich hätte ihn mir niemals nehmen lassen dürfen, auch wenn das auch nicht gut war. Und ganz sicher nicht gesund. Aber Gregor hätte es nicht zugelassen, dass ich mich umbringe. Bei ihm bin ich mir da nicht so sicher.

Es ist ein Wunder, dass ich ihn überlebt habe, dass ich noch stehe, immer noch kämpfe, den Kopf oben habe, weitermache.

Und ich spüre trotzdem manchmal seine Hände überall an meinem Körper, habe Angst vor dem Kneifen, wenn ich mich nicht adäquat genug verhalten habe, zucke zusammen, wenn man mich falsch berührt, glaube mir manchmal nicht, was ich denke.

Ich will nicht wissen, wie viele Menschen mich abstoßend fanden, weil ich unter seinem Einfluss stand und ich mich wie er verhalten habe. Ich war ein schlechter Mensch. Und ich muss mir immer wieder sagen, dass was ich gerade sage oder denke, ist, was er sagen würde.

Ich weiß nicht so genau, was ich jetzt sagen bzw. schreiben soll. Irgendwie, dass es mir leidtut, wie und überhaupt, dass ich Franz weh getan habe. Und für alles, was ich wahrscheinlich unwiderruflich kaputt gemacht habe. Ich will mich aber auch für das Gefühl von zuhause bedanken, was du mir immer gegeben hast, wenn ich bei euch war. Du bist so ein toller Mensch und ich werd dich, Hedwig und Heidi so sehr vermissen. Es tut mir leid, dass ich das mit Franz verbockt habe. Und ich fühl mich schlecht für den Menschen, der ich bin, die Facetten, die Franz nicht gepasst haben. Ich hab versucht irgendwie besser zu sein, aber ich will mich nicht verbiegen und nicht kaputtmachen für eine Beziehung. So wie es ist, sollte es niemals sein.

Und für dieses Gefühl von zuhause hab ich versucht, da reinzupassen, tut mir so unendlich leid, dass ich es nicht tue. Tut mir auch leid, dass diese Nachricht so Wirrwarr ist, ich bekomm meine Gefühle im Moment nicht geordnet, aber ich will genau das mitteilen und alles, was ich grad fühle. Weil ich dich als Menschen so verdammt doll bewundere und es mich schockiert wie weit ich mich dafür versucht hab aufzuopfern. Danke, dass du mich mit all meinen Fehlern und meinem Kaputt-sein akzeptiert hast und ich zumindest nicht von deiner Seite das Gefühl hatte, ich sei nicht gut genug. Für mich war all der Schmerz es wert, um dieses Gefühl von Familie zu bekommen. Danke. Bestimmt werde ich es irgendwann bereuen gegangen zu sein. Wahrscheinlich wird es mehr deinetwegen sein als Franz wegen, aber im Moment fühlt sich jede Sekunde, die ich bleibe, falsch an. Danke, dass ich Heidi ausführen durfte, sie ist so eine liebe Hündin.

Und wenn Franz irgendwann darüber reden sollte, bitte verfluch mich dafür und nicht ihn. Ich übernehme da die volle Verantwortung für sein Handeln. Der Fehler lag bei mir, meinen Charakterzügen und meinen psychischen Krankheiten. Franz ist ein toller Mensch. Ich hab ihn sehr lieb.

Okay, dann muss ich erstmal etwas weiter ausholen.

Ich weiß nicht, wie viel Sie davon mitbekommen haben, aber das ist meine Perspektive:

Wir waren ja gemeinsam im Bauausschuss und zusätzlich war ich mit ihm 2021 in der SK[1] und dadurch sind mehrere längere Gruppengespräche nach Sitzungen entstanden, wo er mich "kennengelernt hat".

Anfang 2022 hat sich in einer GSV[2]-Sitzung dann ergeben, dass wir unsere Discords ausgetauscht haben, weil er mich über die GK[3]-Termine informieren wollte. Bei mir gab es Anfang März zuhause recht viele Probleme, weswegen ich den einen GK-Termin nicht wahrnehmen konnte, und er hatte mich in der Schule darauf angesprochen. Ich glaube auch, weil Fabian ihm davon erzählt hatte. Er hatte eine Vertretungsstunde, wo er sich zu mir gesetzt und mich nochmal darauf angesprochen hat. Kurz darauf war dann unser erstes Gespräch wirklich zu zweit nach einer SK, wo wir, glaube ich, eineinhalb Stunden Storkower Straße standen und geredet haben.

Aufgrund dieses Vertrauensverhältnisses, was wir bis dahin aufgebaut hatten, entschloss ich mich, weil ich mich wieder angefangen hatte selbst zu verletzen, ihn zu fragen, ob es eine Möglichkeit gäbe, mit einer Vertrauensperson über die Selbstverletzung zu sprechen, die es weder an meine Eltern, noch Jan, noch meine Therapeutin weiterleiten muss. Er antwortete darauf "eigentlich nicht", aber machte ein Angebot auf extremer Vertrauensbasis, dass er es sich anhören würde, wenn es nicht negativ auf ihn zurückfallen würde. Wir schrieben an dem Abend bis halb 2 und er teilte auch mit mir ein paar persönliche Informationen. Wir verabredeten uns für den Mittwoch vor den Osterferien 2022, weil da nur Abitur war, und wir setzten uns nach seiner mündlichen Prüfung von Milan in einen Klassenraum. Ich erzählte so

---

[1] Schulkonferenz
[2] Gesamtschüler*innenvertretung
[3] Gesamtkonferenz der Lehrkräfte

ziemlich meine gesamte Lebensgeschichte mit meinen Schwierigkeiten mit meinen Eltern, Mobbing, Fabian usw.

Wir haben uns ebenfalls kurz bei der SVV[1] gesehen und am Freitag vor den Ferien, um zu reden.

Er hat mir sozusagen das "Du" angeboten bzw. habe ihn ich ca. ab dem Zeitpunkt geduzt.

Während den Ferien haben wir praktisch durchgehend über Discord Kontakt gehabt. Mit stundenlangen Konversationen über das Leben, philosophischen Fragen und Persönlichem. Und bestimmt 1000 Nachrichten allein in diesen zwei Wochen.

Als dann die Schule wieder anfing, haben wir uns praktisch jeden Tag in und nach der Schule gesehen. Persönliche Fragen haben wir immer unter "Glasfragen" gelabelt und das ging von Lieblingsfilm und Lieblingsband bis hin zu "hattest du schonmal den Gedankengang jemanden umzubringen" die wir beide beantworten mussten, wenn wir sie gestellt haben.

Er hat sich meine Selbstverletzung an der Hand angeguckt und mir, obwohl er im Nachhinein meinte, er nicht für so etwas "ausgenutzt werden" wolle, Wunddesinfektionsmittel und Wundsalbe geholt, die ich tatsächlich immer noch benutze, xD. Er hat teilweise mir gegenüber sehr schlecht über seine Freundin geredet. Ich habe mitbekommen, wie er sie angelogen hat, wo er gerade ist und was er macht, wenn wir nach der Schule noch am Blanki saßen oder in Milans Raum. Er hat mehrmals geäußert, dass er mich menschlich, sympathisch und interessant findet und andere Komplimente gemacht hat.

Ich hatte in der Zeit nach den Osterferien ziemlichen Beziehungsstress mit Fabian und einem anderen Typen und Lindow hat mich dabei sehr stark unterstützt und beraten. Aber es kam z. B. auch einmal zu der Frage ob er #teamRob oder #teamFabian sei die Antwort "formal bin ich #teamGregor" wrtl. Zitat (Nachricht von ihm).

Er hat mir gegenüber viel über seine Vergangenheit, auch teilweise seine Ex, gesprochen und das er auch sehr dunkle Gedanken hatte.

---

[1] Schüler*innenvollversammlung

Wir sind uns menschlich über den April und Mai 2022 sehr nah gekommen. Ich meine das nicht körperlich. Also in der gesamten Zeit hat er einmal meine Hand gehalten und gestreichelt bei einer Panikattacke und wir haben uns einmal umarmt, aber er hat mich auch einmal, weil er meine Wunden am Oberschenkel untersucht, hat untenrum nur in Unterwäsche gesehen. Er ist wirklich nicht weiter gegangen, als das und er hatte definitiv die Chance dazu.

Fabian wusste ab Ende April ziemlich genau über die ganze Sache Bescheid und als Lindow davon erfahren hat, war er "enttäuscht" oder "gekränkt". Ich kann es nicht wirklich beschreiben. Er war wirklich nett zu mir und hat mir oft gesagt, dass ich wichtig bin und er da ist, und er hat mir auch sehr stark dieses Gefühl gegeben. Ich war unter anderem bei einer seiner Tai-Chi Stunden und er hat danach mit mir geteilt, dass er sich durch meine Anwesenheit deutlich sicherer gefühlt hat. Wir haben uns Ende Mai dann zweimal komplett unabhängig von der Schule gesehen und sogar an einem Feiertag, um zu reden. Das hat Fabian dann auch dazu veranlasst, mir das Ultimatum zu stellen, entweder erzählt er Herr Laud davon oder ich soll es machen. Ich wollte das nicht, aber ich hatte auch ein extrem schlechtes Gewissen, wegen seiner Freundin und weil unser "Verhältnis" emotional immer stärker wurde. So beim Revue passieren lassen hat Fabians wieder präsenter in meinem Leben sein meine Bindung zu Lindow sehr negativ belastet, aber das ist eine andere Geschichte. Fabian wollte mich und meine Persönlichkeit kleinhalten und Lindow hat mich eben sehr bestärkt und mich in meiner Entwicklung unterstützt.

Also bin ich durch Fabian zu Herrn Laud gegangen und habe die Geschichte erst einmal ohne Namen des Lehrers geteilt. Ich muss gestehen, danach fehlen mir zwei Monate effektive Erinnerungen. Ich weiß nur, dass es dann auch an meine Mutter, Frau Berger, etc. weitergetragen wurde und es mehrere Gespräche gab. Unter anderem eines mit ihm und Frau Berger, wo er sich entschuldigt bei mir hat, was sehr komisch war. Unter anderem weil er gesagt hat, er habe alles nur gemacht, um mir zu helfen. Und ja, er hat mir sicherlich das Leben gerettet und er war die erste Person, die mir gezeigt hat, dass ich liebenswert bin und leben sollte. Die erste Person war, bei der ich das

Gefühl hatte, sie "liebt" (auf welche Weise auch immer) mich so wie ich bin. Dennoch hat er in Konversation(en) gesagt er habe Sachen nicht nur gemacht, um mir zu helfen und es helfe ihm auch.

Also effektiv habe ich seit dem 1. Juni 2022 keinen Kontakt mehr mit ihm gehabt, aber z. B. beim Sommerfest 2022, als er mit seiner Freundin und seinem Sohn da war, hatte ich eine ziemlich heftige Panikattacke.

Auch an dieser Hannes Geschichte war er irgendwie beteiligt. Also als Hannes behauptet hat, ich habe ihn mit Suizid oder Selbstverletzung zu Sex gezwungen, er Hannes anscheinend zu Frau Baum geschickt hat und es gab bei dem Tag der offenen Tür 2023 auch von ihm und Hannes böse Blicke zu mir.

Ich erwähne einmal kurz, dass ich das mit Hannes nicht gemacht habe, aber ich dachte das wäre irgendwie auch klar, weil ich selbst betroffen bin von Missbrauch und Vergewaltigung und so etwas niemals tun würde.

Auf jeden Fall wollte ich nie, dass er meinetwegen Probleme bekommt oder die Schule wechseln muss. Ich habe mich teilweise von Frau Baum gezwungen gefühlt, da weitere Schritte einzuleiten, aber so wie es gelaufen ist tut es mir einfach nur leid. Und ich habe im Dezember 2023 auch nochmal versucht über Instagram Kontakt aufzunehmen. Und er hat meine Nachrichten auch gelesen, aber nicht geantwortet. So weit ist jetzt der Stand. Ich hoffe, ich habe nichts vergessen und es wird den Geschehnissen gerecht.

Vielleicht ist es selten so in meinem Alter zu denken. Jede zwischenmenschliche Beziehung als temporären Zeitvertreib zu sehen, keine Tiefe zu fühlen. Nur Irrelevanz. Zu viel vom großen Ganzen zu verstehen, um wirklich glücklich zu sein. Es ist definitiv bemerkenswert. Und eigentlich wünsche ich mir nur Tiefe, doch jede Tiefe, die ich hatte, hat mich zerbrochen. Und ich flüchte mich in die Irrelevanz.

Vielleicht werde ich einfach kalt.

Ich bin so leer, dass ich Schmerzen fühle ohne Tiefe.

Es kommt jedes Mal, wenn ich in den *Chats* lese, der Gedanke "das kann alles nicht sein". Das Bedürfnis, mein Handy auf den Boden zu schmeißen, irgendwie den Schmerz in meiner Brust Luft zu atmen geben. Nur nicht ersticken.

Ich kann mit all dem Schmerz nicht leben, nicht dass er da war, nicht dass er nicht mehr da ist. Und immer wieder, wenn ich die Kraft finde, kämpfe ich händeringend um ihn und will ihn zurückhaben.

KEINE GUTE ENTSCHEIDUNG

Ich bin keine gute Entscheidung

War ich noch nie

Ich bin kaputt und müde und ich weiß eigentlich nie wohin mit mir

Doch deine Augen sind wunderschön

Und das war kein Date, es wird nicht sein

Aber gib mir eine Chance, nicht jetzt.

Ich bin ja selbst nicht bereit

Nur werd ich mich verlieben

Und vielleicht bist du es wert

Auch ist es viel zu früh. Aber ich, vielleicht will ich,

Dass du mich trotzdem auf die Weise siehst

Nicht als schlechte Entscheidung oder kaputt

Sondern als Mensch, der es ganz vielleicht auch wert ist

Und ich weiß es spricht nicht viel für mich

Ich renn ja selbst vor mir weg

Dich, deine Art, bringt mich aus dem Konzept

Und ich will mehr

Nicht jetzt. Ich bin noch gar nicht bereit

aber ich seh uns ineinander verlieben

Wenn du es zulässt

Und verdammt ich würde es ja auch zulassen

Ich hab für dich nicht diesen Glanz

Trag mich selbst nicht vor mir her

Ich nichts als der durchschnitt

oder eher darunter für dich

Aber glaub mir ich bin so viel mehr

Wie bring ich jemanden dazu, darauf zu hören, dass er mich mag. Dass es okay ist, *attracted* zu mir zu sein?

Es ist zu früh, um etwas Konkretes zu sagen. Aber ich hab Angst, dass, wenn du mich nicht jetzt anfängst auf diese Weise zu sehen, du es nie tun wirst. Und du bist nett, du bist viel zu nett. Du bist ein Beziehungsmensch. Du bist poly. Wie soll ich da nicht atemlos sein. Der Typ Mensch, den ich mag und mögen werde, Menschen kommen, Menschen gehen. Ich werde meinen Atem finden. Ich werde lieben. Ich werde mehr sehen. Herzklopfen haben. Aber alles, worum ich dich bitte, ist mir diese Chance zu geben. Auch wenn ich eine nicht gute Entscheidung bin, so bin ich keine schlechte. Ich weiß, was ich will, ich habe eine Vorstellung einer guten Beziehung… Ich habe meine Schwierigkeiten ja, aber ich weiß mit ihnen umzugehen und für dich… Es könnte dich weiterbringen… Es wird dich weiterbringen. Ich glaube, würdest du uns zu lassen, hätten wir eine Chance auf etwas ziemlich Besonderes. Ich bin nicht unerfahren, ich bin gut im Bett. Ich kann mich artikulieren, bedacht, rational, einfühlsam. Ich mag dich. Ich könnte dich auf eine ehrliche Weise anfangen zu mögen, vor der ich eigentlich Angst habe.

Danke, dass du mir dieses Album gezeigt hast. Obwohl, naja, es war nicht einmal bewusst gezeigt. Es lief einfach. Und du hattest mich in deinen Armen.

Aber ich höre es und während ich mir denke, dass sich am Ende doch jeder Song gleich anhört, so tut mir bei jedem Song doch ein anderer Teil meines Herzens weh.

Du warst ja nicht der eine Mensch oder besonders besonders. Ich war nur an dem Punkt, wo ich jemanden zulassen wollte auf diese Weise. Nein, nicht wollte... konnte trifft es besser und plötzlich wird auch Gregor irrelevanter, weil ich merke, dass es da das Gleiche war... Ich war bereit dafür und die Person, die kam hat es wohl getroffen. Du warst da und du warst nett... zu nett. Jetzt hab ich Liebeskummer. Echten, gesunden Liebeskummer, der Gregor weg relativiert.

It's nothing. Really just nothing, but me waiting for a ten years older guy to answer me. How the fuck did I become that kind of clown.

Okay maybe he answered me.. maybe he wrote 'heyy'. Maybe I'm completely out.

You'll probably die. Idk it's just a feeling, but if you commit in a way you commited with Gregor, you'll get hurt, because you never were so open, and now you can open yourself in a way you never could before.

How do you tell a person the biggest part of your free time is simply living, eating disorders and depression. How do you explain that, without being complicated?

REUE

Ich bereue rein gar nichts.

- Jona zieht nach Neuseeland

- Jari und Joseph sind weg und auch wenn's besser so ist, tut es so unendlich weh

- Jannes sollte nicht in meinem Leben sein und so eine macht haben

- Ich kann nicht mehr

- Ich hab das fühl ich bekomm weder schule noch irgendwas hin

- Ich krieg nichtmal ne Beziehung mit nem wirklich tollen Menschen hin

- Ich bin so einsam

- Ich will einfach weglaufen

- Und all den Kummer stecken ich darein überhaupt gar nichts mehr zu essen

- Es ist so viel zu viel, wie soll ein Mensch das aushalten

- Es ist nicht so, dass dieser Mensch alles lösen würde, aber ich mag den Menschen

Ich habe mich in dich verliebt, wie ich mich in ein Buch verliebe… Ich habe mich in deine Worte verliebt. Deine Formulierungen. Wie du deine Welt beschrieben hast. Und wie ich ein Teil deiner Welt wurde.

Ich habe mich nicht in dich verliebt, ich habe mich in unsere Geschichte verliebt. Aber nicht aus meiner Perspektive, sondern aus deiner. Hab angefangen, die Charaktere zu lieben. Dich und… Mich.

Erdnüsse auf Schokokuchen.

Die Beschreibung eines Bildes in meinem Kopf durch Worte, weil sie meine einzige Möglichkeit sind zu expressieren, wie dieses Bild aussieht... Tristan Bruschs "Zuckerwatte" untermalt dieses Bild in meinem Kopf. Das Lied mit seiner Stimmung von einem Soundtrack aus einem längst vergessenen Film, Musik eines alten Fahrgeschäfts auf einem Rummel, einer Spieluhr, die man auf dem Dachboden findet.. Ich sehe mich und Gregor auf einem kleinen Stück Straße stehen. Wir sind von der Seite zu sehen, hinter uns, um uns, der unendlich weite Sternenhimmel des Universums. Auch das Stück Straße, auf dem wir stehen, schwebt lediglich im Unendlichen nichts. Um uns schweben in kleinen Seifenblasen unsere Erinnerungen. Keine nah genug, um sie von uns zu ergreifen. Manche sind so farbintensiv wie ein Animationsfilm, andere verblassen langsam vor dem schwarzen Himmel. Bunte Galaxien, atemberaubend schön im Hintergrund. Außerdem schweben ebenfalls Gegenstände und Orte wie der Berliner Dom oder ein Klavier durch das Bild. Und Gregor hält die Hand vor sich ausgestreckt. Zumindest sieht es auf den ersten Blick so aus, doch eigentlich hat er mich von unserem kleinen Stück Straße gestoßen und ich stehe zwar noch da, aber eigentlich falle ich schon. Entsetzen in meinem Gesicht. Doch guckt man sich Gregor genauer an, fällt einem auf, dass er keine eindeutige Erscheinung hat, wie ein *Glitch* sieht er an manchen Stellen seines Körpers aus wie eine andere Person. Und damit verändert sich die Situation. Oder eher dieses Flackern von Gregors Erscheinung ist beide Situationen gleichzeitig. Gregor, der mich gerade weggestoßen hat und eine andere Person, die mir im Fall die Hand hinstreckt, damit ich sie im letzten Moment ergreifen kann, bevor ich für immer in die unendliche Leere Gregors und meiner Geschichte falle. In diesem Bild wird dieser Moment des Fallens und die Möglichkeit gerettet zu werden festgehalten, keine Entscheidung, kein Happy End, nur die Unendlichkeit des Moments.

Ich schaffe Schule nicht. Ich kann es nicht.

Mit Alberto geht es auseinander und das tut mir weh?

Ich hab das Gefühl ich müsste mich zwischen Cosmo und Alexander entscheiden.

Ich will Cosmo nicht verlieren.

Aber wenn ich eine Chance bei Alexander habe, dann will ich die nutzen.

Ich glaube, ich könnte mich in diesen Menschen verlieben.

Wenn ich darüber nachdenke, was mich am meisten fasziniert, wenn ich lese, kommen mir immer wieder amerikanische Jahrmärkte in den Kopf.

Dabei ist es nahezu egal, in welcher Zeit die Geschichte spielt. Auf Jahrmärkten ist die Welt heile. Alles ist gut zwischen Dauerlutschern, fettigen Pommes und positiver Musik, die einen in Nostalgie versetzen. Ich war nie auf einem Volksfest, richtigem Rummel oder dergleichen. Und trotzdem habe ich durch Beschreibungen, die ich einst gelesen habe, Erinnerungen an ein offenes Riesenrad, welches mich durch den Nachthimmel befördert. Wie ich ein überdimensionales Plüschtier in den Armen halte. den Geschmack von Pommes in meinem Mund, und dabei mag ich nicht einmal Pommes.

Es ist wie meine eigner *Safespace*… Ich sehe die Kinder, wie sie umher rennen, schreien, lachen, müde werden. Teenager bei ihrem ersten Kuss auf dem Riesenrad, mit dem auch ich gerade gefahren bin. Eltern, die sich streiten. Genervte Budenbesitzer.

Und ich sitze inmitten dieses Trubels. Ich könnte nicht beziffern, welches Jahr wir haben, vielleicht 1952, vielleicht 1995. In meinem Blickfeld verschwimmt die Zeit als Konstrukt.

Mein Kopf ist betäubt von der süßlichen Luft, die bei jedem Atemzug in meine Lungen strömt.

Es ist die perfekte Zeit: die Sonne zeigt sich am Horizont in ihren letzten Zügen, wärmt meine Haut, aber es ist nicht zu warm. Ein lauer Sommerabend und bestimmt schon viel zu spät für einige der wuselnden Kinder.

Ich schließe die Augen, fühle die leichte Brise in meinen Haaren. Lasse das auditive Geschehen auf mich wirken, das Kichern, die Musik, das Klingeln von einem Süßigkeitenstand in der Ferne.

Gerade ist es egal, wer ich bin oder welches Jahr ist. Ich atme ein und kann mich nicht daran erinnern, wann ich zuletzt so bewusst Luft in meinen Lungenflügeln sich ausbreiten gefühlt habe. Körpergerüche stehen in der Luft, doch sie stören nicht, sie gehören dazu.

Ich öffne die Augen. So langsam gehen die ersten Lichter an. Zwei Mädchen in knappen Kleidern und mit roten Wangen tuscheln und gehen an mir vorbei zu dem Getränkestand, dem ich bewusst den Rücken zugewandt hatte.

Mein Blick verliert sich in der Schönheit des Augenblicks. Es sind zu viele Reize, um sich zu fokussieren.

Ich entscheide mich für eine Fahrt mit dem offenen, luftigen Riesenrad. In der Zeit, die ich in der Schlange verbringe, wird es nun richtig dunkel und ruhiger, die Familien werden von Jugendlichen in Gruppen zu dritt oder viert abgelöst. Die Blicke der Jungengruppen zu den Mädchen, das Kichern, es wirkt wie ein einstudierter Tanz. Neben dem Verkaufshäuschen des Riesenrades rauchen ein paar von ihnen, sicherlich für einige ihre erste Zigarette. Sie husten und lachen und krümmen sich. Ich steige ein, werde festgeschnallt und beobachte, wie der Boden sich von meinen Füßen entfernt. Unter mir ist der Rummel zu einem Meer aus Lichtern geworden, die Musik wird leiser, alles ist friedlich.

Ich war nie dort, ich saß nie in einem solchen Riesenrad, aber ich habe die bildliche Erinnerung an diesen Abend, höre die Musik und das Kreischen.

Schmecke die verfärbte Luft.

STILLLEBEN

Mein Alltag ist ein Stillleben
Mein Leben ein einstudierter Tanz
Mein Körper ein Kunstwerk
Mein Zimmer eine Leinwand

18.06.2024

Hm, okay dann klingt folgendes echt blöd.. Das sag ich für mich als individuelle psychisch kranke Person.. Du kannst nichts tun.. Du kannst da sein und mir zuhören ja, aber dieser ganze Kampf passiert in meinem Kopf.. Du kannst mir meinen Schmerz nicht nehmen.. Und jeglicher Versuch ist wirklich lieb von dir, aber tut mir dann immer n Stück weit leid.. Also ja die einzige Hilfestellung, die du mir geben kannst ist zuhören, wenn es deine emotionalen und zeitlichen Kapazitäten gerade zulassen und mich nicht anders behandeln oder Stigmatisieren -> Stichwort Ihah (Winnie Puuh)

DIE KLEINE WAND VOLLER ZETTEL

Auf jedem Grünen steht ein Grund

Warum's sich lohnt zu leben

Und nicht jetzt aufzugeben

Jeder pinke trägt einen Namen

Von einem Menschen der mich braucht

Und die blauen sind die Dinge

Die ich loswerden sollte

2 3 . 6 . 2 0 2 4

Werd ich irgendwann aufhören, das Bedürfnis zu haben, auf alles eine Antwort auf alles zu haben/zu suchen?

Und ich bin 17 und du denkst, dass ich keine erwachsene Beziehung hinbekomme, weil ich zu wenig Erfahrung habe und ein schwieriger Mensch bin. Und du willst zwar als Freunde interessante Menschen, aber in einer Beziehung lieber einfache, starke Menschen? Jemand der eindeutig formulieren kann, was er braucht und will. Zusätzlich willst du mir keine richtige Chance geben, weil wenn du sie mir gibst und was daraus wird, verlierst du Zeit. Und du hast wahrscheinlich Angst, dass ich dein Helfersyndrom aktiviere und dich verletze, weil ich Angst davor habe jemanden zu vertrauen. Mich auf jemanden einzulassen, weil mir die letzten Jahre immer nur gezeigt wurde, dass ich allein bin und allein klarkommen muss. Also bin ich lieber allein und lass niemanden an mich ran. Bestimmt stünde, falls irgendwas aus uns werden sollte bzw. einfach bei dir perspektivisch, irgendwann die Kinderfrage im Raum. Also ist es einfacher, mir gar nicht erst die Chance zu geben und mich einfach auf Abstand zu halten.

Nach 3 Dates, sollte es *Date-Vibes* haben.

Nach 6 Monaten solltest du Gefühle haben.

Nach 9 Jahren.. naja das spielt keine Rolle.

Und ich meine, du hast Gefühle. Du musst mich nicht L-Worten, damit ich das weiß. Und du hast Angst, die ich am Anfang auf mich bezogen habe, aber eigentlich hast du Angst weil ich dir nah komme und vielleicht hab ich sogar die undankbare Aufgabe dir das zu zeigen und du hast das selbst gar nicht so gemerkt.

Du bringst mich dazu, wieder zu schreiben, ich hab fast vergessen, dass ich es kann. Wenn ich jedes kleinste Detail beschreiben möchte, kann ich in Worte fassen, was ich eigentlich gar nicht greifen kann. Du bist nicht greifbar, also ziehe ich Worte heran, um dich zu verstehen, dir zu zeigen, wie ich denke. Ich hab schonmal beschrieben, dass ich gerade wieder anfange zu atmen, tief die Luft in meine kaputten Lungen strömen zu lassen und manchmal tut das so wahnsinnig weh, weil da noch Wunden sind, tief in mir. Und manchmal tut es weh, deine Luft zu atmen. Denn irgendwie atmen wir die gleiche Luft und doch in zwei verschiedenen Welten. "Ich will dich wiedersehen, nur um wieder zu sehen, dass du alles bist, was ich nicht haben kann und trotzdem will." Ich meine, das ist überspitzt dargestellt. Du bist nicht alles, aber eben viel, und ich versuche da so wenig bei dir zu sehen, wie es irgendwie geht. Dich realistisch zu sehen. Realistisch wachsen wir gerade zusammen. Realistisch gibst du mir körperlich das Gefühl von Liebe und Wertschätzung. Realistisch bist du für mich da. Realistisch behandelst du mich gut, also brauchst du dich nicht abwerten.

Wie würdest du dich entscheiden?

Würdest du das, ja, fast schon stehen bleiben wählen, die Sicherheit und einen Menschen wo du weißt, dass er verdammt viel für dich tun wird?

Oder würdest du das Risiko, das Unbekannte wählen? Und ich meine, ich versuche die rational sinnvollere Entscheidung zu treffen.

Warum schreit mein Bauchgefühl wie bei Tag eins, ich muss an dir festhalten und du bist, vielleicht versteh ich irgendwann warum, "richtig".

Wo hab ich bis jetzt dein Helfersyndrom getriggert?

Was stört dich im Moment an mir?

Vor vier Monaten hab ich so dämlich gegrinst, wenn ich eine Nachricht von dir bekommen habe, und vor ein paar Jahren hab ich sicherlich auch mal wegen Fabians Nachrichten gegrinst.

Ich glaube, ich hab mich jetzt schon zu sehr an dich gewöhnt und deine Art. Ich habe Angst davor, mich beim nächsten Menschen zu langweilen. Der mir eben ganz normal Zuneigung zeigen kann, ohne hin und her, ohne Hintertür. Ich hab Angst davor, dass mein Bauchgefühl dann sagt, das kann doch nicht sein. Ich habe Angst davor, dass ich beim nächsten Menschen nicht vier Monate warten kann, obwohl er es tatsächlich wert wäre. Nicht, dass du es nicht wert bist, aber ich bin's dir nicht wert. Und wenn ich mich heute mit Christian treffe und es tatsächlich schön ist, ich mir wünsche, es war ein Date. Ich glaube, dann will ich dich nicht, egal ob du dann "plötzlich" feststellst, dass du mich doch willst. Ich weiß ich muss dir keine Lektion erteilen. Du bist ein erwachsener Mann. Du weißt es eigentlich besser als Mädchen wie mich so zu behandeln.

Und ich will gehen. Nicht weil ich Angst davor habe mich zu binden, wirf mir das am Ende gern vor, aber ich will keine Zeit verschwenden an einen Menschen, der nicht geben würde. Und wenn ich gehe, kannst du gerne erzählen, dass du es ja so schlecht hattest und ich genau dann gegangen bin, als du eingesehen hast, dass du mich doch siehst, und am Ende bin ich auch gerne die Böse. Ich war sowieso zu lange gut.

Und ich wünsch dir einen wunderbaren Menschen, der das alles kann, aber ich kanns nicht. Tut mir leid.

Ich hab mir die ganze Zeit gesagt, du bist nicht meine Liga. Du warst so unerreichbar, dass es wahrscheinlich zugetroffen hat.

1. Vergiss mich nicht.
2. Was immer du denkst oder dir irgendwer sagt, du bist nicht langweilig.
3. Du bist knuffig und liebenswert und siehst toll aus.
4. Du hast wunderschöne Augen.
5. Deine Nase macht dein Gesicht auf eine *imperfect*-Weise perfekt.

1. All unsere Ausgänge sind unbefriedigend.
2. Ich will die Sicherheit, dass du mich so willst wie ich dich will.
3. Es ist wie eine Beziehung und vereinnahmt mich so, aber du nimmst dir die Freiheit, dass es keine ist.
4. Ich will deine Bindungsprobleme nicht füttern.
5. Ich verbiete mir überhaupt Hoffnungen zu haben.
6. Ich habe das Gefühl du *commitest* schon, emotional lässt du deine Mauern herunter, zeitlich kommunizieren wir so viel, physisch und psychisch (verbal) zeigst du mir, dass du mich willst, so sehr, dass es mittlerweile abwertend wäre zu sagen du tust es nicht.
7. Ich kann auch dafür sorgen dass es mir gut geht. Und ich bin an einem Punkt, wo "wir" nicht mehr an mir scheitern sondern eben an dir
8. Entweder du willst was Festes und eine Gewissheit, dass ich bei dir bleibe, und dann darfst du dir das alles von mir nehmen, oder du willst es nicht und nimmst dir das alles trotzdem, aber dann würde ich gehen, weil ich mir mehr wert bin als so ausgesaugt zu werden.
9. Ich würde gerne sehen, dass es an mir liegt und ich noch etwas besser machen kann, aber ich habe genug getan. Ich bin genug und auch wenn du mir das Gefühl gibst, ich bin genug. Diese Ungewissheit verkauft mich unter meinem Wert und die liegt an dir und deinem hin und her und dich kann ich nicht ändern.
10. Ich finde dich toll, sonst wäre ich nicht mehr hier und würde ganz sicher nicht so ehrlich und investierend sein.
11. Sei es dir selbst wert geliebt zu werden und ich meine generell.
12. Verkauf dich nicht unter deinem Wert und versuch nicht mir einzureden, dass du gar nicht so toll bist. Ich kann selbst darüber entscheiden, wie gut ich dich finde und ich finde

dich nicht zu gut, sondern in einem gesunden realistischen Maß, dass ich dich nicht über mich stelle. Und ich hab schon meine Gründe dich zu wollen. Ich mag dich als Menschen, ich mag deine Eigenheiten und ehrlich gesagt, das Meiste, was ich bisher kennenlernen durfte.

Und ich seh mir all diese Fotos an. Eine Galerie mit Spaß, Spannung und ganz viel Leben. All diese Bilder sind eine Hommage an mich selbst. Immer trotzdem viel zu machen, obwohl ich viel lieber im Bett gelegen hätte.

Ich hab immer versucht Spaß zu haben, glücklich zu sein. All diese Bilder zeigen keinen Blick hinter die Kulissen, keine Tränen, kein Zittern. Ich hab meinen Körper so verunstaltet, dass man es im Alltag nicht sieht.

Und sehe ich diesen Menschen lachen, tanzen und Spaß haben, bin ich fast neidisch auf dieses Leben. Also ich hab dieses Leben gelebt. ich hab dafür gearbeitet, dass es so einzigartig war. Aber im Gegensatz zu diesem scheinbar ganz normalen Menschen war es in meinem Kopf nie so normal, sondern immer ein Kampf. Jeden Tag.

Aber ja, ich war immer da, wo ich sein wollte.

Hey, äh, ich wollte mich mal melden. Ich hab viel Zeit damit verbracht zu heilen in den letzten Monaten. Hab viel geredet, viel verarbeitet, versucht, über Dinge hinwegzukommen. Und ich bin an dem Punkt, wo ich den Mund aufmachen möchte, ich hatte gestern meinen ersten Termin bei Wildwasser (eine Organisation, die sich um junge Mädchen und FLINTA* Personen kümmert, die sexualisierte Gewalt erlebt haben). Ich hab vor knapp eineinhalb Jahren eine Notiz verfasst mit der Überschrift "ich bin ein schlechter *Victim*". Weil ich jedes Mal, wenn ich darüber geredet habe, das Gefühl hatte, er ist stärker und wenn jemand mit ihm redet, glaubt die Person mir nicht mehr. Ich wollte mir ja selbst und den Alpträumen nicht glauben. Aber ich will darüber reden. Ich will darüber reden, dass ich vergewaltigt wurde, ich nicht mehr in meinem Bett schlafen konnte, Angst im Dunkeln hatte, Angst vor körperlicher Berührung, die ich auch immer noch habe, teilweise. Dieser Mensch ist zu meiner Mutter gegangen und hat ihr gesagt "Maria lebt in ihrer eigenen Welt, glaub ihr nicht, was sie darüber erzählt".

Ich will darüber reden, dass ich 14 war. Ich dieses kleine Wesen nicht beschützen kann und ihm nicht den Schmerz nehmen kann. Ich will darüber reden, dass er mir versucht einzureden, dass ich schuld bin "*I am the Monster you created*".

Ich will darüber reden, dass ich das zweimal erlebt habe, von meinem ersten richtigen Freund und von einem Menschen, der fast zwei Jahre zu den wichtigsten Menschen in meinem Leben gezählt hat. Ich will darüber reden, dass ich mir um den zweiten Menschen Sorgen mache, weil er sich "meinetwegen" die Arme aufgeschnitten hat, weil ich mich einer übergriffigen Situation entzogen habe. Ich will darüber reden, dass ein 16-Jähriger mit mir Dinge gemacht hat, als ich 12 war. Und ich bis heute dieses Trauma in meinem Sexualleben spüre. Ich will darüber reden, dass ich Angst vor Menschen habe, beim Sex nichts fühlen will und keine Emotionen haben will, weil ich zu oft verletzt wurde. Ich will darüber reden, dass Menschen "verletzt" davon sind, wenn ich sage, ich vertraue ihnen nicht, dass sie nicht das gleiche mit mir tun. Ich will darüber reden, dass ich mich immer noch manchmal wieder finde, mit einer zugeschnürten Lunge und dem Gefühl, diese Hände würden nie von meinem Körper verschwinden. Und ich will schreien, weinen, irgendwie die Hände dazu bringen aufzuhören. Manchmal, wenn ich die Augen schließe, sehe ich Fabians Gesicht vor mir. Mit diesem Gesichtsausdruck, bei dem ich mich übergeben möchte.

Ich kann mich beinahe nicht an 2021 erinnern, dauerhaft in Angst, in Dissoziation. Ich arbeite daran, die Tiefe des Eisbergs zu verstehen. Aber dieses Gesicht taucht manchmal vor meinem inneren Auge auf, so lebhaft in meine Netzhaut gebrannt.

Ich will ein guter *Victim* sein, ich will das Richtige tun. Ich will darüber reden, dass ich diesen Menschen nichts Schlechtes wünsche, dass ich auch nicht ihren Ruf kaputt machen will, ich will nur meinen Mund aufmachen. Ich will darüber reden, dass ich verlernt hatte Nein zu sagen. Ich möchte *expressen*, dass ich es überlebt habe, dass es okay ist, das gar nicht überleben zu wollen. Das ich niemandem dieses Schicksal wünsche. Ich will darüber reden, dass ich trotzdem noch lache und weine und fühle, und gerade diesem einen Menschen zeigen, dass er mich nicht gebrochen hat.

Ich möchte darüber reden, dass es okay ist, darüber zu reden. Und auch das fünf Mal nach Sex fragen übergriffig ist, wenn die Person schon vier Mal nein gesagt hat, weil mich jedes nein, eine gefühlte unendlich große Kraft gekostet hat.

Ich will darüber reden, dass ich immer noch darum Kämpfe normal Sex zu wollen und ich will davon erzählen, wie ich einen Nervenzusammenbruch hatte und an meiner Tür saß und meine Mutter *basically* angeschrien habe mit "ich will doch nur Sex haben wie alle anderen in meinem Alter".

Ich will darüber reden, dass ich Angst davor habe mich männlich anzuziehen, weil dieser eine Mensch mich ganz bewusst in meinem männlichen Auftreten sexuell traumatisiert hat. Und dass ich dachte, ich dürfte nicht darüber reden.

Ich will darüber reden, dass ich trotzdem wütend bin. Dass ich mich schwach fühle. Dass ein kleiner Teil immer noch schreit, dass ich lieber tot wäre, als das hier alles verarbeiten zu müssen. Aber ich bin mir so viel mehr wert, als an den Taten anderer Menschen meinen Willen zu verlieren.

Ich will darüber reden, dass Fabian meinen Willen gebrochen hat. Ich will darüber reden, dass ich in einer Beziehung unverzeihliche Sachen gemacht habe, aber er menschlich unverzeihliche Sachen mit mir gemacht hat. Ich will darüber reden, dass ich mir die Schuld gegeben habe, weil ich es nicht besser wusste. Und vor allem, weil ich damit irgendwie die Kontrolle behalten konnte. Jetzt weiß ich, es ist nicht meine Schuld, ich war stark, als ich mich mit 14 gelöst habe und gegangen bin. Ich war stark, als ich akzeptiert habe, dass es nicht meine Schuld war und zwei Wochen lang ca. 14 Stunden am Tag geschlafen habe. Ich bin stark, weil ich mir die Zeit nehme, die mein Körper braucht. Ich bin stark, weil ich mir Hilfe geholt habe. Ich bin stark, weil ich den Mund aufmache.

Ich bin stark, und das kann mir keiner nehmen. Ich fühle mich lebendig und ich bin so wahnsinnig stolz auf mein jüngeres Ich, was diesen beinahe aussichtslosen Kampf gekämpft und gesiegt hat. Ich bin dankbar für jede*n der/die mir zugehört hat, meine Grenzen respektiert hat. Ich bin dankbar, dass ich es mir wert bin zu heilen. Ich habe beinahe aufgegeben. Ich dachte ich habe keine Kraft mehr. Ich habe versucht mich umzubringen, aber ich bin noch hier und das ist mein größter Flex. Ich atme.

Für den Menschen, der vergewaltigt wurde, für den Menschen, der diese verdammte Klinge genommen hat, um die Hände zu vergessen, für den Menschen, der in Rom stand und Angst davor hatte, vergewaltigt zu werden, und angefasst wurde. Für den Menschen, von dem Jahre lang das Nein übergangen wurde.

Für mich.

~Instagram Story vom 19.09.2024, gesehen von über 100 Menschen

Ich glaube, ich darf nicht aufhören diese Texte zu schreiben und in meine Ängste hineinzufühlen, weil da ist eine enorme Angst.. Ich hab mich auf "kurzfristige" Sachen eingelassen. Ein, vielleicht zwei Jahre zu mir gesagt. Aber etwas zuzulassen, was tatsächlich Raum einnimmt, wo es okay sein wird, dass es mich beeinflusst, wo ich mich tatsächlich auf dich verlassen muss und dir Macht geben muss, das macht mir Angst. Riesige Angst, um ehrlich zu sein. Ich glaube du musst mir ab und an Raum gegeben. Mich mal ein zwei Monate allein lassen. Nicht, dass ich etwas mit jemand anderen haben will, sondern zu sehen und zu fühlen, dass ich allein atmen kann. Du nicht mehr Macht über mich hast als ich. Um zu sehen, dass ich meine Bedürfnisse habe und einhalten muss, brauche ich Abstand. Ich funktioniere nicht wenn du dich an mich klammerst. Nicht, dass du das tun wirst. Mein Kopf ist bereit für ein, vielleicht zwei Jahre, aber wirklich Gregor und Fabian hinter mir zu lassen und all die Geister, die Angst vor Menschen haben, dazu noch nicht. Ich werde ausbrechen wollen, wenn es mir zu nah ist. Ich hab nicht gelernt, dass Nähe gesund sein kann. Ich werde flüchten wollen, immer und immer wieder. Zeig mir dass du mich liebst und lass nicht zu dass ich gehe. Gib mich keinen Zentimeter frei, wenn ich gehen will. Weil wenn ich gehen will, dann werde ich gehen und nicht dir das sagen. Ich muss lernen, dass Menschen, die mich lieben mir nicht weh tun wollen. Und ich muss atmen lernen, auch wenn du mir erstmal das Gefühl geben wirst, dass ich nicht atmen kann.

Okay also *Red-Flag*, wenn ich etwas lieber mit jemand anderem unternehmen will als dir, der nicht Timmi und Ignaz oder Leila ist bzw. *close friends*, das heißt ich fange an mich neu zu verlieben. Und ich will mich nicht neu verlieben. Also ja, da draußen gibt's bestimmt noch tollere Menschen als dich, aber das sollte gerade nicht mein *Mindset* sein. Ich will gar nicht, dass das mein *Mindset* ist. Ich finde dich schon ziemlich toll und ich will auch dass das so bleibt. Ich würde gerne eine Lösung dafür finden.

Mir fällt gar nichts sagen leichter, als "Nein" sagen im sexuellen Kontext. Das wird schwierig, da vollständig rauszukommen. Ja, ich kann "Nein" sagen. Meistens. Manchmal sag ich lieber gar nichts, und geh einfach innerlich kaputt, weil ich keine Kraft habe. Ich will nicht, dass du Angst davor hast. Ich hab selbst schon zu große Angst davor. Ich kann "Nein" sagen, bis ich es nicht mehr kann. Ich weiß nicht, wann der Punkt kommt. Meistens an dem Punkt, wo du einmal etwas tust, was meine Grenze überschreitet, und ich traue mich nicht nein zu sagen, weil ich diese Grenze nicht gesetzt habe. Sie ist nur da.

Ich weiß nicht, wie ich in einer Beziehung funktioniere, wenn es mir gut geht. Ich weiß nicht, ob ich *poly* bin, weil ich nie eine gesunde Beziehung hatte und meine Art daraus war eben, mich neu zu verlieben. Und jetzt muss ich gucken, ob das eben auch passiert, wenn ich glücklich bin und es gesund ist.

Meinst du, wir sind es?

5.10.2o24

Ich zweifle, sind wir dadurch echt?

Hab ich verlernt, gut zu mir zu sein?

Umso näher du mir kommst, umso mehr sagt mein Kopf mir, es darf nicht sein, es ist nicht richtig.

Bin ich einfach nicht richtig?

Weil du so perfekt bist. Du bist alles, was ich will. Alles, was mir reicht.

Und ich sehe diesen Fotostreifen an. Irgendetwas passt nicht, als sollte irgendwas davon nicht so sein.

Ist das irrational oder übersehe ich etwas?

Es gab immer einen Haken, wo ist deiner?

Ich suche ihn in den Untiefen deiner Seele, aber du willst mich. Du zeigst es mir auf einem gesunden, liebevollen Weg. Bin ich der Haken?

Aber ich will dich, und ich glaube ich kann dir das auch zeigen.

Wenn wir beieinander sind, ist alles so viel zu schön, das kann doch nicht sein?

Wann kommt der Fall?

Warte ich nur darauf, deinen Fehler zu finden und einen Grund haben, zu gehen?

Ich glaube du bist mein Mensch und es ist meine große Hürde, dass ich dich jetzt und nicht in fünf Jahren getroffen habe.

Du sagst, wir sind zusammen und es fühlt sich auch noch richtig an. Ich will es durch die Weltgeschichte schreien.

Ich will deins sein.

Ist das ein anfänglicher Konflikt, der mit der Zeit verschwindet?

Ist es nur echt, weil ich eben kämpfe?

Niemand hat je Soziopathie oder Narzissmus bei mir vermutet. Und doch ziehe ich eine bestimmte Gruppe an Menschen an: Menschen, die sich in mir verlieren. Ich weiß nicht, wie viel ich andere Menschen beeinflusse, ich glaube nicht mehr, als wir uns sowieso alle gegenseitig beeinflussen.

Aber irgendwo in mir habe ich dieses *Supervillain*-Ding. Ich bin nicht böse, ich würde keinem Menschen absichtlich weh tun, aber ich denke an mich selbst. Und das gibt mir das Gefühl, ein *Villain* zu sein. Die Guten sind immer selbstlos. Ich meine, ich helfe anderen Menschen, aber ich würde keinen Menschen über mich stellen.

Ich will auch nicht, dass es sonst jemand für mich tut. Die einzigen Menschen, die mir mehr wert sind als ich mir selbst, sind noch nicht geboren.

Ich will niemandem weh tun. Ich will helfen. Ich will etwas verändern. Aber ich kann nichts verändern, wenn ich nicht die Kraft habe, ich selbst zu bleiben. Ich möchte schützen, aber das kann ich nicht, wenn ich mich nicht selbst beschütze.

Ich will kein Held sein. Ich will ein normaler Mensch sein. Und ich möchte etwas verändern, inspirieren, ohne Aufsehen zu erregen. Ich will ein normaler Mensch sein, der ein normales Leben führt. Ich will kein Drama mehr. Ich will nicht mehr rennen. Ich will hier stehen bleiben. Normale Schritte gehen in einem normalen Tempo, wie ein normaler Mensch. Ich will nicht besonders sein, nur ein gesunder Mensch, der ein gesundes Leben führt.

Wenn das heißt, dass ich für immer stumm werde, dieser Text hier mein Letzter ist.

Wenn das Drama meine Inspiration ist… Dann will ich trotzdem, dass es aufhört. Ich will leben, ich wollte immer leben wollen. Jedes bisschen „Besonders"-sein, Anders-sein, Krank-sein, ist es nicht wert. Wenn ich stumm werde, was meine Texte angeht, dann bin ich glücklich geworden, vollends. Dann brauche ich den Schmerz nicht mehr, dann will ich ihn endgültig nicht mehr.

Wenn ich aufhöre zu schreiben, wenn ich aufhöre, ein wandelndes Drama zu sein, wenn ich aufhöre, der Protagonist zu sein, ich glaube, dann finde ich endgültig meinen Frieden.

Dann werde ich zu dem Antagonisten, vor dem mein melancholisch-zynisch verklärtes zehnjähriges Ich Angst hatte. Zu dem Menschen, der an sich selbst denkt, sich nicht für die Meinung anderer interessiert. Der keine Aufmerksamkeit braucht, von niemandem außer sich selbst. Wenn ich keine Geschichten mehr schreibe, weil ich meine eigene Geschichte lebe und mich nicht mehr in meine Fantasie flüchte.

Ein Teil in mir hat Angst davor keine Musik mehr schreiben zu können, doch ich werde mich wohl an positiven Melodien versuchen. Und wenn ich irgendwann auch da still werde, ist mein Werk bis hierhin wunderschön und mit jedem Text vollkommen. Jeder Text erzählt eine Geschichte, meine Geschichte. Und die kann mir keiner nehmen.

Aber ich werde stolz und wahrscheinlich etwas wehmütig darauf zurückblicken und dankbar sein. Ich bin dankbar für jedes Wort, jeden Ton.

Hui, mir geht's heftig schmeftig nicht gut.

Hab vergessen, dass das geht.

"Oh, was ist denn los?"

Alles, nichts, das Leben ist doof, ich hab kein richtiges zuhause mehr, seit meine Eltern wieder da sind Josi hatte 'n Suizidversuch (das weißt du ja schon), Finn hat einmal komplett mein Vertrauen und meine Zuneigung zu ihm genommen. Eislaufen ist toll, aber ich kann nicht jeden Tag zweimal aufm Eis stehen, Abi überfordert mich, ich muss eig. was fürn BfD machen ich krieg nichts auf die Reihe, meine Bindungsangst kickt, ich vermiss Ignaz, Felix meldet sich nicht bei mir und ich hab meeeeggggaa Druck auf ne Weise wo ich diese Panik hab das es nicht aufhört.

Und ich will irgendwas machen, um zu fühlen, um zu atmen. Aber ich weiß nicht was und morgen die Party überfordert mich, denn ich mag keine Partys und es ist einfach nur Prestige und wichtig, aber ich mags nicht.

Und ich hab ein vorläufiges Skript an einen Verlag gesendet und ich hab Angst dass sie mir sagen dass sie kein Potenzial sehen

Ich bin einsam, aber ich bin nicht allein es frustriert mich

Es ist vor allem einfach depressiv zu sein nichts ungewöhnliches nichts schlimmes.

Und morgen steh ich auf und die Welt ist wieder heile.

Überall sind Menschen, die mir sagen sie könnten mir helfen und mich unterstützen, aber ich weiß jetzt dass ich das nur selbst kann

Und ich bin gerade einfach fertig.

Buch ist anstrengend, Job ist anstrengend, Abi ist anstrengend, nicht mehr allein zu wohnen ist anstrengend, mich auf Bindungen einlassen zu müssen ist anstrengend, diese Dauer positive *Mindset* halten ist anstrengend.

Aber ich will nicht wieder sagen, ich bin fertig mit allem und ich will einschlafen und nicht mehr aufwachen, weil ich es liebe es zu leben. Ich liebe mein Leben, aber es fühlt sich so an, als wäre ich so müde, dass die Watte in meinem Kopf nicht mehr weggeht und ich weiß dass sie weggehen wird, aber ich weiß auch, dass sie wieder kommen wird.

Ich bin eben einsam, weil ich gerade nicht die Kraft habe, mir zu reichen, aber es kann mir keiner abnehmen. Nur ich kann dafür sorgen, dass ich nicht einsam bin. Ich weiß das alles und es frustriert mich trotzdem. Und das Feuer in meinen Armen ist trotzdem da.

Nowhere to run when I am in trouble

Es holt mich halt immer wieder der Gedanke daran ein, dass ich sie nicht genug vor sich selbst beschützt habe. Und ich sie hab gehen lassen. Und sie sich selbstverletzt hat. Und sie sich wahrscheinlich umgebracht hätte, wenn sie diesen beschissenen Eisenhut gefunden hätte.

Und sie hatte konkrete Suizidgedanken und ich hab den Notdienst nicht angerufen, weil ich dachte sie hätte es unter Kontrolle... Ich hätte es unter Kontrolle. Und eigentlich bin ich grad so sehr dabei mich zu verlieren, weil ich einfach kalt werde und kaputt gehe und müde bin und keine Kraft mehr habe. Und ich will nicht drüber reden, weil es mein eigener Kampf ist und ich mich dafür gehasst hätte, wenn ich in ihrer Situation gewesen wäre und ich mit ihr nach Buch gefahren wäre. Ich hab grad so verdammt viel Druck und eigentlich hat mich ihre Krise da son bisschen rausgeholt, weil ich von Samstag bis heute früh nicht an den Schmerz denken musste, sondern einfach durchgehend gefühlt einen Adrenalinschub hatte. Und jetzt fällt das alles ab und ich fühl mich so klein und kaputt.. Ich weiß doch auch nicht. Und morgen vor vier Jahren bin ich mit Fabian zusammengekommen und irgendwie kommen deswegen die ganze Zeit Flashbacks und ich bekomm Panik und diese Hände an meinem Körper, weswegen ich unkontrolliert zucke... Tut mir leid ich will echt nicht nerven.

Wenn man mich so kennenlernt und von außen betrachtet. Maria für die meisten, obwohl ich mich mittlerweile mit Maria/Lukas vorstelle. Ich bin weiblich gelesen und biologisch weiblich. In mir irgendwo schlummert das Bedürfnis männlich zu sein. Aber dafür bin ich noch nicht bereit. Also ja, weiblich gelesen, meistens. Ich bin 1,61 m groß, in meinem Perso. steht 1,16 m durch einen Tippfehler. Ich habe Schulterlange rot gefärbte Haare, bin schlank, aber doch mit gewissen weiblichen Rundungen, ich bin hübsch. Jeder Mensch ist auf seine Art schön und ich finde die meisten Frauen und Mädchen schöner als mich. Aber ich bin die Art hübsch, die die Aufmerksamkeit von Jungs auf sich zieht. Ich habe braune Augen, eine Stupsnase und schöne Lippen. Meine Eckzähne sind so spitz, dass sie ein wenig an Vampirzähne erinnern, wobei ich nicht glaube, dass das außer mir schonmal jemandem aufgefallen ist. Meine Originalhaarfarbe ist ein dunkelblond oder hellbraun. Es passt zumindest sehr gut zu meinen Augen, aber ich trage seitdem ich 16 bin rote Haare.

Im Sommer trage ich meistens bauchfrei, denn ich habe ein Bauchnabelpiercing und ja, ich habe mich viel zu cool gefühlt, als ich es mit 15 bekommen habe, übrigens ein paar Monate bevor es wieder richtig in den Trend kam. Ich kleide mich "Modebewusst", bzw. besitze einen viel zu großen Kleiderschrank, mit dem ich gerne alle möglichen Stile ausprobiere. Meistens trage ich Chucks, von denen habe ich auch viel zu viele. Zwei *custom* Paare, zwei 'Blut'-Chucks und eine ganze Menge Einfarbige. Ich glaube, ich falle weniger auf, als mir manchmal gesagt wird. Ich stehe auch eigentlich nicht gerne im Mittelpunkt, auch wenn das in dieser Geschichte anders klingen wird. Ich trage gerne meine braune Cord-Jacke von *Urban Outfitters*, die mein bester Freund 2o21 die 'Geilo'-Jacke getauft hatte. Obwohl, vielleicht war ich das auch selbst. Zumindest trägt sie jetzt diesen Namen, geht langsam kaputt, aber ist immer noch mein Markenzeichen ein Stück weit. So von außen sieht man diesem Körper, dieser Hülle, nicht an, was sie hinter sich hat. Keine offensichtlichen Narben, keine Rippen. Wenn ich mich männlich anziehe, bin ich selbstbewusster, trage meistens eine Mütze, um die langen Haare zu verstecken. Ich weiß ich wirke dann meistens jünger. Mein Körper sieht nicht erwachsen aus.. eher wie 14, aber durch mein Verhalten wirke ich dann gerne mal älter als ich bin. Nun ja, als Lukas verhalte ich mich manchmal auch wie 15, 16. Traue mich mehr, bin auch mal frech. Ehrlich gesagt ist meine weibliche Seite eher eine Art Rolle, die ich spiele. Ich bin quirlig, knuffig und manchmal wirke ich ein bisschen wie ein Flummi. Ich versuche meistens energetisch aufzutreten, gut gelaunt, vielleicht ein bisschen in meiner eigenen Welt.

Okay, also ich bin müde und vielleicht ist es nicht soo gut, wenn ich das heute noch schreibe, aber ich hab jetzt alle Briefe bis auf den Langen und den Wand Text abgetippt. Und das, was ich dir sagen will, ist, dass ich Gregor loslassen will, auch nach diesen Briefen. Ich will ihn loslassen, wie ich den Gedanken losgelassen habe, meine Diagnosen wären ein Teil von mir und ich würde sie brauchen. Ich brauche Gregor nicht mehr. Ich will dich brauchen. Nicht auf krankhafte Weise, aber ich will dir einen angemessenen Teil von mir geben. Das ich dich halten will, um auch diesen Teil von mir nicht zu verlieren. Ich weiß nicht, ob das sinnvoll ist oder gut. Aber ich habe heute durch diese Texte sehr viele Ebenen und Gedanken, Ansätze von mir nochmal gedacht, dieser ist neu und ich würde gerne ausprobieren danach zu leben. Ich weiß da sind noch ein paar Schatten, über die ich springen muss, und Gregor ist jetzt auch nicht *fully* vom Tisch, aber nach allem, was ich heute gelesen habe, ist es ein Du > Gregor. Eieiei bin ich *pathetic* wenn ich müde bin. Ich hab die Zeile gelesen "Klar am Ende des Tages bringst du mich näher und näher an den Suizid und hey das will ich.", du löst das Gegenteil in mir aus, du bringst mich dazu leben zu wollen. Ich sollte keinen Grund mehr haben, Gregor zu glorifizieren und ich hab in einem anderen Text geschrieben, dass ich, als ich dich getroffen habe, genau bereit war für einen neuen Menschen. Und jetzt bin ich bereit, um meinem eigenen utopischen Maßstab gerecht zu werden, all diese Maßstäbe und Wunden hinter mir zu lassen.

Ich liebe dich, ich halt's geheim
doch nun sollst auch du Zeugin meiner Liebe sein
ich hab nicht den Mut es dir zu sagen
doch die ganzen Plagen
ich liebe dich so wie du bist
ich hoffe dass es bei dir genauso ist

Du hast meine Hände genommen, jeweils Zeigefinger und Mittelfinger ausgestreckt. Du hast sie in den Mund genommen. So getan, als würdest du mir einen Blasen.

Ich wollte es nicht. Ich glaube, ich habe das auch gesagt.

Du hast mich so angesehen. So ekelhaft, als würdest du genau wissen, dass du damit bekommst, was du willst.

Einen verängstigten jungen Mann, der sich nie wieder richtig sicher fühlen wird in seinem männlichen auftreten.

Ich bin dieser junge Mann. Ich bin dieser Mensch, der sich seitdem nicht mehr vollwertig getraut hat, männlich anzuziehen. Dabei bin ich ge*outet*, bin gerne Lukas. Werde lieber so angesprochen als mit Maria.

Aber ich habe so eine Angst davor, mich männlich anzuziehen, so vulnerabel zu machen. Nochmal diese Gewalt zu erleben. Und mit dieser Angst habe ich aufgehört, mich männlich anzuziehen.

Mein Name ist Maria/Lukas, aber ich traue mich nicht mehr, Lukas zu sein.

War es das, was du wolltest? Als du meine Hände genommen hast. Und nochmal. Ich glaube, es ist dreimal passiert.

Du hast gesagt, du willst wissen, wie es sich anfühlt und willst es ausprobieren. Ich wollte es nicht ausprobieren. Ich war noch gar nicht bereit, meine männliche Sexualität zu erforschen und du hast mir mein erstes Mal genommen.

Ich hatte seitdem kein sexuelles Verlangen, wenn ich mich männlich gefühlt habe. Als würde es mich gar nicht interessieren. Aber mich interessiert es ja eigentlich. Ich will männlich sein, ich will Mädchen ansprechen.

Ich will mich nicht klein fühlen.

Und jedes Mal wenn ich mich daran erinnere, fühle ich mich winzig.

Ich hab diesen kompletten Teil Genderidentität in mir eingeschlossen. Als könnte ich es vergessen.

Es gibt keine Worte für das, was du mir angetan hast. Wir leben in einer cis-hetero-normativen Welt und du hast einer biologisch weiblichen Person ein sexuelles Trauma in seiner männlichen Geschlechtsidentität verpasst und es gibt nicht mal Worte dafür.

Das macht es so unbegreifbar. Ich kann nicht sagen du hast das und das an dem und dem Ort gemacht. Ich kann nur sagen du hast meine Hände genommen. Es ist gruseliger. Es ist nicht zu erklären.

Du hast mir meine Sexualität genommen, bevor ich sie entdecken konnte. Ich war noch ein Kind.

Als Mädchen, als junge Frau kann ich darüber reden, dass du mich vergewaltigt hast, dass ich vorher schon sexualisierte Gewalt erfahren habe. Als Junge fühl ich mich hilflos und als dürfte ich nicht mal darüber reden, ich bin ja biologisch gar kein Junge.

Biologisch ist es einem weiblichen Körper passiert, wie all die anderen Traumata auch.

Als Mädchen habe ich gelernt, damit umzugehen, mich meiner Angst zu stellen.

Um dieses Trauma zu bewältigen, müsste ich mich überhaupt trauen, wieder als Lukas durch die Weltgeschichte zu laufen. Ich hab Angst davor, mich männlich anzuziehen und in den Spiegel zu sehen und mich genauso ekelhaft zu fühlen wie in meinem weiblich gelesenen Körper..

Ich bin so stark, so selbstbewusst als Lukas, ich würde es nicht verkraften, mich männlich schwach zu fühlen.

Das war immer mein Rückzugsort, um mich unverwundbar, heiß und genug zu fühlen. Ich habe Angst davor, diese Sicherheit nicht mehr zu haben, und mich männlich genauso unsicher zu fühlen wie weiblich.

Du hast meine Hände genommen. Es sind nicht deine Hände, die ich da an meinem Körper fühle. Es sind meine eigenen Hände, die ich mir am liebsten abhacken möchte.

Ich spüre deinen Mund. Deine Blicke. Und ich hab wirklich versucht, es zu vergessen.

Ich kann nicht.

Genauso wenig kann ich mich richtig erinnern, was ich davor gemacht habe, wie ich mich danach gefühlt habe.

Und ich trage diese Hose, weil ich sie so sehr liebe, weil ich gut aussehe.

Aber mein Schmerz klebt an ihr.

Mein Schmerz klebt an meinen Händen und er geht genauso wenig ab, wie vom Rest meines Körpers.

Aber den anderen Schmerz kann ich anschreien, den Schmerz kann ich verstehen, ich kann ihn weg atmen, auch wenn ich immer noch manchmal zucke, aber ich habe ihn akzeptiert.

Das du meine Hände genommen hast, nicht.

Ich gehe lieber mit einem Mini-Rock und Kniestrümpfen raus als mit dieser Hose, *Binder* und meiner Mütze.

Wie konntest du mir das antun?

"Ich möchte schreien, denn ich verstehe es einfach nicht und das macht mir Angst. Und diese Angst, diese Unsicherheit darf ich nicht zeigen. Denn ich bin mir sicher. Es kann auch kein Missverständnis sein. Nein, es ist ein aktiver falscher Vorwurf. Er geht ins Detail und er ist falsch." - Dezember 2o22

Nun diesen Text ohne Kontext zu verstehen ist nahezu unmöglich. Ich erinnere mich nicht gerne zurück. Es geht nicht um Fabian, nicht um Gregor. Nein, es geht um einen Schüler, ich werde seinen Namen nicht nennen.

Aber ich saß zu dem Zeitpunkt in der Klinik in Buch. Ich habe mit diesem Menschen zwei Mal von Person zu Person geredet (zu zweit). Beide Male an öffentlichen Orten, ich habe den gesamten Chat, und ich habe nicht einmal seine Nummer gehabt. Ich war dabei zu verarbeiten, was Fabian mir angetan hatte, was mit Gregor passiert ist. Wir haben geschrieben, einmal telefoniert, er hatte Gregor einen Brief von mir übergeben. Wir hatten geschrieben. Ich hab ihm Bilder geschickt vor allem von meinem Rücken, weil ich in dieser Zeit Sport gemacht hatte, und ich wusste er kannte sich in dem Thema aus.

Irgendwann hat meine Mutter, völlig aufgelöst, in der Klinik angerufen und mich gefragt, was da passiert ist. Ich wusste nicht, was sie meinte. Wir hatten halt geschrieben, ich fand ihn ganz nett, aber ich hatte nicht mal daran gedacht, was von ihm zu wollen. Meine Mutter sagte, meine Schulleitung habe angerufen und behauptet, ich hätte besagten Schüler mit Selbstverletzung und Suizid zu sexuellen Handlungen gedrängt. Ich.

Ich wurde von unserer SV Fahrt ausgeschlossen und hatte Gespräche mit unserem Sozialarbeiter. Schickte ihm diese Chats, aber ich wurde als Schulsprecherin nicht mitgenommen auf SV-Fahrt, obwohl ich extra dafür früher aus der Klinik entlassen wurde. Ich weiß nicht, wer das eingefädelt hat. Ich weiß nicht, ob er sich das allein ausgedacht hat. Aber sogar der Sozialarbeiter hat mich angesehen und wusste, dass ich nicht im Stande wäre, so etwas zu tun. Kein

Verfahren gegen diesen Schüler, nur mein geschädigter Ruf. *"Locally famous Dramaqueen" - chance with you –* mehro

Ich saß in der GSV, wo Fabian dieser Blumenstrauß überreicht wurde und Rodrigo ihn für seinen alleinigen Wiederaufbau der SV nach Corona gewürdigt hat. Wie Fabian meinte, er habe das nicht allein geschafft, sondern nur mit der Hilfe von uns allen. Ich hatte diese Schule satt. Sie hat mich kaputt gemacht und mir jeglichen Selbstwert genommen. Und ich bin wütend, immer noch. Ich sage nicht, dass ich allein für den Wiederaufbau verantwortlich war, aber ich war dabei. Ich habe wichtige Strukturen eingeführt. Und heute erinnert sich kaum einer daran und Fabian wird noch immer in den Himmel gelobt. Dieser Vorwurf, Fabian, der zu meiner Mutter gesagt hat, sie solle mir nicht glauben, diese Schulleitung, die keine Konsequenzen eingeleitet hat. Ich hätte beinahe aufgehört meiner Wahrnehmung zu vertrauen, denn ich wollte nicht glauben, dass so viel gegen mich stand. - Oktober 2o24

Das Ding ist, was ich ja schon gestern bzw. generell meinte, die Woche ist grad einfach schwieriger und mir geht's nicht wirklich gut. Also schon, ich bin trotzdem irgendwie ausgeglichen, aber ich hab fast gar keine Kraft und das ist okay ich nehme mir da die Zeit und ich bin irgendwie unruhig und mega unsicher.. Aber ich hab die letzten Nächte wo ich nicht bei dir war viel von Alberto geträumt und ich hab darüber auch einen Text geschrieben. Ich bin froh nicht mehr mit Alberto was zu haben, aber ich merke, dass da so super viel noch drinsteckt und ich weiß, dass das schon irgendwie auch ein *Trigger* ist von dir. Und versteh mich nicht falsch, ich will nicht zurück zu Alberto und das mit uns hat einfach nicht gepasst, aber Alberto hatte so eine heftige Verlustangst, dass ich die auch total mit aufgenommen habe und auf ihn projiziert habe. Mit am schlimmsten entglitten ist mir mein Körper im Februar, weil Alberto sich da ziemlich heftig von mir distanziert hatte und dass ein starker Kontrollverlust war und ich bin nicht mehr klargekommen und diese Erfahrung hat mir nachhaltig Angst gemacht.

Und jetzt liege ich hier und es geht mir nicht schlecht und auch nicht schlecht seinetwegen, aber irgendwie macht es was mit mir und er fehlt mir. Und ich hab immer noch Angst, dass diese Stressreaktion von meinem Körper nochmal kommt. Ich will dir keine Angst machen, nur war Alberto irgendwie meine Bezugsperson, der ich sowas erzählt habe oder Andreas. Und jetzt sind beide nicht mehr da und das überfordert mich, weil dann wars zeitweise Cosmo. Aber Cosmo ist auch nicht da und ich fühl mich nicht einsam, aber etwas *lost* mit tatsächlichen "Problemen". Und ich weiß ich muss mir nur die Zeit zum Regenerieren nehmen und dann bin ich wieder fit, aber ich glaube, ich bin grad vielleicht doch ein bisschen einsam. Was okay ist, ich muss eh damit umgehen lernen, und eigentlich kann ich ja auch supergut damit umgehen, aber gerade ist so diese Heilung nicht geradlinig und es wird mir nicht immer gut gehen und vielleicht brauche ich doch manchmal andere Menschen. Und das frustriert mich auch ein bisschen, weil ich komplett allein klarkommen will und gerade tu ich's nicht. Und ich fühle mich ungenügend, weil ich mir gerade nicht reiche.

Und ich glaube diese Lukas Wunde aufzureißen und das gestern mit meiner Mama war zu viel auf einmal. Ich weiß ich muss damit klarkommen. Aber ich bin gerade einfach nur fertig und am Heulen, was okay ist, ich weiß nur gerade nicht wohin mit mir. Und vielleicht ist das mein kaputter Weg zu kommunizieren, dass ich dich gerade bräuchte, aber mir eben beigebracht wurde, dass ich nicht brauchen darf und deswegen, kann ich das nicht ordentlich kommunizieren. Und ich weiß nicht mal, was ich konkret brauche, und das tut mir leid, weil ich mich allein weil ich es jetzt kommuniziert habe, falsch und zu viel fühle.

Was mir dazu konkret einfällt ist halt wirklich, dass mir vor allem Andreas auch so schrecklich fehlt und ich hab das verdrängt und wollte mir nicht erlauben so zu fühlen. Weil es besser so ist. Aber Andreas war zwei Jahre meine Familie und er war immer da, wenn ich ihn brauchte, auch wenn es seinen Preis hatte. Aber egal was bei mir war, ich wusste er ist da und ich bin nicht bereit zuzulassen, was er mir angetan hat, weil ich hab gerade nicht die Kapazitäten zu realisieren, dass das die nächste Bezugsperson ist die mich, *idk.* der Begriff ist missbraucht, aber das klingt so krass. Und in meinem Kopf verteidige ich Andreas noch. Ich hab's noch nicht realisiert, ich kann nicht. Ich hab ihn auf eine nicht romantische, sondern wirklich familiäre Art so sehr geliebt und er fehlt mir so sehr. Ich hab ihn zwei Jahre lang einmal die Woche gesehen und er war mir so nah und ich kann das nicht. Ich kann nicht sehen, dass das wirklich passiert ist. Es muss doch meine Schuld sein. Ich kann nicht. Ich hab ihn so sehr lieb und wenn er das wirklich getan hat, ist es so unverzeihlich und er war für mich wie ein großer Bruder. Eben die Bezugsperson, die ich mein Leben lang nicht so hatte und er war mir so wichtig. Ich will das nicht an mich ranlassen. Also Fabian ist okay, ich war klein, ich konnte mich nicht wehren. Fabian hat mir weh getan und wahrscheinlich auch irgendwo mutwillig, aber Andreas... Andreas hat mich so sehr geliebt und wir waren immer da, wenn der andere uns gebraucht hat. Ich will nicht.

Und all diese Texte über Gregor reißen auch Wunden auf, erinnern mich an dieses Loch und all die Löcher, weil Menschen mir Stücken genommen haben. Und was du sagst, mit „die Hälfte der Zeit, die man mit einem Menschen verbracht hat..." Ich bin bei 855 Tagen und vielleicht bin ich ein Stück weiter und brauche ihn nicht mehr, aber er fehlt mir trotzdem und ich will das nicht mal. Ich fühl mich irgendwie stark, weil mich das alles nicht kaputt macht, weil ich mir sage, ich stehe drüber. Aber es war zu viel gestern, dass meine Mama gesagt hat, dass ich Menschen beeinflusse und lenken kann. Weil dann sehe ich die Löcher in meinem Herzen an und frage mich, ob ich am Ende nicht doch selbst schuld bin. Und ich trage mein Herz vor mir her, zeige jedem Menschen diese Löcher, weil ich das Gefühl habe, wenn ich einfach offen und ehrlich gegenüber jedem Menschen bin, dann kann mich niemand verletzen, aber so sehe ich diese Löcher an und fühle mich falsch, weil sie da sind. Ich verstehe nicht, warum mich gestern und vorgestern so sehr aus der Bahn geworfen haben, weil ich die letzten Wochen so sehr annehmen konnte, dass ich mich auch mit diesen Löchern vollkommen fühle. Und ich bin mir so viel wert, aber ich mich so sehr von ihr beeinflussen lasse, und sonst kein Mensch mehr diese Macht hat. Ich hab's einfach so sehr genossen, dich als große Baustelle zu haben und ansonsten ziemlich zufrieden zu sein und plötzlich bin ich wieder eine große Baustelle und ich fühle mich, als würde gar nichts funktionieren.

Fühlen.

Du bist so weit weg.

Du bist nicht meine Aufgabe.

Ich spüre,

dir geht es nicht gut. Du hast einen schlechten Tag. Du bist angespannt. Ich beziehe es auf mich. Ich will, dass es dir gut geht. Händeringend und ich weiß nicht, was ich tun soll. Ich weiß nicht, bin ich der Grund? Was kann ich dir geben? Ich will, dass es dir gut geht. Aber wenn du mit der Tür knallst, habe ich Angst. Ich hatte diese Angst seit Jahren nicht. Heute habe ich sie.

Ich habe Angst, dass dir was passiert. Nein, dass du dir etwas antust.

Du bist nicht meine Aufgabe.

Aber ich liebe dich. Du bist mir wichtig. Und zusätzlich bist du so ein toller Mensch. Was kann ich tun, dass du dich aus meinen Augen siehst? Du machst nichts falsch. Ich bin da, ich bin noch. Weil du Dinge richtig gemacht hast. Was kann ich tun, damit du das siehst?

Ich würde dir gerne meine Texte zeigen, wie nah ich am Abgrund war, verstehst du dann, dass ich es auch dank dir geschafft habe.

Ich lebe dank dir. Und ich bin dir so unendlich dankbar dafür. Auch wenn ich dir an den Kopf geworfen habe, ich hätte lieber nicht gelebt. Ich weiß das waren unverzeihliche Worte. Ich habe diesen Kampf gegen die ganze Welt und gegen mich selbst geführt. Aber nicht gegen dich. Ich weiß ich habe das nicht gesehen. Es tut mir so leid. Ich hab dich unendlich doll lieb. Du bist meine Familie. Ich weiß ich kann dich nicht mehr greifen, du hast dein eigenes Leben und wir sind eben nicht mehr zu zweit und ich kann mich nicht mehr daran erinnern, wie es war, als wir noch zu zweit waren. Aber ich glaube, es war schön. Du warst mein Zuhause und vielleicht bin ich tief in mir wütend, dass wir nicht mehr zu zweit sind und wir zu zweit gegen den Rest der Welt. Du hast mir gezeigt, dass es okay ist, wie wir zu sein. Und nur deinetwegen, kann ich überhaupt das alles schreiben. Ich wäre niemals so weit gekommen, wenn du mich nicht so akzeptiert hättest wie ich bin.

Und ich will dir nicht böse sein, dass ich auf der Welt bin. Mein Leben ist ein Geschenk und die ganze Welt ist doof, aber nicht du. Und es tut mir leid, was dir die Welt angetan hat. Und dass du leidest. Es tut mir leid, was ich dir angetan habe. Ich will nicht, dass es dir schlecht geht, du hast es verdient, glücklich zu sein. Ich hoffe das siehst du. Ich hab dich so sehr lieb.

Und ich bewundere dich. Ich erzähle das jedem Menschen, der mich kennenlernt, dass ich keine Person kenne, die so stark ist wie du. Und ich bewundere dich dafür. Es ist schwer, neben dir zu stehen, während du das alles erreichst. Du strahlst. Ich wünschte, das könntest du sehen. Und seitdem ich dich so sehr vermisst habe und erkannt habe, dass du dieser Mensch bist, und ich nicht mehr diese Wut in mir habe, seitdem versuche ich dir zu zeigen, wie sehr ich es schätze, was du für mich getan hast und tust. Und ich finde, du machst das toll. Du bist ein toller Mensch. Eine tolle Mutter und ich bin so wahnsinnig dankbar dich zu haben. Ich schaue zu dir auf, weil du das alles durchgezogen hast. Und ich dir dieses Leben verdanke, nicht nur materiell und biologisch, sondern auch eines, wo ich dich so sehr wertschätzen kann. Ich weiß, dein doofer Kopf, glaubt mir das alles nicht, aber ich hoffe dein Herz kann es.

Ich kann nicht jedes brennende Haus löschen, nicht wenn ich selbst brenne.

Lösch mich.

Und ich weiß nicht, wer du bist. Wo ich dich finde, ob ich dich in mir selbst finden muss. Aber lösch mich. Mach dass ich nie wieder in Flammen aufgehe.

Ich will nicht erst aufhören zu brennen, wenn ich abgebrannt, ausgebrannt bin und nichts mehr übrig ist. Noch bin ich. Noch habe ich etwas übrig, noch kann ich brennen.

Vielleicht brenne ich ja gerade so hell, dass ich ein bisschen zur Sonne werde. Das sich deshalb meine Welt immer um mich gedreht hat, ich geblendet habe.

Alle dachten, ich strahle.

Dabei brenne ich nur.

Wie viel muss ich gehabt haben, dass ich so lange brennen konnte.

Ich wollte nie was sein.

Und ich habe mich gefühlt, als würde ich alles anstecken, alles anzünden, was mir zu nahekommt. Also bin ich weggerannt, um niemandem mehr nah zu sein.

Ich wollte nie brennen.

Und wer wird mich löschen, wenn nicht ich selbst, aber kann ein Feuer sich überhaupt selbst löschen?

Ich würde gerne meine Hand über ihn halten
und ihn vor der Welt beschützen,
auch wenn ich das nicht kann,
aber ich will ihm das Gefühl geben,
dass er es wert ist,
dass ich es versuche..

Der nächste Bosskampf: Verlustangst, nein Fluchtangst. Fluchtreaktion?

Ich höre dieses Lied in Dauerschleife, immer und immer wieder. Es ist nicht nur Cosmo *related*, es ist so viel mehr. Es ist wie jede meiner Beziehung geendet ist. Es ist viel von dem, wo ich bei mir Angst habe, mir nicht vertraue. Es ist einfacher zu gehen, als es tatsächlich ernst zu meinen. Ich tue so, als könnte ich es kontrollieren. Vielleicht kann ich es mittlerweile. Ich will offen kommunizieren, dass ich in einer Beziehung bin und dort glücklich bin. Ich will es in die ganze Welt hinausschreien, damit niemand sonst Interesse an mir hat. Aber es ist vielleicht dieser *Fuckboy* teil, der gerne flirtet, in dieses Ungewisse reingeht, die Spannung spürt, vielleicht das intrinsische Gefühl es kommt noch jemand besseres, ich muss einen Teil von mir aufsparen, was unsere Leistungsgesellschaft mir so anerzogen hat.

Vielleicht bin ich nicht bereit. Vielleicht macht es mir Angst, nicht wieder rauszukommen, ich habe keine gesunden *Exit*-Strategien entwickelt. Ich kann nur flüchten. Und reden. Doch wenn er mich nicht hört, mich nicht versteht, dann will ich flüchten, mich retten. Was ist gesunde Nähe? Gibt es gesunde Nähe zu einem anderen Menschen als mir selbst?

Ich habe gerade angefangen zu atmen und jetzt soll ich meine Luft teilen?

Diese Nora, all diese Noras, ich habe so selten nein gesagt. Keine Grenzen gezogen, nichts für meine Beziehungen aufgegeben, mir nicht erlaubt, einem Menschen diese Relevanz zu geben. Tief in mir wünsche ich mir anzukommen, doch kein Hafen erschien mir sicher genug.

Mich sicher fühlen… Ich fühle mich bei dir richtig, ich vertraue dir, aber ich fühle mich nicht sicher, mein Kopf spielt ganz automatisch "was wäre, wenn"-Szenarien.

Ich hab gelernt, Nein zu sagen, durch all meine Neins hindurch die übergangen wurden. Hab gelernt, Grenzen zu setzen, auf mich selbst aufzupassen, mich zu schützen. Nicht blind zu vertrauen, hab aufgehört, naiv zu sein und gelernt, vom Schlimmsten auszugehen. Wie lerne ich Ja zu sagen? Mir etwas zu erlauben, etwas zuzulassen, wenn ich doch immer Nein sagen sollte. Und ich bin bei dir und ich will Ja sagen. Ich sage Ja, aber ich fühle mich nicht sicher, weil ich mich tief in mir nicht traue. Weil ich Angst habe vor einer Verwandlung in ein Nein.

Weil tief in mir, tief in mir bin ich nicht bereit, dir dieses Ja zu geben. Ich weiß nicht, wann ich dazu bereit sein werde.

Ich will nicht, dass es Noras gibt. Ich will dir nah sein, dich jeden Zentimeter meine Seele berühren lassen, will mich nicht aufsparen, wenn sich alles so richtig anfühlt. Ich will wieder wollen. Warum ist das nicht genug? Warum gibt mir das keine Sicherheit?

Du kannst mir diese Sicherheit nicht geben, die mein Ja bräuchte. Es gibt diese Sicherheit nicht, es kann immer etwas passieren.

Ich muss mir selbst diese Sicherheit geben. Die Sicherheit, auch ohne dich atmen zu können, wenn du gehst oder mir weh tust und dennoch mich in dir zu verlieren, aber ich will mich nicht verlieren. Ich darf mich nicht verlieren, weil ich mich selbst immer noch am meisten lieben muss. Ich weiß nicht, ob ich dich auf die gleiche Stufe stellen kann, weil du dann das Gleiche tun müsstest, damit ich sicher bin, damit wir immer noch gleich viel wert sind.

Wenn du mich weniger willst, weniger investierst, dann muss ich ja Nein sagen, um mich nicht zu verlieren.

Wie kann ich mich selbst lieben und trotzdem dich lieben? Wie kann ich Ja dazu sagen, mich dir zu verschreiben, dir komplett zu vertrauen, mich auf dich zu verlassen, wenn es doch rational nie eine Garantie geben wird?

Ist Liebe für Träumer und Poeten und warum konnte ich Gregor lieben, oder habe ich ihn überhaupt geliebt? Woran merke ich denn, ob ich noch fühle oder schon liebe?

Muss ich meine gedankliche Österreichhütte mit dir teilen, um mich sicher zu fühlen? Aber dann ist diese Sicherheit doch auch nur ein Konstrukt in meinem Kopf.

Kann ich nur lieben, was mich nicht liebt. Aber wie habe ich es geschafft, mich selbst zu lieben und so zufrieden zu sein? Wie kann ich in meiner gedanklichen Österreichhütte glücklich sein, oder bin ich es gar nicht? Wie viel kann ich zweifeln und trotzdem glauben?

Und wenn es mir gerade gut geht, aber ich eigentlich alles an die Wand fahre, weil ich keinen Plan habe und kein Ziel, und irgendwie mein Ziel wäre mit dir Kinder zu bekommen, aber dir das so viel Macht gibt, dass ich rational sage, ne du bist selbst dran schuld wenn du verletzt wirst. Bezieh ich dann zu viel auf mich?

Welche Rolle spielt Zeit? Weil ich glaube es könnte besser werden. Vielleicht fühle ich mich in einem Jahr sicher, aber ist das überhaupt rational schlau? Will ich mich überhaupt sicher fühlen, weil am Ende muss ich doch mit mir selbst allein klarkommen. Und ich werde ohne dich klarkommen. Aber wenn ich mir so hohe Ziele stecke und dich ansehe und du es auch noch wert bist, damit würde ich nicht klarkommen.

Muss ich mir dann einfach erlauben Schmerzen zu fühlen? Ist dieses Sicherheitsgefühl am Ende nur ein 'ich erlaube mir auch deinetwegen Schmerzen zu fühlen'? Aber ich hab deinetwegen gelitten, für uns gekämpft. Hab ich das Maß an Schmerz für einen Menschen doch schon erreicht und deswegen macht mein Kopf zu?

Wäre das bei einer Nora anders oder liegt es nur an mir? Sind die Noras wirklich nur Noras gewesen? Was suche ich in einem Menschen und was suche ich noch in einem Menschen, wenn ich doch ziemlich genau dich beschrieben habe, als ich vor einem Jahr meinen Traummenschen beschrieben habe… Liegt es an dir oder an mir, dass ich dir dieses Ja nicht geben kann?

Ich bin mir sicher, Noras sind ein Symptom und nicht der Auslöser für Beziehungsprobleme. Bin ich das Beziehungsproblem, weil es eigentlich keins gibt, und bin ich wirklich nur traumatisiert von meinen Eltern, Fabian, Andreas, Gregor und all meinen Noras?

Du warst keine Nora, du warst von Anfang an alleinstehend, kein Gregor, kein Fabian, vielleicht habe ich Angst davor dich nicht einordnen zu können.

Vielleicht ist es einfach die Zeit.

Ich habe Angst jetzt zu wollen und nicht das zu bekommen, was ich will. Oder das, was ich will, nur zu wollen, weil ich dich gerade als *Honeymoon*-Phase toll finde. Aber du hast mich schon vor Monaten aus dieser rausgeholt. Vielleicht habe ich Angst, dass du das alles gerade nur willst, weil du in der *Honeymoon*-Phase bist, dann müsste ich dem ganzen nur Zeit geben… Und aus Eigenschutz nicht dieses Ja geben, was wiederum dich abschrecken könnte, oder eben dieses Ja geben, obwohl ich mich nicht sicher fühle. Und auf die Schnauze fallen.

Overthinke ich gerade? *Underfeele* ich gerade? *Overfeele* ich gerade?

Was mich beschäftigt ist dieses nicht vollständig sicher fühlen. Ich will das ändern, denn es irritiert mich. Ich will mich sicher fühlen, aber vielleicht liegt es daran, dass ich gerade generell unsicher bin.

Gar nicht mal mit mir, also auch, aber wirklich nicht im Vordergrund, mein Körper wird wohl immer ein Stück weit Angst haben, nachdem ich ihn mit den Klingen und dem Hunger bearbeitet habe, aber ich meine bei anderen Menschen. Ich bin immer auf der Hut vor Gefahr, entspanne mich nie komplett, bin immer in Alarmstellung. Bei dir lege ich das sogar noch am ehesten ab, weil ich da beim Sex ein Stück weit loslassen und vertrauen muss.

Das Vertrauen ist auch bei weitem nicht mehr mein Problem, es ist diese blöde Sicherheit, weil ich nie gelernt habe, dass Nähe sicher sein kann.

Von Drachen und anderen Monstern

In den Wäldern
In der Dunkelheit
Unberührt
Licht, nur vom Mond und den unzähligen Sternen
unberührt, wie ich es nie sehen werde
unerkannt

In den Wäldern, fernab jeglichen Seins
ist
wird immer sein

In der Dunkelheit
Schläft
Atmet
Stirbt

Unberührt
mich berührt
der Frieden
der Frieden, den ich suche, diese Welt braucht
unerreichbar, verletzlich
unvergänglich

nicht das ewige Ausbleiben von Konflikten, nicht die Unfehlbarkeit
nur die stille
ohne klang, ohne sein

aber wir sind
der Frieden nicht
und still wird es nie sein

leerer Raum, lässt keine Luft zum Atmen
Frieden; mit dem Ausbleiben des Friedens leben zu können
die Stille im Lärm finden

wollen, ohne zu sein
sein ohne zu wollen

sich verändern, und trotzdem genügsam mit dem ist stand
schreiben und zu meinen
hören

leben im luftleeren raum
ohne Perfektion
in einer Gesellschaft
die voranschreitet
rennt, auf der Suche nach der Perfektion
immer
weiter
von
ihr
weg

atmen ohne Luft zu holen
denn Sinn zu finden, ohne ihn zu suchen
ändern und bleiben

verstehen, ohne zu Herzen zu nehmen
die Antwort zu kennen; es gibt keine Antwort
vergessen

Genügsamkeit
sich nicht in dieser Sinnlosigkeit
verlieren
obwohl wir so vergänglich sind
die Relevanz in der ewigen Irrelevanz finden

Schönheit
Fantasie
der Drache der in den Wäldern

schläft
atmet
stirbt

die Vergänglichkeit meiner Worte
jedes Gedankens
jeder Idee
und doch schläft der Drache
unberührt
unveränderlich
wunderschön

er ist so unendlich wenig wie ich es bin
und doch wird er sein und ich nicht

Liebe Ora, lieber dieser Mensch, der mich so verändert hat. Ich vermisse dich, du bist auch weg und hast mir nicht mal tschüss gesagt. War ich dir denn gar nichts wert? Ich weiß du bist "nur" auf Zeit weg und bestimmt sehen wir uns danach nochmal wieder. Aber du wirst mich nicht nochmal so ansehen, kein sterbendes Otterbaby, kein letzter viel zu intensiver Blick. Du bist wie Gregor gegangen, und von unserer komischen chaotischen *"Situationship"* konnte ich mich ja ein Stück weit verabschieden. Ich hab mich gegen dich entschieden. Noch bevor du dich gegen mich entscheiden konntest. Und dann hast du dich gegen mich entschieden und es tat zwar weh, aber es war total in den Hintergrund gerückt, weil ich so viel an Alexander gedacht habe.

Laut dir warst du ja auch nie eifersüchtig auf ihn und trotzdem hat es dir weh getan, wenn ich bei dir über ihn geredet habe. Du hast mich doch gar nicht wertgeschätzt oder gewollt. Nicht meinetwegen, das weiß ich. Es lag nicht an mir, sondern an dir, deswegen war es auch so wichtig, dass ich mich nicht auf dich eingelassen habe. Aber ich bin ehrlich gesagt wütend. Wütend auf eine menschlich verzeihbare Sache, aber trotzdem wütend und es fühlt sich so gesund an. Eine Trennung, die mir weh tut, aber nicht unmenschlich war. Wir haben uns gemocht, aber es hat einfach nicht gepasst. Das war eine durchaus wichtige Lektion für mein Leben. Manchmal passt es einfach nicht, auch wenn es wunderschön ist und wir uns ähneln und geliebt haben. Und ich bin hier und du nicht.

Du bist meine erste richtige Nora gewesen. Und ich bin wütend auf dich.

Weil du mir nicht tschüss gesagt hast, bevor du gegangen bist. Als hätte ich dir überhaupt nichts bedeutet. Und du hast mich so distanziert behandelt, seit du weißt, dass ich was mit Alexander habe. Und dieses Gespräch, wo ich meinte, ich will mit Alexander Schluss machen und du wieder so offen und gut gelaunt warst, obwohl du angeschlagen warst. da war unser alter Vibe wieder da. Seitdem hast du dich nicht gemeldet.

Und ich bin unreif und kann nicht mit meinen Gefühlen umgehen? Ich bin unreif und unbedacht?

Ich finde deine Doppelmoral bei den Sachen, die du mir so an den Kopf geworfen hast, bescheiden. Nein. sie macht mich wütend. Ich finde dein Verhalten nicht fair und vor allem respektlos. Ich weiß du hattest viel um die Ohren. Ich weiß da war viel, was ich nicht auf mich projizieren sollte, aber Änderungen in deinem Kontakt zu mir, die beziehe ich zumindest auf uns. Und dass du deinen Mund nicht aufbekommst, um mir zu sagen, dass du sauer bist, dass ich was mit Alexander habe, oder enttäuscht bist. Ich meine du bist 22. Gib doch zu, dass du mich ganz gerne hattest und dir die Trennung zu schnell ging, bzw. ich danach zu schnell etwas mit Alexander angefangen habe. Ich mag dich als Menschen wirklich gerne, aber das hier gerade macht eine potenzielle Freundschaft in meinem Kopf sehr unattraktiv. Vielleicht bist du auch einmal mehr meine Lektion, dass jemand der so ist wie ich gar nicht mal unbedingt so gut ist für mich. Ich war so verliebt in dich. Und du warst mein erstes Mal wieder fühlen beim Sex. Ich verdanke dir eine ganze Menge. Ich sehe das. Und hey diese Wut hat‘s einfach gemacht, darüber hinwegzukommen. Ich finde dein Verhalten trotzdem nicht unserem Verhältnis gerecht werdend. Unsere kleine Unendlichkeit war wunderschön. Du hast mir viel beigebracht und ich schätze die Zeit mit dir. Ich wünsche dir sehr, dass es dir gerade gut geht und du glücklicher nach Deutschland zurückkommst. Ich bereue uns nicht und vielleicht sprechen wir uns ja irgendwann aus.

Ich hab dich lieb.

In Liebe

Rem

Erinnerst du dich an *"Zero"* von Imagine Dragons?

"...never feel like I'm good enough for anything that's real..."

Ich, nein, wir fühlen uns gut genug, wir sind uns wert, geliebt zu werden, vor allem von uns selbst. Ich liebe mich, und ich liebe jede Version euch. Ich bin stolz auf uns. Wir haben überlebt.

Ich bin glücklich. Ich mag mich. Ich will leben. Jeden Schmerz, den wir weggeatmet haben. Wir kommen gerade an. Wir leben ein Leben, was so unglaublich cool ist. Ich gehe abends ins Bett und freue mich auf den nächsten Tag. Ich bin so ganz für mich zufrieden. Ich will eigene Kinder bekommen und habe dadurch die Motivation zu heilen. Ich hab so viel, was ich jeder einzelnen Version jetzt sagen könnte. Dem Ich, was gerade in der Fabian-Beziehung steckt, dem Ich was sich frisch getrennt hat, dem Ich in der Klinik… Ich würde bestimmt Dinge finden, die ich hätte anders machen können, aber durch all diese Entscheidungen bin ich jetzt hier, lebe noch. Das ist genug, um nichts zu bereuen und das wird unsere große Stärke sein, aus unseren "Fehlern" lernen, aber dennoch nichts bereuen. Wir werden uns erlauben, glücklich zu sein. Und ich meine, es ist nicht einfach, aber es sind alle da.

Wir haben so viele Menschen und vor allem haben wir uns selbst.

Ich bin beeindruckt von dem 14-jährigen Ich, was sich da getrennt hat. Es ist mir eine Ehre, diese *Legacy* weiter zu tragen. Ich finde es bemerkenswert, wo wir herkommen und wo wir jetzt sind. Kleines Ich, du wirst durchhalten, es wird besser. Ich liebe dich. Ich glaube an dich und du bist so unglaublich stark. Lass dir einfach nichts sagen. Bitte. DU bist toll, du bist liebenswert. DU bist der einzige Mensch, der wichtig ist. Und es geht gerade erst los!

Ich kann mit Stolz sagen, dass wir jetzt trotz allen Dingen die passiert sind, gute Voraussetzungen haben, erwachsen zu sein und ein zufriedenes, langes Leben zu führen.

In liebe

Maria/Lukas

nicht die musikalische Erleuchtung, die ihr verdient habt, aber die, die ihr braucht :)

(eine Playlist aus akribisch ausgewählten Songs, die ich nach jahrelangem Musik hören als meine *"nonbaised"* top 100 ausgewählt habe, stand Oktober 2o24, der Prozess bestand aus dem Durchgucken von 3000 Songs, zwei Vorauswahl Playlists und ca. 8 h "Arbeitszeit", *"nonbaised"* -> Songs, die mir "nur" etwas emotional bedeuten sind rausgeflogen. Die Playlist besteht aus meiner Meinung nach lyrisch und musikalisch starken Songs. Bekannte und unbekannte Songs sind vertreten, ich bin nicht davor zurückgeschreckt *basic* und bekannte Songs hineinzupacken)

-> *Shuffle recommended*, es gibt keine Reihenfolge, keinen 'den finde ich besser oder schlechter' zu werten, in meinen Augen alle gleich

Pink Floyd - High Hopes
Tristan Brusch - Zuckerwatte
Sufjan Stevens - The Hidden River of My Life
Chaka Khan - Ain't Nobody
Antonio Vivaldi - The Four Seasons: Winter
Chris Isaak - Wicked Game
Frédéric Chopin - Op. 64 No 1, Vals del Minuto, Chopin
Michael Jackson - They Don't Care About Us
The Sad Riders - Mr. Porter
Stamp'n Go Shanty - Ye Jacobites By Name
Delorian Cloud Fire - Change My Name
Deichkind - Porzellan und Elefanten
Lovejoy - Call Me What You Like
Roman Nagel - Passacaglia
Reinhard Mey - Gute Nacht, Freunde
LP - Lost on You
Bambie Thug - Doomsday Blue

Kygo - Forever Yours - Avicii Tribute
Johannes Brahms - Waldesnacht, Op. 62/3
Foster The People - Imagination
Queen - Don't Stop Me Now - Remastered 2011
Hans Zimmer - Time
Alexandre Desplat - Statues
Hans Zimmer - Davy Jones
Trackers+ - Being Evil Has a Price
Elle King - Ex's & Oh's
alt-J - Fitzpleasure
Joe Cocker - Summer in the City
Crooked Fingers - Heavy Hours
The Greatest Bits - Gerudo Valley
Eminem - Stan
OneRepublic - If I Lose Myself
Dolly Parton - Jolene
Philip Labes - A TV Show Called Earth
The Alan Parsons Project - Eye In The Sky
Alligatoah - Nachbeben
Droptek - Colossus
Dschinghis Khan - Moskau - 2007 Version
Daft Punk - Within
David Bowie - Starman - 2002 Remaster
Alexa Dark - Blind Faith
Foreigner - Urgent
Nine Inch Nails - Hurt
Mando Diao - Dance With Somebody - Radio Version
Die Toten Hosen - Sein oder Nichtsein
Blake Neely - I Don't Need Saving
Nena - Irgendwie, irgendwo, irgendwann
Sniff 'n' The Tears - Driver's Seat
The Who - Behind Blue Eyes
Nicholas Hooper - Flight of the Order of the Phoenix
There Once Was Rupert - My Pineappled Heart
BTS - Run

Ludwig Göransson - Destroyer Of Worlds
Goombay Dance Band - Eldorado
Robin Schulz - OK
ABBA - Summer Night City
Die Ärzte - Deine Schuld
Hans Zimmer - 1976
Del Shannon - Runaway
Night Riots - Contagious
The Company Of Men - Hurricane Season
Parov Stelar - All Night
Yann Tiersen - Comptine d'un autre été, l'après-midi
Tashaki Miyaki - Get It Right
Adele - Rolling in the Deep
Sean Dagher - Leave Her Johnny
Lady Gaga - Shallow
Ultravox - Hymn
Ed Sheeran - I See Fire
Vitas - 7 Element
Milky Chance - Living In A Haze
Sia - Incredible (feat. Labrinth)
Labrinth - Oblivion (feat. Sia)
Black - Wonderful Life
Sigrid - Strangers
Dihaj - Skeletons
Franz Liszt - La Campanella
Jefferson Airplane - Somebody to Love
River Whyless - Michigan Cherry
Tina Turner - In Your Wildest Dreams
Somewhere In Between - Lighthouse
Elton John - Rocket Man
Simon & Garfunkel - The Sound of Silence
Scott McKenzie - San Francisco
Eddie Vedder - Rise
Mud Flow - The Sense of Me
Dire Straits - Sultans Of Swing

Lewis Capaldi - when the party's over
Amira Rosa - Beckenrand
Whitey - SATURDAY NIGHT ATE OUR LIVES
The Hoosiers - Cops and Robbers
King Dude - You Can Break My Heart
Matthew Perryman Jones - Living in the Shadows
The Goo Goo Dolls - Iris
MGMT - Little Dark Age
Kate Wolf - Green Eyes
Morphoice - Arcade
Red Hot Chili Peppers - Goodbye Angels
Hardwell - REBELS NEVER DIE
Sufjan Stevens - Tonya Harding

Meine Box geht nicht lauter, aber sie ist nicht laut genug, um meine Gedanken zu übertönen. Sie sind zu laut.

Und ich sitze hier und tue nichts.

Ich weiß ich kann nichts tun, ich bin so weit weg. Nein, du bist so weit weg. Ich weiß nicht, wo du bist, ich weiß nicht, ob du gefunden werden willst. Bitte tue nichts Dummes.

Ich sollte das alles nicht auf mich beziehen. Es ist nicht meine Schuld, egal was du tust. Aber ich hab mich von dir distanziert. Ich bin nicht damit klargekommen, das Gefühl zu haben, ich hab die Verantwortung für dich. Ich hab sie nicht. Also hab ich mich distanziert.

Jetzt bin ich wieder mit dieser Angst konfrontiert. Es ist nicht meine Angst, wir hatten seit Monaten kaum Kontakt. Ich konnte dir nicht in die Augen sehen. Das hatte nicht einmal was mit dir zu tun. Aber meine Gedanken können sich nicht fokussieren, meine Brust ist zugeschnürt, fest zugeschnürt.

Es ist nicht meine Angst, es ist die von deiner Mutter, deinen Geschwistern, deinen Freunden. Aber ich hab sie trotzdem. Ich würde mir nicht verzeihen, wenn dir etwas passiert. Auch wenn ich nichts hätte tun können. Mein Kopf wird die Situationen immer und immer wieder durchgehen, auch die vor einem halben Jahr.

Die Angst, es ist doch irgendwie meinetwegen, weil ich damals kein guter Erstkontakt war. Weil du in Buch warst. Vielleicht hat dich das runtergezogen. Bitte komm nach Hause. Bitte lass es zu, dass du gefunden wirst. Wir sind alle da.

Ich kann dir deinen Schmerz nicht nehmen. Ich will aber wieder für dich da sein, wir finden einen Weg. Ich weiß es ist schwer. Ich weiß ich hab mich distanziert.

Und wär ich gut in meinem Job, würde ich jetzt Schule machen können, oder wenigstens mich ablenken. Aber mein Blick verwischt, meine Arme brennen und mein Kopf ist in Watte eingepackt. Vielleicht würde ich mich gerne auch hiervon distanzieren können.

Aber diese Gedankenspiralen sind zu laut. Ich bin nicht mehr daran gewöhnt.

Ich sitze hier eingerollt. Lasse mich in diese ganze Abwärtsspirale ziehen. Ich schaffe Schule nicht, immer und immer wieder. Mein Kopf setzt einfach aus. Bestimmt geht es dir gerade ähnlich. Ich will, dass es dir gut geht.

Warum wird mir übel, wenn ich versuche, klar darüber nachzudenken, wo du bist und in welchem Zustand du bist.

Das ist nochmal ne ganz andere Perspektive darauf, wie sich Menschen bestimmt schon um mich Sorgen gemacht haben.

Einfach nur weiter atmen. Bitte atme auch du weiter. All den Schmerz weg. Du schaffst das. Komm zurück.

Der Shit macht mich fertig
~ ML über das lesen und aufbereiten dieser Texte

09.10.2o24

"Ich kann es nicht fassen, dass ich das überlebt habe,
wie viele Teile ich in mir töten musste, damit ich mich nicht getötet
habe.
Ich lese all diese Worte
und ich verstehe warum ich nicht leben wollte
und ich verstehe nicht, wie ich jetzt leben will.
Es hat einfach klick gemacht und ich bin wahnsinnig glücklich darüber.
Aber ich bin nicht mehr dieser Mensch,
der das alles überlebt hat und diese Nase nach oben gestreckt hat,
den Mittelfinger in der Luft und gesagt hat 'ich bin krasser als ihr und
ihr wisst das'.
Ich bin glücklich damit, normal zu sein, aber ich schaffe nicht mehr.
Ich bin nicht mehr belastbar und das macht mich traurig.
Dieser Mensch, der das weggesteckt hat, der würde hier gerade durch
tänzeln und sagen 50 Stunden, pah das ist nichts, ich lerne nebenbei
noch Geige und gehe eislaufen.
Ich beneide diesen Menschen und ich weiß, dass ich damals nicht gesund war, nicht, dass ich es heute bin,
aber ich gebe mir Mühe, es zu werden.
Ich will mich nicht zwischen mir geht's gut und ich schaffe etwas ent-
scheiden.
Und ich glaube mein altes Ich fände mich arrogant und selbstsüchtig.
Ich werde meiner Historie nicht gerecht.
Ich kann es dir halt genau darauf datieren,
seitdem ich nicht mehr in akut Gefahr bin
-> Aktiven Missbrauch und Schule
schaffe ich nicht mehr.
Ich habe Angst, dass ich diese Extremsituation brauche,
weil ich mein Leben lang hochfunktional war.
Anscheinend bin ich nicht mal funktional ohne Stress.

Und ich mache mir Stress, aber der motiviert mich nicht mehr.

Dieses Buch zusammenzufassen ist eine Hommage an meine Geschichte

an dieses kleine *mini me* was Unglaubliches geleistet hat,

aber ich leiste nicht mehr Unglaubliches.

Ich hab das Gefühl, ich fahre diese Geschichte gerade an die Wand, weil ich nicht mehr leiste.

'Entweder du stirbst als Held, oder du lebst so lange, bis du selbst zum Bösewicht wirst.'

Wär meine Geschichte nur beeindruckend, wenn ich es nicht überlebt hätte?

Und ist sie überhaupt glaubhaft, wenn ich es aus diesem Strudel geschafft habe...?"

Destroyer of Worlds - Ludwig Göransson

Und es gibt dir keiner die Luft zum Atmen.
Mein Leben fließt und ich vermag es nicht, es zu begreifen, weder das Leben noch seinen Fluss.

Hab nicht angenommen, es passiert tatsächlich, das Leben um mich herum, ich mittendrin.

Bin geflohen, hab mich vergessen.
Konnte diese kleinen Unendlichkeiten nicht wahren, nicht halten.
Bin so schnell erwachsen geworden und hab vergessen, ein Kind zu sein.

Noch schlimmer, ich war eins. Aber daran, an dieses unberührte Sein, kann ich mich nicht erinnern und ich versuche krampfhaft die paar Erinnerungen zu halten, die ich manchmal in dem undurchsichtigen Strom, dem Fluss des Lebens erhaschen kann.

Ich hatte nie Angst davor zu sterben, oder älter zu werden, ich wollte es immer, schneller, höher, weiter, wollte nie stehenbleiben, sondern irgendwie die Kontrolle über mein Leben haben.

Jetzt habe ich sie. Ich wünsche mir nicht die Zeit zurück, wo ich sie nicht hatte, ich kann meine Verantwortung tragen.
Aber ich habe vergessen, wie man ist.

Vielleicht war ich auch nie.

Vielleicht
Werde
Ich
Nie
Sein

Und so dreht sich der Kreisel immer schneller, zieht mir die Luft zum Atmen weg.

Immer im Auge des Sturms, nein, manchmal ist mein Kopf so laut, aber vielleicht ist dieses Kind in mir im Auge des Sturms?

Ich erreiche es nicht, ich kann es nicht sehen.

Ich weiß es ist da.

Es muss da sein.

Doch die Geier meiner Gedanken ziehen Kreise,

greifen nicht an,

noch nicht.

Noch ist da dieser Wille zu leben,

noch

bin

ich

nicht

tot.

Aber wie viele Krisen überlebt mein Kopf, wenn mit jeder Krise, und vor allem das Versprechen, mich nicht zu schneiden, das Endgültige mehr auszuhalten ist?

Weil, jeder Suizidgedanke nährt dieses Bewusstsein, unaufhörlich. Auch wenn ich gesünder werde, oder ist es nur ein Schein? Die Ruhe vor dem Sturm?

Und wenn mich jeder Gedanke daran näher dahinführt, diese Klinge ein letztes Mal an meinen Unterarm zu setzen, und ich wüsste, wie ich schneiden müsste. Es wäre kein Versuch. Oder an dieser Brücke zu stehen, das Geländer, auf die Schienen fallen.

Konkreter?

Ich sehe, wann die S-Bahnen Landsberger losfahren. Ich weiß, wo ich eine scharfe, steife Klinge herbekomme. Ich weiß, welchen Rasierer ich auseinandernehmen müsste.

Kein Aufhängen, zu riskant. Keine Medikamente, zu viele, zu teuer, ich hab keine Erfahrung damit. Aber ein gut gesetzter Schnitt, und die Narbe an meinem Unterarm erinnert mich daran, dass ich es könnte. Der Schmerz setzt durch das Adrenalin erst später ein, ich war letztes Mal tief genug, nur eben die falsche Stelle.

Ich bin doch mehr als mein Schmerz, meine Unsicherheiten, mein intrinsischer Wunsch zu sterben, nur das hatte ich je für mich allein. Leben für andere, Entscheidungen, um in diese kaputte Gesellschaft zu passen und wie lange leben wir noch? Wann holt uns Krieg in Deutschland oder der Klimawandel ein?

Wie viele Atemzüge?

Wo bleibt die Luft?

Einatmen

Ausatmen

Einatmen

Ausatmen

Einatmen

von den Personen, über die ich schreibe, weiß ich normalerweise zumindest etwas, einen Teil ihrer Lebensgeschichte, ihr Alter, ihre Lieblingsfarbe, relevante und weniger relevante Randdaten. Von dir weiß ich nur deinen Namen. Und ich habe deinen Mut gesehen.

Ich verstecke mich hinter meinen vielen Wörtern und unzähligen Buchstaben, vermag meinen Schmerz auszuformulieren und sicherlich hier und da zu helfen. Du beschützt. Du machst uns stark weil du sie aussprichst, weil du den Mut hast davon zu reden "nicht jeder Mann, aber jede Frau, jedes Mädchen"… Und du hast so Recht nahezu jede Flinta* Person, die ich kenne. Ich will dir meine tiefste Bewunderung ausdrücken, für deinen Mut, dich vor über hundert Menschen zu stellen und den Mund aufzumachen.

Durch deine Worte habe ich mich ein kleines bisschen stärker gefühlt, weniger allein. Dein Text, gut formuliert, hat sicherlich nicht nur mich, sondern den ganzen Saal getroffen. Und du bist 15, 16?

Ich habe mal geschrieben "schreiben ist eine Kunst, zu der man inspiriert werden muss". Deine Worte, dein Mut, sie auszusprechen, sind der Stoff, aus dem Veränderung gemacht wird. Du hast über *Catcalling* gesprochen, unangenehme Situationen und die Hände. Ich weiß nicht, ob du sie selbst erlebt hast. Ich wünsche dir du hast es nicht. Dennoch hast du prägnant und sachlich und trotzdem ergreifend diesen Schmerz zum Ausdruck gebracht, der schmerz hunderter Generationen, Milliarden von Menschen.

Ich weiß das war ein *Poetry Slam* ohne Sieger*innen, aber du bist die Siegerin meines Herzens.

Diese Welt braucht junge Frauen wie dich, die sich stark machen. Ich glaube, es kann nie genug von euch geben.

Bleib stark, bleib laut, bleib mutig.

Und wenn du dich mal schwach fühlst, denk daran, dass du andere Menschen mit deinen Worten stärker fühlen lässt, also fühl dich auch durch deine Worte bestärkt.

In Bewunderung

Maria/Lukas

~ *I Can Change* - Ezra Furman
für Ignaz

Jeder kleine Teil Ich

Wie viel mehr ich kann ich noch sein?
Bin ich zu wenig oder schon genug?
Bin ich erst komplett, wenn ich nicht mehr darüber nachdenke, komplett zu sein?

Wo fange ich an, wo höre ich auf?
Bin ich mehr als der physische Raum, den ich einnehme?
Bin ich noch ich, wenn ich doch eigentlich versuche für die Welt zu sein, bin ich dann nicht wie jeder und trotzdem niemand.

Wie viel bin ich, wenn ich mich gerade so wenig fühle?
Und ich bin trotzdem da, ich spüre meine Existenz.
Aber wie viel bin ich, wenn ich gar nicht sein will?

Wie viel Akzeptanz ist genug, ab wann lasse ich es nicht mehr an mich heran?

Bin ich genug, wenn ich mir genug bin, oder muss ich der Welt genug sein?

Wo fängt mein Leben an, wo hört diese Verpflichtung der Welt gegenüber auf?
Wo fange ich an, und wo höre ich auf?

Reicht Atmen zum Leben?
Höre ich? Höre ich zu? Nehme ich noch auf?
Bin ich schon voll?

Kann ich noch mehr sein?

Muss ich überhaupt noch mehr sein?
Was ist denn erstrebenswerter, viel oder wenig sein?
Genügsam oder ehrgeizig sein?

Ich bin zufrieden. Für meinen kleinen Kopf habe ich jeden Tag genug
gelebt.
Fehlt mir die Perspektive oder bin ich gerade deshalb glücklich?
Bin ich zufrieden, wenn ich mir ausreiche, aber der Welt nicht?

Nach der Idee der Unendlichkeit wurde sowieso jedes Wort, was ich
schreibe, jede Frage ausformuliert oder wird noch.
Ich schwebe in der Irrelevanz, der Unendlichkeit.

Wie viel bin ich, wenn wir alle nichts sind?
Gilt es das zu vergessen?
Gilt es, mich zu vergessen?

Was bin ich und wer soll ich sein, wenn nicht meine eigene Gottheit,
wenn nicht der Mensch, der ich sein will.
Doch der Mensch, der ich sein will, der Mensch der ich bin, soll der
in meiner begrenzten Endlichkeit vollkommen sein? Oder in der unendlichen Irrelevanz einer der vielen Punkte, die nicht mal sich selbst
was sagen?

Wenn ich da bin, wo ich sein will, bin ich dann da, wo die Welt mich
haben will?
Bin ich meine Welt?
Weil am Ende alles nur in meinem Kopf stattfindet.
Ich habe nur in meinem Kopf Bedeutung, warum lasse ich sie mir von
außen nehmen?

Wie viel bin ich, wenn ich nicht bereue?
Bin ich mehr oder weniger bei mir?

Gestehe ich meine Fehler ein und stehe zu mir? Oder ist das dickköp-
fig? Sehe ich mich im Ganzen, wenn ich nicht bereue, oder bin ich im
Ganzen, weil ich nicht bereue?

Wo muss ich hin, wenn ich schon bei mir bin?
Bin ich genau da, wo ich sein will, wenn ich der Mensch bin, der ich
sein will?

Was macht mich mehr ich, wenn nicht ich selbst?

Wo fange ich an?
Wo höre ich auf?

Bin ich die ganze Welt?
Oder nimmt mich die ganze Welt ein?
Fülle ich einen Raum, oder fülle ich nur meinen kleinen physischen
Körper?

Was bin ich und wer bin ich?
Bin ich ein ganzer Mensch, nur der biologischen Fortpflanzung zu
dienen?
Will ich denn schon zu viel, mehr zu suchen?

Einen Sinn im Sein, der mehr ist als diese limitierte Aufgabe?

Wer bin ich in der Gesellschaft, wenn ich ein Niemand sein will (in
der Gesellschaft)?

Wo fangen Träume an, wo hören Erinnerungen auf?
Wenn ich nicht höher schneller weiter will.
Wo will ich hin, wenn ich lieber zurück will?
Wo bin ich, wenn ich gar nicht sein will?
Bin ich dann noch?

Wo hört mein Sein auf?
Wo fängt es wieder an?

Wenn ich war, werde ich dann immer sein?
Oder war ich nie?

Bin ich zu viel, wenn ich all das verstehe?
Meine eigene Irrelevanz, nein, nur für mich relevant sein, doch jede
Integration in eine Gesellschaft ist mir zu viel.

Wie viel bin ich, wenn ich am liebsten allein bin?
Wie viel zu viel musste ich sein, wenn ich gar nicht mehr sein will?

Doch, für mich will ich sein, aber nicht für die Welt.
Sie dreht sich auch ohne mich weiter.
Meine Welt dreht sich viel zu schnell.
Es gibt keinen Stillstand, oder steht die ganze Zeit alles still?

Wie laut bin ich, wenn ich so leise bin?

Sein ist keine Idee, wir alle sind und wir werden alle nicht mehr sein.
Ist unser Gehirn eine Fehlbildung, wenn wir mehr sehen als das na-
türliche, biologische Sein.

Sind wir weiter, weil sich unsere Nachfahren erinnern?
Sind wir dann noch?

Wann fange ich an zu sein und nicht nur zu leben?
Bin ich schon?
Bin ich schon zu viel?
Denke ich zu viel?
Verstehe ich zu viel?

Wer bin ich, wenn ich das alles bin?
Oder bin ich nichts?

Ich bin so viel und trotzdem nichts, weil ich nicht einfach glücklich
bin, weil ich in der Gesellschaft sein muss.

Ab wann bin ich lebensfähig?
Bin ich es jetzt schon?
Verstehe ich es nur nicht?

Bin ich kaputt?
Sind wir kaputt?

Bin ich wir alle, oder sind alle ich?
Bin ich ich?
Wer bin ich?

Wann lerne ich zu sein?
Bin ich schon?

Wo fange ich an, wo höre ich auf?

Wie viel Prozent meines Gehirns kann ich nutzen?

Bin ich jedes meiner Worte?
Sind meine Worte ich?
Wenn ich all das bin, bin ich dann viel oder wenig?

Wann bin ich mir genug?
Bin ich mir nicht eigentlich schon genug?
Weil ich mir das alles verzeihe?
Weil ich nicht bereue?

Fange ich noch an, zu bereuen?

Wo will ich denn hin, wenn ich genau hier stehen bleiben will?

Wenn ich nicht mehr bin, bin ich dann vollkommen, weil ich vollkommen nichts bin?

Muss ich überhaupt vollkommen alles sein, wenn ich auch vollkommen nichts sein kann?

Wer bin ich, wenn ich schon bin?

Wenn ich mir selbst schon genug Relevanz gebe, für ein ganzes Leben, wenn meine Akzeptanz, meine Dankbarkeit, mich zu mehr machen, als die Welt sieht.

Ich muss mich nur selbst sehen, niemand sonst kann für mich ich sein.

Also bin ich ich.

Also bin ich genug ich.

Also bin ich genug.

Die Gesellschaft zweifelt schon genug an mir, da muss ich nicht auch noch zweifeln.

Ich bin alles und ich bin nichts, und ich bin alles dazwischen.

Ich fange an und ich höre auf.

Ich habe meine Grenzen.

Ich fülle meinen Raum.

Ich fülle genug Raum, um mir selbst ein Zuhause zu geben.

Nicht mehr und nicht weniger ist meine Aufgabe.

Ich habe nur Relevanz für mich und nur ich kann mir diese Relevanz geben.

Ich bin meine eigene Welt.

Vielleicht ist das, was ich gerade tue, der Stillstand, den ich so sehnlich brauche.

Wer bin ich?

Ich.

Ich hab vergessen, dass leben *exhausting* ist. Geben *exhausting* ist. Es ist okay. Ich weiß ja, dass es wieder besser wird.

Und der Himmel ist grau, wenn ich nach vorne schaue, aber mir scheint die Sonne in den Rücken.

Bus fahren und ich weiß nicht mal, in welchem Bus ich sitze. Aber jetzt nach Hause zu fahren, bedeutet da ist jemand und ich kann mich nicht entspannen. Ich wohne eben nicht allein. Und diese Sorgenfalte ist auf meiner Stirn. Es ist okay. Ich mache mir Druck, aber ich breche nicht und das ist neu. Ich weiß nicht, wie ich damit umgehen soll. Ich meine, es ist gut, nicht starke Schmerzen zu haben oder zu wollen, sondern nur fertig zu sein, weil es anstrengend ist. Und ich höre Finn zu und helfe ihm. Ich will ihm das irgendwie geben, dieses 'ich bin für ihn da und ich gebe ihm so viel von mir', damit er spürt, dass er es wert ist. Und ja, das ist nicht meine Aufgabe und ich fühle, wie es zu viel ist. Deswegen distanziere ich mich emotional und bin professionell, aber ich glaube, ich kann ihm das nicht geben, wenn da eine Distanz ist.

Ich atme, ich fühle und ich will leben. Auch wenn ich Schule gerade nicht schaffe und ich mich irgendwie nicht genug fühle, ich habe trotzdem keine Suizidgedanken. Ich will mich nicht schneiden, meine Arme schreien nicht mal danach... Irgendwie fühle ich mich dadurch verloren. Ich kenne das nicht. Es ist keine Extremsituation. Und ich lebe und ich will leben. Es wirft mich nicht aus der Bahn, doch ich habe das Gefühl, es sollte mich aus der Bahn werfen.

Ich sitze in irgendeinem Bus und ich weiß nicht, wo er hinfährt. Ich habe Finn versucht zu erklären, wie das geht mit dem Glücklichsein. Wie ich es schaffe, einfach zufrieden zu sein. Mit mir und der Idee meiner Österreichhütte. Und ich konnte es nicht erklären.

Es hat klick gemacht und jetzt hab ich keine Suizidgedanken. Bei jedem Schmerz oder jeder Schwierigkeit in meinem Kopf sage ich mir, ich schaffe das schon, das wird schon. War es das "mir-selbst-erlauben-biologisch-eigene-Kinder-zu-bekommen-zumindest-irgendwann"?

Bleibe ich jetzt stehen? Ich meine, ich will ja stehen bleiben, ich will mir genug sein, aber bin ich der Welt dann noch genug, ich meine, das ist mir ja sogar egal. Ist das jetzt einfach so?

Ist das die Formel für alles? Dass es die nicht gibt außer Akzeptanz? Und ich akzeptiere eben, lasse auf mich zukommen und vertraue mir selbst, bin mir selbst genug. Und der Rest ist irgendwie egal.

Wie kann ich das einem Menschen beibringen? Wie kann ich meinen Kindern zeigen, dass es nur darum geht, dass sie sich selbst akzeptieren und auf den Rest scheißen?

Muss man erst durch Scheiße gehen, um zu sehen, dass das Leben schön ist?

Muss man erst alles aufgeben, um einen Sonnenstrahl schön zu finden und ganz mit sich zufrieden zu sein? Wie bringe ich jemandem bei, dass Grenzen alles sind, und wie helfe ich jemandem, dessen Grenzen übergangen wurden?

Wieso geht es mir gut und ich kann nicht erklären warum? Ich will all diesen Menschen das geben und ich weiß, dass ich es nicht kann.

Und ich freue mich innerlich diebisch, wenn ich verstehe, woher das Problem kommt, was mein Gegenüber gerade hat. Aber wie kann ich ihm oder ihr das erklären?

Und muss ich, um mit Alexander glücklich zu werden, nur akzeptieren, dass er mir nicht wichtiger werden wird als ich mir und, dass das gesund und okay ist?

Ich will nicht, dass ich ihm wichtiger bin, aber ich weiß, es ist seine Verantwortung für sich selbst zu sorgen.

Ich will kein Arsch sein oder arrogant, aber ich bin mir selbst am wichtigsten, meine Grenzen. Ich will das nicht wieder verlieren. Und ich fühle genug, da fehlt nichts. Es wird bestimmt noch mehr und wenn nicht, ist es auch okay. Ich fühle genug. Ich bin genug und wenn ich ihm nicht reiche, dann ist es eben so, aber daran kann ich nichts ändern und ich werde damit leben können. Ich muss mich nicht komplett fallen lassen. Ich sollte das auch nicht zwanghaft nochmal wollen. Ich hab's bei Gregor gemacht und es hat mir zwei Jahre Schmerz gebracht. Nicht weil er etwas falsch gemacht hat. Naja, vielleicht schon, aber ich glaube ich finde gerade meinen Frieden damit, dass es darauf keine richtige Antwort gibt.

Ich will nur mich brauchen. Und ich will damit nicht verbittert sein. Ich mag Menschen und ich finde es schön, Alexander und Ignaz und alle in meinem Leben zu haben. Bin ich zu kalt, zu distanziert, wenn ich sage, dass ich auf jede einzelne Person auch verzichten können möchte? Oder ist es eben genau das gesund? Ich weiß es nicht. Aber ich brauche nur mich, um zu wissen, dass ich etwas wert bin. Ich werde bestimmt nochmal Hilfe brauchen. Ich werde sie mir holen, in einer Therapie oder einer Klinik. Und ich meine, es hilft zu schreiben und darüber zu reden. Dadurch denke ich nach, positioniere mich. Aber ich weiß nicht, ob es zwingend diese Menschen sein müssen.

Fühle ich zu wenig? Hab ich zu viel gefühlt? Werde ich gerade einfach erwachsen?

Ich will eine Perspektive haben, aber es ist gerade eine. Ich brauche keine Perspektive, weil ich sowieso klarkommen werde. Vielleicht bin ich auch einfach 17 und muss akzeptieren, dass ich 17 bin und nicht die Antwort auf jede Frage kenne, vor allem noch nicht weiß, wohin mit mir, denn das ist so normal in diesem Alter.

Aber ich habe den Anspruch, so erwachsen zu sein, in allem. Ich muss akzeptieren, dass ich das nicht muss.

Bei mir zu bleiben. Es wird gut werden.

Ich werde meinen Platz in der Welt finden, denn ich hab mein Zuhause bei mir gefunden. Ich fühle mich da zuhause, wo ich bin und wo ich mich gerade zuhause fühlen will und wenn das ein Bus ist, der in irgendeine Richtung fährt. Aber ich sammle mich, tanke auf.

Ich werde mich verändern und trotzdem bei mir bleiben.

Ich glaube, ich bin über Gregor hinweg. Nicht weil ich Alexander jetzt so sehr lieben können werde, wie ich es vielleicht bei Gregor konnte. Nein, weil ich akzeptiert habe, dass ich nie wieder jemanden so lieben werde. Sei es, weil ich gesund genug bin, um mich nicht nochmal da reinzusteigern, in irgendwen, oder weil ich ein völlig anderer Mensch bin, oder weil ich eben mehr Energie brauche um mich um mich selbst zu kümmern, bevor ich jemanden überhaupt so sehr lieben könnte. Vielleicht weil ich es brauchte jemanden so sehr zu lieben. Um zu sehen, dass ich so sehr lieben kann und nun kann ich mich ebenso sehr selbst lieben.

Ich werde Alexander auf eine neue Weise lieben, und es wird wunderschön. Ich suche niemanden, der meine erste Liebe ersetzt. Oder vor allem die Gregor-Liebe, weil es passiert ist. So wie Cosmo. So wie Andreas und Fabian. Niemand wird das rückgängig machen können. Niemand wird es ersetzen können und das ist okay.

Und es ist okay, dass ich mir noch manchmal denke, ich habe diesen Menschen geliebt, weil er mir eine ganze Menge gegeben hat. Es ist okay Alberto zu vermissen und die Träume, die wir uns ausgemalt haben. Ich lebe hier, ich liebe jetzt. Es ist okay was ich fühle und es wird bestimmt irgendwann weg sein, und wenn nicht, ist es auch okay. Ich muss Alexander nicht über sie stellen. Ich muss ihn auch nicht lieben. Aber ich genieße seine Nähe und ich fühle mich richtig bei ihm. Ich werde mich nicht dazu zwingen, bei ihm zu bleiben. Ich werde sehen, wo mich das hinführt. Und ich will gar nicht nach vorne gucken und mir irgendeinen Druck machen. Ich will auch nicht in die Vergangenheit gucken. Ich bin hier und jetzt. Und ich will ihn jetzt gerade, ohne Hintertür. Ich bin stark genug. Ich werde auch einen gesunden, fairen Weg heraus finden, wenn ich es brauche.

Ich bin einfach glücklich. Ich bin hier und jetzt glücklich.

~255

Und da sind trotzdem Gedanken, die ich nicht in Worte fassen kann: Schmerz, der sich nicht lindern, Angst, die sich nicht nehmen lässt, eine Müdigkeit, die nicht durch Schlafen weggeht.

Antworten, die ich nicht haben werde.
Ich hab gelernt, in den Spiegel zu schauen und auch damit okay zu sein. Ich hab gelernt, okay zu sein. Ich bin wütend und manchmal möchte ich nicht atmen.

Ich sehe zu den Vögeln und würde gerne mit ihnen ziehen.
Ich flüchte mich in die Erinnerung an Alberto, weil ich bei ihm nicht erwachsen sein musste, trotzdem alles richtig machen wollte, nur eben für ihn. Bei Alexander will ich's für mich.

Ich würde gerne loslaufen,
Aber egal wo ich hingehen würde, ich wär immer noch überall wo ich bin.
Lauf ich weg oder nur hinterher?
Ich muss nur finden, wo ich bin.
Wie alt bin ich, wenn mein Körper jetzt schon aufhört zu arbeiten?
Wie lange hochfunktional, bis ich nicht mehr aufstehen kann?
Wie kann ich schreiben, das ist doch alles so unglaublich.
Bin ich einer der ganz Großen, aber mein Herz hört in drei Jahren auf zu schlagen?
Und ich schaffe jetzt, weil mein Körper spürt, dass wir keine Zeit haben?

Irgendwas muss sich nochmal ändern.

Wenn ich weiter so treibe, verliere ich mich.

Ich brauche Struktur. Ich muss mich halten. Nein, ich verbrauche zu viel Kraft durchs Halten, ich brauche Sicherheit.

Ich brauche Erholung.

Durch die Stadt fahren ist keine Erholung. Immer auf Achse sein ist keine Erholung.

Immer diese Krisen, immer diese Extreme, kein Wunder, dass ich einen *Burnout* mit 16 hatte. Und mich immer noch nicht ganz erholt habe.

Mein Körper streikt.

Auch wenn ich esse, es ist nicht genug.

Alles streikt.

Ich brauche einen Rückzugsort.

Sonst breche ich zusammen.

Ich muss atmen, tief Luft holen.

So geht das nicht weiter.

Mein Körper wehrt sich.

Ich brauche eine Lösung.

Ich kann nichts mehr tun.

Angst vor dem nach Hause gehen.

Ich hab für ein paar Wochen vergessen, dass es das überhaupt gibt.

Ich brauche Ruhe, ich brauche Erholung.

Nicht Urlaub, das meine ich nicht.

Ich muss nach Hause kommen und abschalten, wenn ich dann weiter funktionieren muss, funktioniert das auf lange Sicht nicht.

Nein, auf kurze Sicht funktioniert es auch nicht.

Ich meine es nicht böse. Ich bin nicht schwach.

Ich bin aber auch nicht stark genug.

Laut. Es ist alles laut. Mein Körper streikt so laut, dass er nahezu die Stimmen übertönt.

Ein Sturm.

Es muss sich etwas ändern. Ich weiß.

Ich kann nicht so dahinfließen.

Der Fluss geht zurück in den Abgrund, aus dem ich mich mühselig heraus gekämpft habe.

Es geht nicht.

An welche Grenzen auch immer ich gerade stoße, sie sind echt.

-     Oder der Christian Stern

Dass ich mich hier verschanzt habe, bei einem Treffen von uns, und die Zeit nutze, um diesen Text zu schreiben, der ganz zuletzt in die Sammlung kommt, den du vielleicht gar nicht lesen wirst, so viel wie du dich schon mit dieser Sammlung, dieser Geschichte... Meiner Geschichte, auseinandergesetzt hast. Vielleicht hast du mich schon satt.

Ich sitze hier. Auf dem Boden. Tonya Harding auf den Ohren. Ich werde mich wahrscheinlich immer an diesen Tag erinnern. Er wird in den endlosen Farben meines Lebens an Intensität verlieren. Dieser Text wird kein zweites *Set me free*.

Ich hab das Gefühl, du kennst mich jetzt besser als jeder andere Mensch. Und ich stehe wieder vor dieser Lektion... Du musst mich nicht toll finden, auch wenn ich mir das intrinsisch so sehr wünsche. Ich meine, offensichtlich will ich es nicht. Ich hab diese Tür zugeschlagen, weil ich mir eine Chance auf etwas geben will. Und trotzdem habe ich das Gefühl, wir verstehen uns so perfekt. Kann ich dich nicht einfach nur mögen und du mich? Wir werden nicht sein.

Du musst mich nicht liebenswert finden. Ich will dich nicht aufwerten. Welcher Teil auch immer dich ansieht und will, dass du mich liebst. Bin ich so selbstzerstörerisch? Und wie unzufrieden bin ich noch mit mir, wenn mir meine eigene Liebe nicht reicht? Ich brauche dich nicht.

Aber du wirst diese Sonderstellung haben.

Ich werde mich an uns in dem Dussmann erinnern. Wie du mir sagst, dass du mich beeindruckend findest.

Ich werde mich an dich erinnern. Und wenn ich dich weitersehe, dann werde ich mich verlieben, in diese Dynamik, dass du so bist wie ich. Du der Mensch warst, der an diesem Werk beteiligt war. Es ist nicht deine Geschichte, du bist nur ein Kapitel. Ich werde jede Minute mit dir genießen. Ich werde traurig sein, wenn du gehst, Nein, wenn ich gehe, damit wir uns nicht kaputt machen. Tonya Harding - der luftleere Raum in dem wir gerade sind. Der luftleere Raum, den es immer noch, nur für eine begrenzte Zeit, gibt für jede Verbindung und den man, den ich, am liebsten ewig bei einer Person halten würde. Du bist wohl meine Lektion, meine Nora, um endgültig zu begreifen, dass ich nicht jedem dieser luftleeren Räume hinterher hechten kann.

Aber du veränderst meine Geschichte nicht. Du bist nur ein Kapitel. Ich will dich nicht als Protagonisten in dieser Geschichte.

Es ist meine Geschichte. Und die Moral soll am Ende sein, dass Menschen kommen und gehen. Nur ich selbst bin mein Zuhause. Eine Liebesgeschichte mit einem Protagonisten, nämlich mir.

Und ich danke dir. Ohne dich wäre diese Sammlung eine andere. Ich wünsche dir ein schönes Leben. Vielleicht schaffen wir es ja auch einfach nur Freunde zu sein. Ich weiß es nicht. Ich werde es sehen. Vielleicht ist es wirklich manchmal gut, einfach mit der Zeit zu gehen.

Ich kann mich von dir distanzieren, sehe es nicht mehr so eng wie vor zwei Wochen.

Ich sehe, was mich von dir fernhalten wird, obwohl du mir schon nah bist, versteh mich nicht falsch.

Aber ich sehe, was zwischen uns nicht funktionieren würde, wo ich kürzertreten müsste. Vor allem sehe ich dich perspektivisch nicht.

Wir normalisieren unsere Art des luftleeren Raumes, wir flimmern noch, aber ich sehe dich, ich sehe mich.

Ich sehe unsere Fehler. Das ich dich nicht näher an mich ranlassen kann als jeden anderen Menschen auch. Das diese Sammlung mich dir rational nähergebracht hat, aber meine emotionale Unnahbarkeit nur weiter legitimiert hat.

Ich lerne jetzt dich als Menschen kennen, deine Tiefe. Vielleicht nimmt das schon genug Zauber.

Oder eben diese Gewissheit der Nähe. Ich kann dich nicht näherkommen lassen.

Und ich hab dich gern. Ich will uns halten, aber in einem Verhältnis, einer Freundschaft, die mit der Distanz leben kann. Ich will einfach sein.

Luftleerer Raum und ich kann trotzdem atmen.

Ich hab versucht zu erklären, was uns ausmacht, warum ich bei dir anders bin, 14 Stunden mit dir reden kann, ohne zu dissoziieren.

Was ich am Anfang als so problematisch gesehen habe, mit diesem ganz Bestimmten. Und ich war in der Vergangenheit nicht gut zu trennen, zwischen Freundschaft und Liebe. Und ich find dich toll. Ich find dich nicht perfekt. Ich hab *No-Go*s, weshalb ich nichts mit dir anfangen könnte. Aber ich will dich halten als Mensch in meinem Leben. Ich mag die Wirkung, die du auf mich hast. Und ich kann mit dir befreundet sein, auch mit einer gewissen Attraktion. Ich wünsche mir so sehr du kannst es auch. Ich will dich nicht verlieren, und ich würde mich nicht für dich entscheiden. Das macht mir Angst.

Du gibst mir so viel. Ich könnte auch drauf verzichten, aber ich find's schön. Du bewegst mich dazu umzudenken, zu vielen Dingen. Ich bin dir dankbar.

Ich würde es schaffen, uns nicht an die Wand zu fahren. Bitte schaff's auch.

Vielleicht will ich auch mal wieder weglaufen, nicht, dass ich es wirklich bräuchte.

Vielleicht will ich auch einfach nicht gefunden werden.

Ich könnt's nicht mal erklären.

Früher wollte ich mir in solchen Situationen das Leben nehmen, oder zumindest nicht mehr Leben.

Jetzt will ich laufen.

Ganz weit weg. Nicht gefunden werden, einfach mich selbst finden.

Oder irgendwie alles hinbekommen.

Wenigstens legitimiert nichts mehr hinbekommen müssen?

Ich hab Angst davor, in unserer Gesellschaft nicht zu funktionieren..

Ich bin doch jetzt schon überfordert, und ich hab's mir auch noch selbst aufgebürdet.

Ich hab Angst davor, die Schule auf normalen Weg fertig zu machen, obwohl mir der BfD super Voraussetzungen gibt für ein Fach Abi.

Aber wo will ich hin?

Wir haben jetzt schon so viel Geld in das Fernabi investiert.

Und ich will Verantwortung übernehmen.

Nein, ich will nur laufen.

Meine Arme glühen, als würden sie abfallen. Und mir ist übel.

Es ist einfach alles zu viel.

Auch wenn ich sage, ich schaffe das. Irgendwie.

Es gibt keinen Rückzugsort, ich bin nicht mehr ausgeglichen genug, um mein Eigener zu sein.

Ich könnte Urlaub nehmen, aber dann wär ich nur noch mehr am Fernabi dran, deswegen schiebe ich das auf.

Wo bin ich?

Irgendwo zwischen geheilt und Panikattacke und einsam.

Und ich mache meinen Flugmodus an, um in Ruhe zu tippen, auch wenn es Menschen Angst macht.

Und ich will bei Alexander sein, aber mein Körper verzeiht mir nicht, dass ich beim letzten Schneiden auch ihn kompensiert habe.

Zu viel.

Zu viel.

Es ist immer noch zu viel.
Oder schon wieder?
Was ist besser?
Ich lebe und ich kriege zumindest meinen BfD gut hin, bin ich dann funktional genug?
Ich will doch nur wieder so glücklich sein wie im August und September.
Warum gehe ich gerade wieder an meine Substanz?
Wo bin ich, und warum nicht bei mir?
Und mich kann niemand festhalten außer ich selbst.
Warum macht mich das so wütend?
Ich werde wieder kälter, wieder distanzierter. Ich hab Angst davor.
Ich habe Angst vor der nächsten Krise.
Ich hab Angst, dass aus "weglaufen" wieder der Wunsch nach sterben wird.
Ich werde wieder depressiv, nein, ich bin's die ganze Zeit.
Sinuskurve.
Gute Phasen, schlechte Phasen.
Warum kann ich nichts halten.
Ich fühl mich so einsam.
Ich kann nicht von Bezugsperson zu Bezugsperson hüpfen, andauernd neue Menschen suchen. Ich hab mich nicht verloren. Ich bin noch der gleiche Mensch, aber ich verliere immer wieder meine Weitsicht.
BfD, zu viel.
Abi, zu viel.
Familie. Zu viel.
Nicht allein zu wohnen, zu viel.
Carla, zu viel.
Keinen Plan für meine Zukunft haben, zu viel.
Alexander, zu viel.
Timmi, zu viel.
Meine Vergangenheit, zu viel.
Essen, zu viel.

Als könnte ich wieder nicht die Verantwortung für mich übernehmen,
aber ich hab sie doch sowieso.
Atmen, zu viel.
Ich weiß nur nicht wohin mit mir. Ich fühle mich überall fehl am Platz,
überall zu viel.

An positiven Tagen hab ich das Gefühl, ich vertraue dir schon und mehr geht gar nicht.
Als würde ich mich fallen lassen.
Aber ich brauche diese Distanz, damit mich meine Angst nicht erdrückt.
Damit ich meine Grenzen waren kann,
Wenn du so nah bei mir bist.

Wenn du in meinen Grenzen bist,
Weil du so nah bist, als wärst du schon ein Teil von mir,
Wie soll ich dann sehen wo ich,
Wo meine Grenzen aufhören
Und wo du anfängst?
Ich habe nicht gelernt,
Dass Nähe okay ist.
Und manchmal fehlt mir die Zeit, wo du so weit weg warst.
Ich weiß nicht, ob es nicht noch zu früh ist, um dich zu kennen,
So nah an mich zu lassen.
Ich hab keine Angst davor dich gehen zu lassen.
Ich weiß du würdest zurückkommen.
Du *compledest* mich.
Aber ich bin für meinen Teil noch nicht komplett genug.
Und da fehlt noch was.
Aber nicht bei dir,
Sondern bei mir.
Und ich hab Angst, dass ich es nicht finde
Wenn ich bei dir bleibe für die nächsten Jahre.
Wie soll ich mich finden,
Wenn ich dich schon gefunden habe?
Aber was ist besser?
Riskieren zu bereuen es gelebt zu haben
Oder es nicht gelebt zu haben?

Bist du die eine Endlosschleife,
Die ich mit egal wie vielen Liebschaften und Alkohol
Nicht aus dem Kopf bekomme?
Oder bist du die Endlosschleife,
Wo ich in 30 Jahren sage,
'Scheiße, ich hab mein Leben verschwendet'?
Und keiner kann es mir nehmen.
Vielleicht ist es irgendwas dazwischen.
Ich muss ein ganzer Mensch sein,
Bevor ich dich so sehr an mich ranlasse.
Sagen wir mal wir lassen uns aufeinander ein,
So komplett,
Und es ist toll und supi und alles.
Ziehen in drei Jahren zusammen,
Meinetwegen vier, die Van Tour oder so.
In 5 oder 6 Jahren Kinder
Und in 15 Jahren denke ich mir 'Scheiße ich war nie jung'.
Ich hab genug für 17 Jahre gelebt, um meine nicht vorhandene Kind-
heit auszugleichen,
Aber doch kein ganzes Leben.
Ich hab mich gerade aus der Abhängigkeit und den Fängen meiner
ganzen psychischen Krankheiten gewunden.
Wie soll ich mich denn jetzt binden und dann auch noch für einen
langen Zeitraum?

Warum sehe ich all diese wunderschönen Mädchen an und sie alle haben, und ich will es nicht Bauch nennen, aber sie haben eine kleine Wölbung am Bauch und es ist völlig gesund und normal.

Warum kann ich nicht meinen Körper ansehen und ihn schön finden? Warum ist mir mein nicht vorhandener Bauch zu dick?

Mein Bauch muss doch nicht so unnatürlich dünn aussehen. Meine Rippen müssen nicht sichtbar sein. Nein, sie sollten nicht sichtbar sein. Mein Rücken muss nicht meine Wirbelsäule präsentieren. Ich habe meinen Körper kaputt gemacht. Ich hab das nie ernst genommen und ehrlich gesagt tue ich es immer noch. Ich sehe es nicht als falsch an, unnatürlich dünn sein zu wollen. Ich lasse mir nicht helfen. Warum lasse ich mir denn nicht sagen, dass ich schön bin?

Und ich rechne immer noch manchmal aus, wie viele Mahlzeiten ich *skippen* kann, wo ich lügen kann. Ich bin stabil über 50 Kilo. Ich war sogar bei 55. Und alles, was das in mir auslöst, ist, dass ich nicht mehr essen will. Warum ist mir mein Bauch zu dick? Er hat mir doch nichts getan.

Ich glaube, ich sehe mich manchmal selbst an und sage mir, ich sehe zu normal aus, um essgestört zu sein. Und ich weiß nicht, ob mir da irgendwer helfen kann. Aber ich wäre am liebsten so dünn, dass ich künstlich ernährt werden muss. Und das klingt so krank. Aber dann wäre ich endlich dünn genug. Und ich weiß, ich war schon sehr dünn, es war mir nie dünn genug.

Wer hat meinen Kopf da so kaputt gemacht? Oder ist es, weil ich seit sechs Jahren versuche, wenig zu essen?

Und ich weiß noch, wie gut es sich angefühlt hat, zierlich genannt zu werden. Irgendwann haben mich die Menschen um mich auch gefragt, ob ich genug esse. Aber wann bin ich so blass geworden, so schwach, so oft krank? Kann ich nicht einfach so dünn sein ohne körperliche Probleme?

Ich hatte in meinem letzten Zyklus das erste Mal seit über einem Jahr wieder richtig schlimme Schmerzen. Ich glaube, weil ich seit

Monaten das erste Mal wieder aus'm Untergewicht war. Warum will ich so dringend wieder ins Untergewicht?

Warum kann mir mein wunderschöner Körper nicht genug sein? Und ich weiß er ist wunderschön. Ich weiß, ich kaufe meine Hosen in der Kinderabteilung für 12-Jährige, damit ich sie enger stellen kann. Ich weiß, dass mein Körper ziemlich nah an diesen 90-60-90 ist und es reicht mir nicht. Es ist mir zu dick, aber wohin soll denn meine Taille? Kommen da nicht irgendwann Organe?

Und an meinem Ausschnitt sieht man die Rippen. Ich sehe doch eigentlich zu dünn aus, warum sehe ich das denn nicht?

Weil meine Beine so dick sind.

Nein, weil ich sie so dick finde.

~ weil alles vergänglich ist, auch alles, was ich fühle

Wie früher: heiße Tränen, kribbelnde Nase. Warum wird es jetzt gerade in meinem Kopf nicht wieder hell? Ich weiß es wird wieder warm, aber es fühlt sich gerade nicht so an.

Tausend Gedanken in Bruchteilen von Sekunden, ist das bei allen Menschen so?

Ich hab mir angewöhnt, sie auszuformulieren in meinem Kopf. Eigentlich sind sie nur ohne Worte, ich verknüpfe sie dann mit Worten, um wenigstens nur noch 3 Gedanken gleichzeitig zu haben. Wenn ich mir Mühe gebe, ist dann sogar nur noch einer im Vordergrund. So viel, so schnell.

Ich liege auf dem Boden in eine Decke gewickelt, mit dem Kopf zur Box. Ich will grad nur hören, nur noch sein.

Nicht mehr dieses brennen fühlen, das Brennen in meinen Armen, dieses brennen in meinem Kopf. Dieses Brennen des Überfordert-Seins.

Ich fühle mich, als würde ich schon im Boden liegen, so schwer bin ich.

Wie viel bin ich?

Ich hab Angst davor, dass Menschen mehr von mir erwarten, weil ich schon so viel war. So hoch war ich, und von außen betrachtet sehe ich so groß aus. Bin ich besonders? Anders?

Ich will doch nur normal sein, ich will keine Erwartungen haben. Ich meine an mich, ich will keine Erwartungen erfüllen müssen. Ich will wieder klein sein. Nein, nicht klein sein. Weil ich glaube, das war damals nicht gut, sonst könnte ich mich erinnern

Ich will aber noch einmal keine Erwartungen haben. Heiße Tränen. Ich kann jetzt Kleinigkeiten besser wertschätzen, als ich es, glaube ich, damals konnte. Ich glorifiziere meinen kaum vorhandenen Blick zurück. lebe immer noch intensiv. Jetzt ist's glaube ich besser.

Ich nehme mir nur keine Zeit mehr zu sein.

Heiße Tränen an meiner Nasenspitze.

Ich muss mein inneres Kind heilen, nicht nur meinen inneren Jugendlichen.

Ich muss diesem Miniwesen ein Zuhause geben. Ich muss mich sehen. Ich muss nicht stark sein. Ich muss nicht alleinstehen. Ich muss mir nicht verbieten zu wollen, nur weil ich das Gefühl von Enttäuschung nicht wegstecken konnte. Ich glaube ich will das wieder können. Ich will in einem Raum leben, wo ich nicht ständig an der Kante stehe, denn das war die letzten Jahre so. Ja, da musste ich vor jedem extrem aufpassen, sonst wäre ich gefallen.

Nein, gesprungen!

Ich kann auch normal atmen. Ich muss meine extremen Überlebensmechanismen abstellen, weil gerade stehen sie mir im Weg. Ich weiß, ich habe ihnen mein Leben zu verdanken, bin so lange an dieser Kante herumgeturnt und hab mir eben selbst Zäune aufgebaut. Aber jetzt ist es okay, auch mal was zu riskieren. Mein Leben hängt nicht mehr davon ab.

Ich muss das an mich heranlassen.

Mein Leben hängt nicht mehr davon ab.

Ich liege hier und meine Arme brennen, aber ich werde mich nicht schneiden.

Heiße Tränen und sie sind einfach ok. Ich fühle, aber nicht mehr so extrem. Heiße Tränen, unbeschwert.

Ich bin nur und es ist okay. Ich muss nicht mehr sein. Ich will mir erlauben, traurig zu sein, ich muss nicht springen. Ich kann eine 5 schreiben und ich muss nicht springen. Ich kann wütend sein und ich muss nicht springen. Ich kann Musik hören und ich muss nicht springen. Ich kann mich trennen und ich muss nicht springen. Ich kann mich verlieben und ich muss nicht springen. Ich muss nicht leben wollen, aber ich muss trotzdem nicht springen. Ich kann unglücklich sein, aber ich muss nicht springen.

Ich muss nicht springen. Ich kann auch einfach hier liegen. Heiße Tränen, Trauer. Als würde sie nicht weggehen, aber sie wird gehen und wiederkommen und wieder gehen. Ich muss nicht springen.

Ich werde schon noch früh genug aus Altersschwäche irgendwann herunterfallen, ich will die Zeit genießen.

Ich werde nicht das Allheilmittel finden, es ist ein Prozess. Aber es ist ein Zeichen, dass meine Gedanken ganz natürlich positiv werden, nur weil ich sie ausformuliere.

Ich bin stark, weil ich hier stehe, ich darf in meiner eigenen Welt sein. Manche meiner Schutzmechanismen sind sicherlich gut, dennoch stehe ich nicht mehr an der Kante. Ich will diesen normalen Umgang mit dem Leben wiederfinden. Ich werde mich bestimmt nochmal in akut Situationen wiederfinden, aber ich brauch keine steinharte Blase um mich herum, durch die ich nichts heranlasse, weil alles zu viel ist.

Und nichts zu tun ist auch ok. Stehen zu bleiben, einfach nur zu sein. Ich bin grad nur. "Nur", Nein, das ist viel. Es ist gut für mich. Anspruchslos auf dem Boden zu liegen und einfach zu weinen, weil es gerade zu viel ist, weil mich die Welt und mein eigener Kopf erdrückt. Ich will mich gerade auch nicht allein hier raus retten wollen. Ich will nicht nur allein kämpfen. Ich kann mir am Ende nur selbst meinen Schmerz nehmen. Aber andere Menschen können mich bestärken, ich muss es nur wieder zulassen. Ich muss nicht allein gegen die Welt kämpfen, wenn ein Teil der Welt auf meiner Seite ist.

Ganz ausgelaugt vom Kampf. Wie viel ist der Kampf wert, wenn ich von ihm genauso fertig bin, wie wenn ich nicht kämpfe? Und ich meine das nicht im Sinne von aufgeben, sondern nicht mehr allein zu stehen. Ich muss das nicht allein schaffen, ich bin gut genug in meiner Kommunikation, um nicht zu viel zu sein, ich darf das nicht so eng sehen.

Wenn man sich das Bein bricht, geht man zum Arzt. Da war ich und ich hab eine Therapeutin. Aber wenn man sich das Bein bricht, sucht man sich auch Hilfe im Haushalt. Ich hab versucht, alles allein zu rocken. Ich muss das nicht. Und ich weiß da waren schon Menschen, die mir auch geholfen haben, aber ich hab auch viel Hilfe einfach abgelehnt.

Warum dachte ich, ich muss das allein durchstehen?

Ich meine, ich weiß es, ich wurde enttäuscht immer und immer wieder. Meine Schwäche, ich wurde ausgenutzt.

Aber ich kann auch eine Enttäuschung durchstehen, Ich will über Vergangenes hinwegkommen, ich bin es schon viel. Ich will auch dem eine neue Chance geben.

Ich will Hilfe annehmen, auch welche, die nicht professionell ist. Ich bin schon so weit, mir bringt es nichts davon, so fertig zu sein und dadurch wieder Rückschritte zu machen.

Ich muss die Fortschritte schon noch allein machen, aber ich kann es annehmen, wenn Menschen für mich da sind, damit ich eben keinen Schritt zurück mehr mache.

Heiße Tränen der Erkenntnis, heiße Tränen des Fortschrittes.

Manchmal fühl ich mich so wenig, weil ich gar nicht annehmen kann, wie viel ich bin.

Und wie viel kannst du von mir sehen, wenn ich doch so unnahbar bin?

Ich weiß nicht, ob meine Österreich-Hütte tatsächlich ein Ideal ist oder nur ein Schutz-Mechanismus.

Vielleicht lässt mich die Sammlung mehr sein. Ich habe nichts zu verbergen. Ich bin ehrlich. Ich bin nicht zu verletzen. Ich bin unnahbar. Vielleicht lässt sie mich auch ein Stückchen mehr allein fühlen.

Ich bin ein offenes Buch, wie viel tiefer kann ich noch schneiden? Was ist mein Kern?

Was bin ich im Innersten? Was kann ich dir noch erzählen, was du nicht schon weißt?

Wer bin ich tief in mir, dass hier alles oder doch nichts?

Was behalte ich für mich?

Wie tief geht dieser Schutzmechanismus?

Und wieder die Frage, wo will ich denn hin? Wer will ich sein?

Hab ich schon alles erreicht?

Wenn ich so offen sein kann, was sind meine Werte?

Wie viel kann ich noch sein?

Fang ich erst an zu sein, wenn ich das hier alles hinter mir lasse?

Heilung. Kommt dann der Punkt, wo ich geheilt bin, ich normal bin? Ich will mich nicht vergessen, nicht wo ich herkomme, wo ich hinwollte.

Ich will annehmen, wie viel ich bin.

Kann ich so viel schreiben, dass mein Kopf irgendwann leer ist, ich alles aufgeschrieben habe, dass mich nichts mehr beschäftigt?

Ich will nicht leer sein. Ich will ein Mensch bleiben. Ich habe Angst, dass in mir nichts ist.

Wenn ich mich einem Menschen völlig hingebe, mich bis zur tiefsten Schale aufmache, dass da einfach gar nichts ist, ich nicht mehr bin als der Schmerz, den ich erlebt habe, die Interessen, die ich habe, das

Feuer, welches in mir brennt. Wie viel muss ich sein, um mich auch viel und vor allem genug zu fühlen?

Aber ich glaube mir geht es besser. Besser, weil ich das hier alles ausgesprochen habe. Ich fühle mich leicht. Ich lebe ein unbeschwertes Leben, bin gebunden, fliege nicht weg.

Ich bin glücklich.

Ich.

Bin.

Glücklich. Zufrieden. Stolz. Beeindruckt. Genug.

Da, wo ich mit mir gerade sein will.

Paradox

Ich vermisse nicht, was wir hatten.
Ich vermisse nicht, was wir nicht hatten.

Ich vermisse, was wir hätten sein können, wenn es nie einen luftleeren
Raum gegeben hätte.
Doch ich hätte diesen luftleeren Raum in keinem Leben missen wol-
len.

Paradox.

- weil du es mir wert bist.

"Alles gesagt"

Ich hab "so als ob" auf den Ohren. Ich hab ihn in "*cold*" geschoben, dabei tut es nicht mal weh, ihn zu hören. Verdränge ich den Schmerz oder tut es einfach nicht weh? Warum erdrückt es mich nicht? Nimmt mir nicht den Atem? Ein kleines Stechen rechts an meinem Herzen. Mehr nicht.

"Tonya", vielleicht tust du mehr weh?

Na gut, ein bisschen tut es doch weh. Und mir ist das Herz schon in die Hose gerutscht, als du geschrieben hast, du willst mich nicht sehen. Beweise ich mir gerade, dass ich anders kann?

"Tonya" als einer der schönsten Songs, die ich kenne. Du als einer der schönsten Menschen, die ich kenne. Doch irgendwie fehlt der luftleere Raum, das Flimmern. "Tonya" hören, ohne dich ist anders. Dabei ist der Song immer noch zauberhaft schön.

Als hätte man mein Herz auf ein Nagelbrett gelegt. Es sticht nur von unten. Ich versuche mich an deine Augen zu erinnern. Deine großen, braunen Augen. Warum habe ich sie nur traurig in Erinnerung?

Nein, das stimmt nicht. Dein Lachen hat sich in meine Netzhaut gebrannt.

"*Meet me in the woods tonight*", ich könnt gar nicht sagen, ab wann du mir so schrecklich nah warst. Es fühlt sich an wie die gesamte Zeit, aber wahrscheinlich, nachdem du mein Buch gelesen hast. Der Abendspaziergang im Wald. Ich hab dich flüchtig berührt an der Oberfläche, während du mein ganzes Herz in der Hand hattest. Und trotzdem wäre ich nicht gegangen. Trotzdem bin ich bei Alexander geblieben.

Dabei hab ich mir in den ersten Minuten unseres ersten Treffens schon gedacht, dass du doch perfekt bist, für mich. Es hat sich doch alles so richtig, so perfekt bei dir angefühlt.

Aber es war wieder dieses ganz bestimmte Intrinsische, was mir gesagt hat, ich gehöre zu Alexander und es hat mich diese Schmerzen durchhalten lassen. Ich hatte den Weg von der Warschauer nach Steglitz Zeit mich zwischen 4 Monate Schmerzen oder schon wieder auf null gehen zu entscheiden. Und in jeder anderen Lebenslage, bei jedem anderen Menschen hätte ich mich für dich entschieden. Bei jedem anderen Menschen hätte ich dich geküsst, ob auf der Treppenstufe, als wir auf die Straßenbahn gewartet haben, oder nach dem Klavierspielen von "my heart will go on", nach der Oper, als wir nebeneinander in diesem Jugendherbergen Bett gelegen haben um 6 Uhr nachts, verdammt "11 von 10". In dem Wald, nach dem Schach spielen, in diesem wunderschönen Hinterhof. Es hätte so viele Möglichkeiten gegeben.

"Verlier dich", also hab ich all diese Gefühle genommen und sie in dieses Heft gepresst. Und wahrscheinlich all meine Gefühle gegenüber Gregor, alle Texte, die ich geschrieben habe, beinhalten nicht so viel Liebe wie dieses kleine Heft. Und es lässt mich beinahe denken, ich hätte keinen Menschen so geliebt wie dich. Dabei weiß ich, dass das nicht stimmt, weil ich jeden Menschen auf eine andere Weise liebe. Weil das auch immer irgendwie ein Zusammenspiel ist. Und diese verdammte "11 von 10", dass du mich wunderschön fandest. Ich hab jeden dieser Atemzüge so tief genommen, dass ich mich an dir fast verschluckt hätte. Natürlich war mir klar, dass wir limitiert sind. "Ich will so viele Atemzüge wie es geht, ich weiß nicht, wie viele du mir gestattest." Und dieses Ablaufdatum. Ich wusste, dass du mich nicht zulassen wirst. Ich selbst hätte in der Situation nicht anders entschieden. Vielleicht hab ich es deswegen geschafft, nie wütend zu sein. Jeder Atemzug mit dir war ein Geschenk.

"*Stay*". Also hab ich jetzt doch Tränen in den Augen. Ich konnte Abschied nehmen. So wie ich es wollte, brauchte. Konnte all die Dinge sagen, die mir noch auf dem Herzen lagen. Und jetzt ist mein Kopf so leer. Eigentlich hab ich immer noch etwas zu sagen. Ich kann deine atemberaubende Schönheit, Vollkommenheit in meinen Augen nicht in Worte fassen. Hätte ich mich so von Gregor verabschieden können... wär der Abschied dann einfacher gewesen? Hätte ich trotzdem ein Buch mit Texten füllen können? Ich weiß nicht, was ich bei dir zugelassen habe, was ich bei den anderen nicht geschafft habe.

Auch wenn mir Alexander langsam nah ist. Eigentlich näher als du es warst.

Aber wie bei Gregor, du hast mich ganz tief berührt. Ich hab dir zugehört, Nein, ich hab dir all deine schönen Worte geglaubt. Du hast mein ganzes Leben gelesen. Mit all meinen Fehlern, all meinem Schmerz, meinen Narben. Du warst die Person, der ich geschrieben habe nach einem Rückfall. Und du hast mich trotzdem eine 11 genannt. Du hast mich gesehen, im Ganzen. Ich hab mich gesehen gefühlt. Und trotzdem war ich eine 11. Du hast meine Hand geküsst und damit mein Herz. Tiefer hab ich mich nicht berühren lassen. Und da tut es dann fast nicht mehr weh. Es zieht noch. Aber ich brauche nicht weinen. Mein Körper kribbelt. Wie in dem Moment. Nicht so stark. Aber er kribbelt.

Irgendwie hast du mir beigebracht, dass ich am besten liebe, wenn ich nicht muss. Keine Beziehung, die uns eingerahmt hat. Keine Verpflichtungen. Und das mache ich mir jetzt zu nutzen. Ich bleibe bei Alexander, weil ich bei Alexander bleiben will. Wegen Alexander, nicht wegen unserer Beziehung. Ich liebe ihn, weil ich ihn lieben möchte, Nein, weil ich es einfach tue. Und wenn ich es gerade nicht fühle, ist es eben auch okay.

Und du hast mir die Bestätigung gegeben. Vielleicht ein letztes Mal, um Gregors Werk zu vollenden. Ich werde vielleicht daran zehren, aber ich glaube viel eher, dass ich jetzt *finally* begriffen habe, dass, wenn der Mensch, den ich perfekt finde, mich sieht und mir die Bestätigung gibt ebenfalls mehr als eine 10 zu sein, ich wohl toll bin. Auch wenn ich mich weiter verändere. Der Mensch, der ich war, meine Geschichte, ich fühle mich dem gerecht werdend.

Ich bin so dankbar, dass du da warst. Ich versuche, das Bild von dir irgendwie festzuhalten. Und ich bin okay damit, wie es gelaufen ist. Eigentlich bin ich dankbar, weil es gut ausgegangen ist. Den Schmerz Alexander zu verlieren, hätte ich nicht ausgehalten und ich weiß nicht, ob das gut oder schlecht ist. Ich weiß nicht, ob ich die richtige Entscheidung getroffen habe. Aber ich glaube es war die erste Entscheidung oder zumindest eine der Ersten, wo es kein richtig oder falsch gab. Wo es nicht ums Überleben ging. Und es spricht so für dich und deine Art zu lieben, dass ich mir sicher bin, dass ich bei jedem anderen Menschen gegangen wäre für dich, aber es spricht noch sehr viel mehr für Alexander, dass ich das nicht mal als ehrliche Option gesehen habe, außer für 2 ungewisse Stunden.

Also bist du irgendwie ein Marmeladenglas-Mensch. Und in meinem Herzen werde ich einen Platz für dich haben. Direkt neben Gregor. Und vielleicht werde ich an dich denken, wenn es mir schlecht geht. Mich an unsere Zeit, deine kalten Hände und deine warmen Augen erinnern. Die Kombination aus dir und Alexander hat dazu geführt in mir ein erstmal temporäres "ich will niemanden mehr auf diese Weise kennenlernen" auszulösen. Du warst ein großer Teil daran, dass ich jetzt monogam glücklich bin. Danke. Irgendwann würde ich auch gerne "weil Liebesgedichte auch nur Lyrik sind." Veröffentlichen, weil ich so wahnsinnig stolz auf dieses Werk bin. Aber du sollst schließlich auch ein Exemplar von "mich aus deinen Augen verstehen" in den Händen halten. Vielleicht tauschen wir dann einfach. Du hast an dem Inhalt mitgewirkt wie sonst keiner. Ich wünsch dir alles, was du möchtest. Du bist so ein toller Mensch. Vor allem bist du ein guter Mensch, stets bedacht, das Richtige zu tun. Und das bewundere ich an dir.

Du hast dich nicht in mir verloren, dich selbst nicht aufgegeben. Bist deinen Werten treu geblieben und auch das hat mir den Arsch gerettet, weil, in all diesen Situationen hättest du auch mich küssen können, aber vielleicht ist es die Sache mit der 11 von 10. Du hast an mich gedacht und für uns beide das wohlwollend Richtige getan. Die Grenzen unseres luftleeren Raumes gewahrt. Ich hab geschrieben *"If I can't have you, then no one ever will."* Und eben diesen Song höre ich auch während des Schreibens dieses Absatzes. Es ist falsch, es ist toxisch, es ist alles, wofür ich nicht stehen will. Und erst recht nicht, wie ich uns in Erinnerung behalten will. Vielleicht ist es auch gesünder, ebenso auseinander zu gehen, kein "so als ob". Aber irgendwann brauche ich "weil Liebesgedichte…" wieder, denn ich möchte die Möglichkeit haben, mich an dich in all deinen Farben zu erinnern und ich brauche diese Worte, um mich zu erinnern.

Und ich will mich an dich erinnern.

In meinem Kopf hat sich heute auf dem Weg von Weihnachten bei Papa nach Hause der Satz geformt '2o24, das Jahr, in dem plötzlich alles gut war'. Aber es ist nicht plötzlich alles gut. Du, ich, wir haben so viel gearbeitet, um hier zu sein, aber es ist wirklich gut. Ich bin glücklich, mit dem, wo ich bin und wer ich bin. Vielleicht ist es, weil ich so ehrlich über mich geschrieben habe und viel reflektiert habe. Vielleicht ist es, weil ich viel mehr gelernt habe loszulassen und mich und meine Grenzen anzunehmen. Und das sind gerade total viele Informationen, die du kaum mit uns in Verbindung bringst, aber ich mache gerade kein Abi. Ich mache einen freiwilligen Dienst und bin damit so glücklich. Ich habe eine beste Freundin und bin so glücklich in meiner Beziehung, dass ich ihn sogar auf Instagram poste. Ich bin dankbar für jeden guten Moment. Und es ist auch noch nicht alles gut, ich muss schon noch weiterarbeiten, keine Frage. Aber alle um mich herum spüren, dass es mir besser geht. Ich spüre, dass es mir so viel besser geht. Und das ist kein plötzlich und kein immer, aber es ist ein sehr viel mehr. Mich schön zu finden, zumindest in guten Momenten ist ein "mehr". Ich bin bereit für "die große Zeit" (Big Time - The Company of Men). Und das auch ein Stück weit, weil mir all diese schönen Momente so viel mehr bedeuten als früher. Ich bewusster lebe. Ich bin noch manchmal traurig, so traurig, dass mein Kopf denkt, ich werde nie wieder glücklich, aber ich hab so tief in mir, das Wissen, es wird wieder besser. "...Ich will glücklich sein, ich weiß, mein Herz hat die Kraft dazu."

In Liebe

Maria/Lukas

All The Days Between - The Company of Men

Dem Augenblick Dauer verleihen

Wenn wir wirklich noch da sein sollten, dann krass ich bin stolz auf uns. Aber bald stehen die KFT's an. Wenn wir mitfahren sollten, dann erinnere dich mal an die Standards (WiKoZü, Morgenstart, Tagesschluss), an das Spiele anleiten und vor allem an das *Flipchart* gestalten. Versuch die JuLeiCa als was Positives in Erinnerung zu behalten, auch wenn das mit Fabian wahrscheinlich nicht mehr ist. Erinnere dich mal an den Abend, wo du dein Lied vorgestellt hast. Alles, was wirklich nur dich ausmacht.

Wie war eigentlich die Klinik?

Crusht du, oder eher wir, immer noch Elio und Gilles?

Hast du dir die vier Seiten einer Nachricht zu Herzen genommen? (Sachinhalt, Appell, Beziehungshinweis, Selbstkundgabe)

Hör dir mal *Someone To You* an (BANNERS). Immer an die Feedbackregeln denken.

Bitte halt durch, irgendwann wird es besser. Wir haben so viel durchgehalten, gib jetzt nicht auf. Ich schaffe das. Wenn du dich irgendwann mal einsam fühlen solltest, denk einfach an Elio und Gilles, sie können dir nicht weh tun.

Ich glaube du bekommst das mit der JuLeiCa hin. Ich meine, dass du nicht mitfährst.

Aber falls doch, denk dran, jeder Mensch ist großartig und toll und vor allem etwas Besonderes, behandle sie auch so.

Ja, ich hätte mir mal mehr Mühe geben sollen, ich hatte keinen Füller *sowy.*

Wenn du immer noch das Schrotthandy hast, hol dir mal ein neues *please.*

Ich hoffe du hast an der Geschichte gearbeitet und Tim in den Arsch getreten.

In bewundernder Liebe

Maria

~ Frühling 2o21

Ich will nicht, dass du denkst, du hattest keine Relevanz, weil wenn ich in meine Galerie sehe oder in meine Texte, ist es fast, als wärst du nie dagewesen. Ein Geist.

Du warst kein Geist. Du warst ein eigener Mensch. Du hattest deine Daseinsberechtigung in meinem Leben. Du warst da. Wenn ich "Following the Sun" höre, schnürt es mir fast so sehr die Kehle zu wie damals. Ich hab den Schmerz fast verdrängt, diese ganze Zeit. Du hast mir das Eislaufen gezeigt. Und das mich Zuneigung fast killen kann. Ich konnte nicht atmen, hab nur noch gekrampft und dachte, ich überlebe das nicht. Diese Nacht hat mich gezeichnet, meine Zuneigung zu dir. Ich habe mich davor erschrocken, was für einen Einfluss du hattest, dass ich wirklich nicht mehr atmen konnte. Die Zeit mit dir war schön. Ich hab dich genossen. Ich hab dich geliebt. Du warst der letzte Atemzug jugendlich sein. Nein, kindlich sein, mein letztes Mal erste Male geben. Ich hab dich nicht so behandelt, wie du es verdient hast. Ich hab dich geliebt, aber nicht genug. Ich bin weggelaufen vor der Angst dich zu verlieren, hab sie weggeschlossen, mir nicht erlaubt dich so sehr zu lieben, dass es weh tut. Ich hatte so krankhafte Angst dich zu verlieren, dass da keine Luft mehr für wirklich lieben war. Und du hattest auch diese Angst, also haben wir uns aneinander festgekrallt und uns so tief in diese Abwärtsspirale gedrängt. Ich hab's wohl mit dem *toxic*-Sein. „*Toxic in you*" hat zu gut gepasst.

Und du hast mich so angesehen, als wäre ich das Wertvollste auf der Welt und du hast mich so sehr gewollt. Es war mir nicht genug, ich hab mir gesagt, du weißt noch nicht mal, was du willst. Wir haben uns in unserer Beziehung festgefahren. Du wolltest Beständigkeit und ich war nicht bereit. Du warst mir nicht genug, ich wollte Meer[1]. Und ich brauchte Luft zum Atmen. Zum ersten Mal in meinem Leben war ich frei und du hast mich festgehalten. Vielleicht hättest du mich gehen lassen, vielleicht auch nicht. Ich hab die Zeit mit dir genossen. Ich vermisse dich. Du fehlst mir. Ich liebe dich. Aber du und ich, das hat

---

[1] Alexander bezogen

nicht gepasst. Was uns aneinandergehalten hat, war die Liebe. Und das ist zwar wahnsinnig romantisch, aber du bist stehen geblieben, als ich losgerannt bin. Du und ich, nicht wie Nacht und Tag, wir sind nicht völlig verschieden, wir sind nicht gleich, wir sind irgendwo dazwischen. Aber zu gleich, um verschieden zu sein und zu verschieden, um gleich zu sein. Ich hab dich geliebt, weil ich dich geliebt habe und nicht weil ich Alberto geliebt habe. Ich bin dir nicht gerecht geworden. Es liegt nicht an dir und es liegt nicht an mir. Es liegt daran, dass wir nur eine Teenie-Beziehung waren und ich deine erste Liebe. Das mir von Anfang an klar war, dass du nur ein Zwischenstopp bist. Ich wünsche dir alles Gute. Du hast mir viel gegeben. Du bist ein Teil meiner Heilung. Ich hätte dich nicht missen wollen. Du bist mein O-sito. Ich war zu wenig bei mir, um dich anzunehmen.

Ich glaube, man muss erstmal wachsen. Ich musste erstmal wachsen bis zu diesem Punkt, damit ich mit jemandem wachsen konnte. Ich musste erst ich selbst sein, um mit jemandem wachsen zu können. Und du bist zu früh gekommen, um davon zu profitieren. Wir waren schon zu kaputt, als ich hierhergekommen bin. Ich hab viel nicht gut gemacht mit dir und dir gegenüber. Ich hab dir weh getan, weil ich es nicht besser wusste. Ich hatte nicht die Kraft, Rücksicht zu nehmen. Jetzt habe ich die Kraft, jetzt weiß ich es besser, aber jetzt ist es zu spät. Und das ist okay. Du wirst nicht zurückkommen. Du musst mich loslassen. Weil, nur weil du mich loslässt, heißt es nicht, dass nicht wieder Menschen zu dir kommen. Dich lieben werden. Ich war der Anfang und nun kommt ein ganzes Leben voll mit Liebe und Sex und du wirst so viele Menschen treffen. Du bist toll, du bist es wert.

Ich war so verliebt in dich, in deine Ruhe. Lass sie dir nicht neh-men. Es ist eine Gabe, diese Ruhe ausstrahlen zu können. Und du kannst es und du siehst gut aus, du bist süß. Ich war gerne bei dir, ich hab mich gerne in dich verliebt. Aber ich muss meine Verlustangst loslassen, dich loslassen. Ich liebe dich, aber du hast mir gezeigt, dass das nicht ausreicht, um eine gesunde Beziehung zu führen. Und ich hoffe so sehr, dass du jemanden findest, der dich als Menschen liebt, mit all deinen Eigenheiten. Denn sie sind liebenswert, du bist liebenswert. Ich freue mich darauf mich gerne an dich zu erinnern, aber jetzt muss ich erstmal abschließen. Danke für alles.

Es tut mir von ganzem Herzen leid, wie viele Fehler ich gemacht habe. Es tut mir leid, dass ich dich übersehen habe. Es tut mir leid, wie es gelaufen ist.

Du hast wahrscheinlich nicht erwartet, dass du noch zur Sprache kommst. Vielleicht hätte ich dich auch gerne verschwiegen. Vielleicht will ich dich vergessen.

Du und ich, der nie endende Fiebertraum. Weil Psychischkranke sich anziehen wie Magneten. Ich kann keine Worte finden. Am besten fange ich ganz von vorne an.

Ich hab dich angeschrieben irgendwann in 2o22, noch in Gregor-Zeiten. Hab dich nach diesem einen Tag schreiben aus den Augen verloren und zwei Monate später wieder angeschrieben. Du warst nett. Sie sind immer nett. Keine Ahnung, diese zweite Beziehung mit Fabian war irgendwie ein *guilt trip* und vielleicht Manipulation. Vielleicht war ich einfach einsam. Ich war letztens am weißen See, hab den Baum gesehen, den ich bei unserem ersten Treffen umarmt hatte. Wir teilen uns unseren Geburtstag und dachten, dass es reicht, um zueinander zu gehören. Du bist durch Scheiße gegangen. Du warst anders und ich dachte irgendwie du verstehst mich, kannst mich vor meinen Dämonen beschützen.

Vielleicht wollte ich dich auch einfach retten.
Ich weiß nicht, ob wir nicht von Anfang an kaputt waren. Du hast mich geliebt, mehr als dich selbst. In einer Zeit, wo ich raus wollte, was erleben wollte, mir selbst beweisen, dass dieser Käfig von Fabian nur noch in meinem Kopf existiert. Und du wolltest mich nicht einsperren. Du hast es trotzdem getan.

Hast mir meine Luft zum Atmen genommen. Mir das Gefühl gegeben, dass du mir diesen Freiraum gibst und trotzdem mein Mensch bist, hast mir diesen Ring geschenkt, mir ein Versprechen gegeben. Vielleicht dachte ich, ich könnte alles tun und du bist trotzdem an mich gebunden. Nein, ich bin an dich gebunden. Vielleicht hab ich einfach nicht gesehen, dass es dir auch die Freiheit gibt, alles zu tun. Dieser Ring, dieses Versprechen, ich hab es gern getragen. Es hat mir Sicherheit gegeben, weil ich sonst keine Sicherheit hatte, nicht einmal in mir. Ich hab mir Sorgen gemacht um dich. Wollte, dass es dir gut geht, und du hast dich um mich gekümmert. Die erste Zeit war wunderschön, die Klinik, Chor, Frankfurt.

Du warst da und ich hab dich geliebt. Ich hab dich wirklich geliebt. Aber Kris, Simon, Jaron, das alles hat dich kaputt gemacht. Aber du wolltest es mir nicht verbieten, wolltest besser sein als Fabian, damit ich bei dir bleibe.

Dann bin ich in dieser Nacht davon wach geworden, wie du versucht hast Sex mit mir zu haben. Und es war verstörend, retraumatisierend. Ich konnte es gar nicht begreifen. Ich hab dich in Schutz genommen vor Timmi, meiner Therapeutin, mir selbst. Ich glaube, ich wollte weder diese Sicherheit verlieren, noch mir eingestehen, dass es wieder passiert und ich auch noch Schuld habe.

Die Nacht nach dem Brunchen mit der Italien-Gruppe, wo ich Urmel und Franz kennengelernt habe. Und Max ist bei uns geblieben. Wir haben zu dritt auf dieser Couch geschlafen. Du hast meine Hand im Schlaf genommen und sie für Dinge benutzt. Ich bin davon aufgewacht und bin gegangen. In deinem Zimmer habe ich die Tür hinter mir ins Schloss geschmissen. Ich wollte sicher sein. Du hast das nicht verstanden? Wolltest es selbst nicht wahrhaben.

Am nächsten Morgen wollte ich ins Bad, das Licht war an und die Tür abgeschlossen. Ehrlich gesagt erinnere ich mich nur noch daran, wie in einem entfernten Traum. Ich hab diese Tür aufgemacht, ich glaube mit einem Schraubenzieher, und du mit aufgeschnittenen Armen. Nichts Lebensbedrohliches, aber trotzdem an den falschen bzw. richtigen Stellen. Du hattest den Rasierer so auseinandergenommen, wie ich es dir erklärt hatte. Ich war an dem Tag genau ein halbes Jahr *clean*.

Ich hab meine Eltern angerufen und ihnen Bescheid gesagt. Du wolltest nicht, dass ich deinen Bescheid sage. Ich habe deine Wunden gesäubert, Max rausgeschickt. Ich weiß die Reihenfolge nicht mehr. Ich glaub von da an war es kaputt mit uns. Mit Jaron war's cool? Keine Ahnung, ich hab mich irgendwie in Urmel verknallt. Ich musste weg, ich war nicht mehr sicher. Aber ich hab dir dieses Versprechen gegeben. Mich diesen Übergriffen ausgesetzt, wenn du mich nachts angefasst hast, versucht hast, in mich einzudringen. Ich hab's verharmlost.

Und dann kam Franz. Irgendwo in der Zeit hattest du Sex mit mir, während ich geschlafen habe, weil ich es sonst nicht ertragen hätte… nicht wollte. Es war also mit meinem Einverständnis. Aber ich bin davon wach geworden. Konnte mich nicht bewegen, nicht schreien. Hab's einfach ertragen.

Franz hat mich rausgeholt. Ich hab aufgehört es zu beschönigen. Und Italien. Diese Zusammenhänge sind irgendwo in meinem Kopf bestimmt noch richtig da. So kann ich nur sagen, dass es schwer war. Ich wollte Franz. Ich wollte da raus und ich konnte keinem sagen, was du tust. Ich dachte, niemand glaubt mir oder es ist schon okay. Ich bin ja selbst daran schuld.

Bologna, wo du dir das Messer gekauft hast. Florenz, wo du weggerannt bist und ich dir ohne Handy nachts hinterher. Ich dachte, du bist tot, wenn ich dich finde. Unser ewig langes Gespräch an der Straßenbahn, ich weiß nicht, was ich dir alles versprochen habe. Rom, wo du gesagt hast, dass du aufstehst und gehst und ich genau wusste, was du meinst. Wo ich sitzen geblieben bin, bei dir. Während du schon die ganze Woche versucht hast mich zu Sex zu zwingen. Per *Chat*. Ich habe diese Nachrichten noch. Franz hat mir damals mein Handy aus der Hand gerissen. Ich wollte Ja sagen, nur damit du aufhörst, mir zu sagen, was für ein schlechter Mensch ich bin. Und, dass ich es dir schuldig bin, mit dir zu schlafen.

Ich wollte doch nur, dass es uns beiden gut geht. Mir ging es bei dir nicht gut, deswegen bin ich zu Franz gegangen, aber du brauchtest mich. Deine Mama hat sich nicht um dich gekümmert, wie du es gebraucht hast. Und trotzdem du drei Jahre älter bist als ich, hatte ich das Gefühl, ich bin der einzige Mensch, der sich um dich kümmert, also war ich da.

Und dann kam eben genau dieser Abend in Rom. Und ich wusste, wenn ich jetzt mit dir spazieren gehe, dann passiert mir etwas. Aber du brauchtest die Bewegung. Ich musste dich aus den suizidalen Gedanken bekommen und in meinem Kopf war dein Leben wichtiger als meine kaputte Unversehrtheit.

Dann standen wir da an dieser dunklen Straße und du hast mich angefangen anzufassen. Mein Handy war wie immer aus. Du hattest mir davor gesagt du willst mich vergewaltigen. Das hat sich in meinen Kopf gebrannt.

Zum Glück hat uns Franz gefunden. Mich aus diesem Bann gezogen, weil unter deinen Händen konnte ich mich nicht bewegen, nicht atmen, nicht denken. Es ist nur passiert.

Zuhause in Berlin warst du bei uns, wie immer und ich hab neben dir auf dem Boden geschlafen, deine Hand gehalten. Meine Mama wusste nur, dass es dir schlecht geht.

Und wie ging es mir? Ich hab mich an dem Gedanken an Franz festgehalten.

Ich war mit Carla draußen, war für dich da, war nervös wegen dem Schulwechsel und natürlich ist es einmal aus mir herausgebrochen, als Marvin sich über irgendwas Banales beschwert hat.

Aber du bist in die Klinik gekommen, damit ging es mir erstmal gut. Franz war wieder da, Schulwechsel. Ich glaube, viel von dem ist auch hier gut beschrieben. Ich habe das letzte Mal vor knapp sechs Wochen mit dir Kontakt gehabt. Du warst nachts wieder übergriffig, hast mich angefasst im Intimbereich. Ich hab mir wieder selbst die Schuld gegeben, obwohl ich dir vorher erklärt hatte, ich glaube ein oder zwei Treffen vor dem Letzten, wie sehr mich das kaputt gemacht hat. Und du hast dann gesagt, du seist so ein Monster und solltest nicht mehr am sozialen Leben teilhaben, was ich auch mir gegenüber so respektlos fand.

All meine Freunde hassen dich, du hast mich in der ganzen Zeit so oft berührt. Ich hab's immer verharmlost. Du warst mir wichtig, du warst Familie, ich wollte immer, dass es dir gut geht. Und du hast mich so sehr geliebt. Bestimmt hattest du Vorteile und ich hatte bei dir Privilegien. Ich weiß nicht, ob ich auch dafür darüber hinweggesehen habe. Aber auch, wenn ich dich so sehr vermisse, du mir so unendlich wichtig warst. Ich dich so sehr geliebt habe.

Ich möchte keinen Kontakt mehr zu dir. Du bist kein böser Mensch. Ich wünsche dir ein langes erfülltes Leben und dass es dir gut geht.

Doch in meinem Leben wirst du keinen Platz mehr finden. Du warst zu respektlos, hast mich zu sehr kaputt gemacht.

Und ich kann dir auch nicht helfen, wenn du keine Hilfe annehmen willst. Seitdem du im Dezember aus der Klinik bist, hab ich versucht dir zu sagen, dass du dir einen Therapeuten suchen sollst, oder wenigstens wieder deine Medikamente nehmen sollst. Wenn du sagst, das hilft dir nicht, ist es nicht meine Aufgabe mich um dich zu kümmern. Du bist erwachsen. Und ich weiß auch du kannst das nicht und ich hab viel falsch gemacht. Bin mit Franz und Urmel über deine Grenzen gegangen, hab dir weh getan.

Aber ich hab das schonmal geschrieben. Ich habe in einer Beziehung unverzeihliche Dinge getan, du hast menschlich unverzeihliche Sachen mit mir getan.

Such dir Hilfe. Sei es dir selbst wert. Du bist liebenswert, auch mit den Dingen, die du getan hast. Ich verzeihe dir, nicht weil ich nicht wütend oder nicht verletzt bin, sondern weil ich trotzdem an dich glaube. Ich will in Sicherheit sein, deswegen will ich keinen Kontakt mehr, aber hyperfokussiere dich nicht auf mich und mein Fehlen. Du bist liebenswert und du bist es wert glücklich zu sein. Und damit du dich im Spiegel ansehen kannst, sage ich dir diese Machtvollen Worte. Ich verzeihe dir.

Bitte verzeih dir auch.

Ich löse mein Versprechen, du bist frei von mir und jetzt flieg los und finde deinen Baum.

In Liebe
Maria/Lukas

Ich würde gerne sagen, ich hab nichts zu sagen. Ich wünschte, ich hätte nichts zu sagen.

So wenn ich hier blind reinstürze, kommt mir auch nichts Konkretes in den Kopf. Aber es gibt bestimmt viel zu sagen. Nur wie auch bei Gregor hab ich eben gelernt damit zu Leben was passiert ist.

Bestimmt hast du mich geliebt, so sehr man mit fünfzehn jemanden lieben kann. Wir waren so alt, während wir so jung waren. Es war viel nicht gut. Wir haben uns nicht gutgetan. Ich war klein und du hast mir das Gefühl gegeben kaputt zu sein, zu kaputt für dich, zu kaputt für die Welt.

Wir sind so lange vorbei, dass ich tatsächlich aufhöre Assoziationen zu unseren Songs zu haben. Ich weiß nicht, ob ich mich wieder an alles erinnern werde, irgendwann. Natürlich sind viele negative Sachen sehr präsent, aber ich erinnere mich auch an *About Love* und wie wir bei dir im Zimmer diesen Song gesungen haben. Ich erinnere mich ans Baymax gucken, meinen vierzehnten Geburtstag.

Steffan und Teresia, die mir ein Stück weit ein Zuhause gegeben haben. Ich erinnere mich an dich und daran, dass nicht alles schlecht war und wir viel gelacht haben.

Mein erstes Mal Sex war gut. Danke.

Und ja, ich bin wütend, was du mir angetan hast. Du hast mir meinen Selbstwert genommen. Dinge getan, bei denen ich nicht weiß, ob man sie ohne Absicht tun kann. Ich verfluche dich für jedes Mal, wenn ich mit meinem Nein Probleme habe. Für den Versuch 2o21. Für das Gefühl, was du mir gegeben hast. Aber ich weiß, dass ich wütend sein darf. Ich weiß, dass ich dir nicht verzeihen muss

Ich will die guten Seiten sehen, dich nicht bereuen, denn was bringt es mir? Es ist passiert, ich kann nur daraus lernen. Und glaube mir, ich habe daraus gelernt. Ich werde vielleicht nie ganz heilen.

Ich will irgendwann für meine Kinder gesund sein. Das Richtige tun. Und ich glaube dich auf ewig zu verfluchen bringt mich auch nicht weiter. Ich kann dir sagen, wie sehr du mir weh getan hast und wie unfair ich es finde. In diesen Texten habe ich das getan, meine

Wut, meinen Schmerz erklärt. Ich wäre fast gestorben. Und das weißt du. Ich hab mich erklärt.

Vielleicht hast du dich geändert, aber ich hoffe du vergisst es nicht. Ich will nicht, dass du darunter leidest. Ich will nur, dass du daran denkst, daraus lernst. Mich und meinen Schmerz siehst. Ich lebe nicht in meiner eigenen Welt.

Ich will dich nicht mit in den Abgrund ziehen, weil ich nicht mehr im Abgrund bin. Mir geht's gut.

Ich will dich und dein Leben nicht kaputt machen. Dann wäre ich nicht besser als du. Ich dachte, ich kann nur in dem Kontext sagen, ich wünsche dir alles Gute. Nur um besser zu sein. Aber ich will diesen Kampf nicht mehr führen, wozu denn?

Ich wünsche dir alles Gute, weil du genauso viel wert bist wie jeder andere Mensch. Es liegt nur in meinem Ermessen, ob ich wütend bin, so sehr, dass ich dir etwas negatives wünsche. Keiner hat das Recht für mich sauer auf dich zu sein. Ich muss damit leben, was passiert ist. Ich muss damit leben, dass ich mein damaliges kleines Ich nicht beschützen kann.

Das Einzige, was ich tun kann, ist diesem kleinen Menschen ein lebenswertes Leben zu schenken. Und ich bin kein nachtragender Mensch. Es wird mich mehr Ressourcen kosten, dich zu hassen, als dich deinen Weg aus meinem Leben finden zu lassen.

Ich will nicht vergessen, was passiert ist oder noch schlimmer es verdrängen. Ich weiß, wie kaputt ich war. Ich spüre die Auswirkungen noch heute. Und ich werde mir immer wünschen, es wäre nicht passiert. Ich will dich nicht in Schutz nehmen, weder mir selbst gegenüber noch sonst irgendwem. Und was du mir angetan hast, ist menschlich nicht zu verzeihen. Ich habe daraus gelernt. Ich musste lernen mit dir zu leben, mit dem, was passiert ist, mit dem Misstrauen, mit den Träumen, mit dem Unwohlsein, mit dem Bedürfnis, meine Haut von meinem Körper zu schrubben.

Aber es ist genug Leid. Ich sehe nach vorne und ich weiß, dass ich mir nur selbst wieder diese Sicherheit geben kann, die du mir genommen hast. Kein Hass der Welt, nicht du, niemand sonst kann sie mir geben, aber ich will sicher sein. Du bist nicht mein Antagonist, du hast es nicht verdient diesen Stellenwert in meinem Leben zu haben. Ich will die schönen Erinnerungen an dich ehren. Ich bin dir dankbar für die schönen Momente. Ich weiß, ich habe dich verflucht mich von Gregor wegzubringen, aber ich glaube nur genauso ist es gut geendet, wie ich es mir mit der Sternschnuppe gewünscht habe. Kein Leben ist daran kaputt gegangen.

Ich habe gelernt, allein zu stehen. Und ich habe dir Unrecht getan. Ich war klein, ich habe Fehler gemacht. Unsere Beziehung war alles andere als gesund. Der Teil von mir, der deinetwegen gestorben ist, der Teil Charakter, den ich so nicht nochmal zurückbekommen werde und mein Körper, vor allem der, wird dir nicht verzeihen.

Aber ich tue es. Ich werde dir verzeihen. Und das tue ich nicht für dich oder um besser dazustehen. Ich verzeihe dir, weil du mir nichts mehr geben kannst. Ich ziehe keinen Mehrwert daraus, weiter darüber nachzudenken. Ich heile noch, ich bin noch nicht drüber hinweg. Dir jetzt und hier alles zu verzeihen, wäre zwar schön, aber ich muss das Stück für Stück.

Mit jedem bisschen heilen werde ich dir mehr verzeihen können und auch wenn es "unverzeihlich" ist, aber weder kann mir irgendwer vorschreiben ob ich dir verzeihen sollte oder besser nicht, noch kann ich irgendwem dort draußen vorschreiben, einem Menschen zu verzeihen oder besser nicht zu verzeihen. Diese Entscheidung liegt bei mir.

Und ich will dir keine Macht mehr geben. Die Tat, das Trauma darf seine Macht haben, auch wenn ich sehe, wie sie schwächer wird und es beeindruckend ist, wie viel ich durch meine Willenskraft bewegen kann.

Du hast mir für ein ganzes Leben genug weh getan, dieses Trauma hat Folgen, die mich vielleicht mein ganzes Leben verfolgen werden. Aber was ich tun kann, ist zuzulassen, es anzunehmen, dass es passiert ist. Seine Folgen, seine Symptome in meinen Alltag zu integrieren und langsam dagegen anzukämpfen. Mir selbst vor Augen zu führen, dass es nicht meine Schuld ist und es nicht an mir liegt. Aber es liegt an mir zu heilen, mit der Zeit.

Es wird besser. Ich darf Nein sagen. Nein, ich muss Nein sagen. Ich würde immer das Leben wählen, wo es mir nicht passiert ist. Aber ich lebe dieses hier und ich glaube ein Schritt in meiner Heilung ist dich loszulassen, die Kontrolle abzugeben, dass es passiert ist und ich es nie rückgängig machen können werde, dass ich auch andere nicht davor beschützen kann, ich kann sie nur warnen, ihnen sagen, dass ihr Nein essenziell ist, *Awareness* schaffen und das tue ich.

Ich hoffe ich habe nicht nochmal etwas mit dir zu tun. Und ich verfluche dich auch weiterhin, für deinen Umgang und wie du versucht hast die Geschichte umzudrehen, meiner Mama versucht hast einzureden es sei nicht passiert, hier und da unterschiedliche Dinge zugegeben und geleugnet hast, du meinen Ruf am Ass ein Stück weit kaputt gemacht hast, ohne die Wahrheit zu erzählen. Das verzeihe ich dir nicht, du hast keine *Awareness* geschaffen. Und ich werde auch weiter meinen Mund aufmachen, vor allem gegen deine Geschichten, gegen das Bild, was du von mir geschaffen hast.

Ich werde dir sicherlich auch dort irgendwann verzeihen und sicherlich wäre es für dich besser und der Welt gegenüber *fairer* dir erst anzufangen zu verzeihen, wenn du Reue zeigst und Einsicht und das auch transparent und gleichmäßig. Im Moment sieht es noch nicht so aus. Und ich will dadurch kein schlechter *Victim* sein.

Ich will nur heilen und ich brauche das für mich. Deine Taten sind die von einem Monster, aber keines welches ich erschaffen habe. Und ob du das Monster noch bist, liegt bei dir.

Ich werde jeglichem Kontakt aus dem Weg gehen. Ich brauche nicht sehen, ob du dich verändert hast, ich heile für mich und nur für mich.

Ich wünsche dir nur Gutes, aber auch nur wenn du nichts dergleichen jemals wieder tust. Du hast einiges noch gerade zu rücken, aber ich schließe dich als Menschen mit diesem Text ab.

Deine Taten, deine Schnitte, die Narben in meiner Seele, sie werden verblassen. Die Stärke, die ich in mir sehe, weil ich das überlebt habe, wird in mir wie ein Feuer brennen.

In all der Zeit, wo ich dachte, du hast mich erstickt, weil du mir all dieses Holz aufgebürdet hast, hast du dieses Feuer genährt, auch wenn

es knapp war und ich einen riesigen Funken brauchte, um so aufzu-
leuchten.

Jetzt brenne ich und habe auch noch das Gefühl, dass mich nie
wieder jemand löschen kann.

In Liebe

Maria/Lukas

"Ich glaube, ich habe das Beste aus dir und deinen Taten gemacht."

"Poetry to your Solitude"

~Forever Yours - Kygo

"If I can't have you, then no one ever will"
~Love Like Ghosts - Lord Huron

"Dein Schweigen ist ein Zelt,
stellst es mitten in die Welt,
spannst die Schnüre und staunst stumm
wenn nachts ein Mädchen drüber fällt."
~Nur ein Wort - Wir sind Helden

"Summer's dying on the radio"
~ You, The Night & Me - The Company Of Men

"You can call me what you like, as long as you call me"
~ Call Me What You Like - Lovejoy

"Dass in euren Fenstern das Licht wärmer scheint"
~ Gute Nacht, Freunde - Reinhard Mey

"We can't change the things we can't control"
~ Imagination - Foster The People

"...mit jedem Schritt aufeinander zu bekommen wir mehr Risse,
füllt sich unser luftleerer Raum mit Realität"
~ "weil Liebesgedichte auch nur Lyrik sind."
- Maria/Lukas Hahne

"Schreib nochmal mit dunkelroter Farbe
deinen Schmerz auf meinen nackten Körper."
~ "Ist es jetzt wenigstens romantisch?" - MaLu

Und ich bin dankbar, weil ich an jedem Ort dieser Welt sein könnte, und ihr seid trotzdem da. Egal welche Scheiße ich mal wieder gebaut habe, ihr seid da. Ich hätte nie gedacht, dass wir zusammen erwachsen werden, vor allem weil ich nie gedacht hätte, dass ich mal erwachsen werde.

Mit euch erwachsen zu werden, euch beide groß werden zu sehen, war ein Privileg. Ich hätte mir nicht erträumt, was ihr für coole Menschen werdet. Und ich darf ein Teil eurer Geschichte sein. Wir haben unsere ganz eigene geschrieben. Und wie sagt man so schön? Wenn's 7 Jahre hält, bleibts ein ganzes Leben. Ich wünsche uns ein ganzes Leben voller Erinnerungen aneinander, dass unsere Kinder miteinander spielen. Ich glaube fest daran, dass unsere Freundschaft jede schwere Zeit überstehen wird. Ich hab euch so wahnsinnig lieb, egal wo ihr seid. Egal wie wenig wir uns sehen oder reden.

Ich hoffe, ich kann euch das so angemessen zeigen, wie ich es fühle und ich bin euch für die Zeit bis hierhin wirklich dankbar. Ich bin dankbar, zwei so wundervolle Menschen meine Freunde nennen zu dürfen. Und ich bin stolz auf euch beide, wo und wer ihr seid, weil ihr zwei echt starke Menschen seid. Und durch dieses Reel Ignaz ist mir wirklich nochmal bewusst geworden, was das für ein Privileg ist, so eine Freundschaft zu haben. Also danke. So zwei wie euch bekomme ich nicht nochmal, deswegen werde ich wohl oder übel an euch festhalten.

Ich hab euch lieb.

August 2o24

Frage *otm*.

101. Möchtest du Kinder, wenn ja wie viele?

Vielleicht habe ich die Frage 'n bisschen ausgesucht, aber ich habe für mich entschieden, von dem selbst abwertenden „Ich verbiete mir Kinder zu bekommen"-Gedanken abzulassen. Außerdem motiviert mich der Gedanke an Miniwesen irgendwie gesund werden zu wollen, weil ich dafür, irgendwann, soweit mit mir selbst klarkommen muss, um einem anderen Wesen mehr Aufmerksamkeit schenken zu können als mir. Und ich glaube zwei oder drei wären ganz schön, auch wenn ich mir die Strapaze für meinen Körper noch nicht ausmalen will.

September 2o24

Frage *otm*.

9. Was würde dich (euch und vor allem jedes meiner jüngeren Ichs) an mir überraschen?

Ich bin glücklich geworden. Ich bin bald erwachsen und habe, trotz allen Dingen, die passiert sind, gute Voraussetzungen, ein schönes Leben und vor allem ein glückliches zu führen. Ich bin zufrieden. Ich will leben. Kleines Mini *me*... Ich will leben <3 jeden Tag genießen in vollen Zügen und 100 Jahre alt werden. Du süßes kleines Mäuschen, ich hab's geschafft und ich kann dir nicht sagen, wie stolz ich bin, dass jede Version von uns durchgehalten hat. Und ich weiß es kommen schlechtere Phasen und gewiss Probleme. Aber ich liebe dich und ich liebe mich und es ist mir eine Ehre, dieses Leben zu führen. Und dieses Leben ist für dich und jeden Atemzug, den du gemacht hast, obwohl du dir gewünscht hast, es wäre der Letzte. Und dich würde überraschen, wie gut unser Verhältnis zu Mama und Papa ist. Und wie viele tolle und ehrliche Freunde wir haben. Das wir glücklich mit unserer Tätigkeit sind. Dich würde überraschen, dass wir uns den Dämonen stellen. Und wir immer noch keinen Hartalk getrunken haben. Dich würde überraschen, dass wir keine Angst mehr vor Umarmungen haben. Und dass ich uns erlaube zu fühlen. Das wir Angst haben und es auch noch gut finden.

Januar 2o23

feat. bösen Baggers, langweiligen Lamas, kalten Dreiern
irgendwas lachen zurück gewonnen irgendwas hust

Februar 2o23

feat. MSA 1, neue Therapie, gaaaaanz viel spaß, wenig Photobombs -
> mehr Outfits
finally healing

März 2o23

feat. *friends*, B-day, Party, *pain but happy*

April 2o23

feat. spontaner Tschechienurlaub, Autos, Schulwechsel bestätigt,
voice-Nachrichten an Timmi

Mai 2o23

feat. Urlaub, MSA durch, Sonne, Wassermelonen

Juni 2o23

feat. Freunde, Bäume, Spaß, krank

Juli 2o23

feat. krank, Ferien, Screenshots, gaaanz viel the Mentalist, "...und
mein Herz des Klopfens willen schlägt" (neuer Song in Arbeit :D)

August 2o23

feat. Italien, Urlaub, *fucking* neuer Lebensabschnitt kp

September 2o23

feat. erstmal keine Schule, sehr *happy*, sehr ausgeglichen, Batman Tri-
logie im Kino

Oktober 2o23

feat. Joker, endlich atmen, der beste Kuchen in meiner bisherigen
Laufbahn, *weirdly* bock zu leben

November 2o23

feat. eher ein schlechterer Monat, aber endlich arbeiten yay, Carla aufpassen <3, neue coole Menschis kennengelernt

Dezember 2o23

feat. :3, neue coole Menschen, einfach Spaß haben, Monopoly verlieren, Carli, *random* sein und dafür gefeiert werden, SV-fahrt anleiten

Januar 2o24

feat. tränen, betrunkener Bruno, Eislaufen, Speziball, Carli, kürzere Haare, *making this Post on a different phone*, Herbert (mein Bildschirm-fehler), Eislaufen

Februar 2o24

feat. *laziest Post ever*, alte schule, neue Musik finden, Zimmer umgestalten, neuen Song geschrieben. erster Post mit 9 Bildern *pawn not porn* wurde zensiert...*only knowers know*

März 2o24

feat. Ostsee, Fahrrad, schon wieder älter, F1 geht voran, Zimmer umgestalten, werkeln

April 2o24

feat. Fetteste B-Day-Party *ever wtf.*, Grillen im "Park", Sudoku, Techno Classica Essen und Carsten Arndt treffen, heteroflurid, Dino Park, immer noch vegan *lol*

Mai 2o24

feat. Radtour, *all the bright places*?, Frühling, Jugger, Schule, Sonnenschein, leben, atmen

Juni 2o24

feat. *random* Wien? -> F1, warm, Flohmarkt, BfD >>, Auszug, Schule, zu wenig schlaf, krasse Erfahrungen, höhen und Tiefen (Berni Hahne & der große *Struggle*), 500 Tage Duolingo, Zimmer verschönern, Freunde, krank

Juli 2o24

feat. richtig Wien und Prag, fast heulen weil ich jemanden mit ner genderfluid Flagge auf'm CSD gesehen habe, zwei Wochen kein Handy, zwei San.-Dienste am Forte, viel neu aufarbeiten wegen der PTBS -> aaaaaanstrengend, Ignaz *is gone* (Neuseeland), Haare *bleachen* (zumindest zum Teil), the Rookie *bingen*... Also 5 Staffeln in zwei Wochen o.O, irgendwie viel Menschen vermissen, erster Monat allein.

August 2o24

feat. Bockholt, *win* zu 0, Tetris Gott, warm, Tegeler See bei Nacht + Sternschnuppen („Boah, es gibt mega viele Sterne so"), Joker, lange Nacht der Museen, Dark Matter, *feeling hot af*, neuer Lebensabschnitt, *feeling better*, *hey Ora this is goodbye*, Überforderung, dass ich 20 Bilder auswählen kann, LuL sind lustig (Lehrerinnen und Lehrer), freu freu aufs BfD, Batman im Kino gucken

September 2o24

feat. BfD, Party, Ellis *back in town*, wo soll ich anfangen, wieder *Teamen*, KFT und Disco, mit dir ans Meer, endlich mehr, mir geht's gut, ich hab das Gefühl ich heile, mir ging es noch nie so gut, ich bin glücklich, ich will leben, Ignaz in Neuseeland, neue Menschen, Fahrradfahren, Tetris zocken, normal fühlen, NORMAL FÜHLEN, dankbar sein, aufarbeiten, Sammlung vol. 1, Sanis schminken, *damn* ich bin glücklich

Oktober 2o24

feat. Alexander (hat auch beim Post geholfen), Buch schreiben lol, arbeiten, Kinder betreuen, sehr kulturell unterwegs, eislaufen, Freiwilligendienst Menschen

November 2o24

feat. Seminarfahrt, SV-Fahrt, krank, Weihnachtsmarkt, Champignons, Rentner (Nein, Christian is okay), viel krank, sie werden so schnell erwachsen @meine Ellis fast durch mitm Med.-Studium, irgendwie ganz *happy*, essen, Motorshow -> einzige Enttäuschung, Tetris Gott, möchte noch anmerken die beiden Menschis mit denen ich am meisten Zeit verbracht habe, haben beide kein insta

Dezember 2o24

feat. Weihnachten, Eislaufen, Wohnung umräumen, Party, Leila, kranksein, noch mehr Weihnachten, Beastars, Kameras, prokrastinieren, schlechte Laune, gute Laune

Vorab: Ich habe die Frage bekommen, meine Antwort aufgeschrieben und durfte dann die Antwort von vor drei Jahren lesen, genauso ist es hier aufgeführt.

#1 If you were able to leave without hurting anyone, would you and if so why?

2o24: "Nope, I like my life at the moment, I wanna live!"

2o21: "Yes, first of all if I don't feel the pain while doing it, because I think I fighted enough for a whole life and if I can stop this, I would."

#2 Who are your comfort characters?

2o24: "Probably Jacky, while writing Francois and I, in TV-Shows Jane from the Mentalist, and I still think about Elio sometimes"

2o21: "I fckng love Nigel and Elio in basically every fic + Niki and Charlotte Holmes"

#3 What advice would you give somebody who is going through the same situation as you?

2o24: "Just do it, like everything, you are beautiful, you are worth it, you are worth being loved, especially by yourself, believe in yourself, only you can get you out of the nightmares your head is making."

2o21: "You are enough, you are perfect, don't believe the voices in and outside your head. You know what you have done… You are strong!"

#4 What's something that happened to you but no one would believe it, if you told them?

2o24: "Actually I'm not sure if there is anything left. And I think someone will believe if I tell them shit that happened."

2o21: "Idk… Maybe I feel a weird thing for everyone not a crush… But I can change my mind in a way I could have a crush on everyone Ig."

#5 What are some creative ways to say "I love you"?

2o24: "Ich trage dich im Herzen. Ich trage dein Herz in meinem."

2o21: "Maybe this 'I like you' was a lie…because I like you by my side, I like your eyes and the way you laugh. I like the way you tell me things. But I guess the whole you, I love that."

#6 When you were at your lowest, what kept you alive?
2o24: "Me… No, actually the missed try."
2o21: "Hurt myself."

#7 What color would you describe yourself as and why?
2o24: "A dark red, I don't know, I think I am elegant, deep and beautiful."
2o21: "A dark blue, because I think in a way I am a beautiful person, but I am a deep person and I felt a lot of pain."

#8 What is a quote from a book or movie that spoke to your soul?
2o24: "'When I came to you with those calculations, we thought we might start a chain reaction that might destroy the entire world.' 'What of it?' 'I believe we did.' - Oppenheimer"
2o21: "'An Idea is like a virus. Resilient. highly contagious. And even the smallest seed of an idea can grow. It can grow to define or destroy you.' - Inception"

#9 If you had 3 wishes, what would you wish for?
2o24: "First of all Peace, second stopping global warming, and lastly a small cabin on a mountain in austria."
2o21: "Freedom, heaven and hell, we can't hurt each other"

#10 What's something from your childhood that you remember that made you happy?
2o24: "Watching Winnie the Pooh."
2o21: "Playing video games with my father."

#11 If you could restart your life, would you? and if so why?
2o24: "Nope, I am deeply happy where I am, and I know I've been on the edge, for years, if I restart and change anything, I think it's likely that I wouldn't even be here then."
2o21: "No, if I had my memories, I don't want to feel this pain again."

#12 What is something you could do forever and never get bored of?
2o24: "F1 Documentaries, recherche for F1."
2o21: "Read and write F1 fics."

#13 What is something you have been through that changed who you are as a person?
2o24: "Gregor"

2o21: "My Life, naah basically this thing with Fabians dad"

   #14 What did you overhear, someone saying, that you wish you didn't?

2o24: "Listen to yourself. You should be at your first place."

2o21: "He is 16…don't do it. He'll hurt you."

   #15 a song you can listen to non-stop?

2o24: "Hey Nora - KLAN"

2o21: "Breaking Free - Night Riots"

18.10.2024
07.09.2021

"Wenn ich irgendwann Kinder habe, hoffe ich, dass sie so sind wie du."

"...dabei hast du so ein wahnsinnig knuffiges Lächeln."

"Du bist vielleicht nicht perfekt, das ist niemand, aber du bist am nächsten dran von allen, die ich kenne, das ist der Grund [für das Mobbing]."

"J'aime tes yeux"

"Rem - wenn ich bei dir bin, ist das so erholsam wie die Rem-Schlafphase"

„Deine Nase ist wunderschön."

„Bleib so fantastisch."

„Liebe Maria, ich war am ersten Abend unglaublich erstaunt von Deiner Reflektion, deinem Wissen und deiner kulturellen, politischen und intellektuellen Reife! Genau solche Leute wie dich möchte ich an unserer Schule, und umso mehr freut mich dein Engagement. Viel Erfolg" – 2019, auf meiner ersten SV-Fahrt

Neues Jahr, alter Schmerz, neues Werk, gleicher Mensch... Keine Ahnung.

Manchmal frage ich mich, ob der Schmerz aufhört. Also ich weiß, er tut es irgendwann.

Auch, weil ich irgendwann nicht mehr daran denke. Trotzdem habe ich diese eine Playlist mit all den Songs, die Menschen und ihren Schmerz wieder hochholen. Vor allem Gregor zeichnet sich dann wieder schmerzhaft in meine Unterarme.

Ich würde nicht tauschen, nichts aufgeben. Ich würde ihm nur gerne erzählen, wo ich stehe. Ihm das Buch zeigen. Auch mit dem Wert, den ich ihm zuschreibe.

'Ich würde nicht tauschen' ist wohl ein großer Faktor, an dem ich Alexanders Wert bemesse. Auch ein Christian, der mir noch so wichtig, noch so toll, so perfekt erscheint, löst bei mir kein 'ich würde tauschen' aus. Ich bin so nackt, so vulnerabel nur Alexander zu wollen.

Trotzdem möchte ich Gregor in meinem Leben. Nicht, weil ich ihn brauche, weil ich will. So sehr ich das Loch auch versucht habe zu schließen, es ist irgendwo noch da, doch ich glaube nicht mehr daran, er könnte es schließen. Es wär ein neues Kennenlernen.

Ich weiß das.

Ich würde ihn gerne als den Menschen kennenlernen, der er jetzt ist, der ich jetzt bin, ihm Alexander vorstellen, ihm meinen Dank aussprechen, ihn teilhaben lassen an dem, was er für mich möglich gemacht hat.

Der Schmerz, sein Schmerz, ich bin dankbar, wohin er mich gebracht hat. Ich kann die Vergangenheit nicht ändern. Ich kann ihn nicht anflehen, zurückzukommen in ein Zurück, das es nicht gibt. Und ich hab schon geschrieben, ich kann nicht jeden Schmerz mit seinem Schmerz begleichen. Und da von seinem Schmerz nichts mehr übrig ist, ich weder ihn noch die Erinnerung brauche, ist es wohl Zeit, loszulassen und ihm nur noch die Dankbarkeit zu schenken, die er verdient hat.

Es ist Zeit, dass er seinen Platz in meiner Vergangenheit einnimmt. Und ja, das, was er mir beigebracht hat, den Maßstab, den er gesetzt hat, der war schon richtig. Und ich hab zumindest für jetzt den Menschen ausgewählt, der seinen Maßstab, so utopisch er auch aussah, erfüllt.

Ich glaube Alexander und Christian für seinen Teil, eigentlich alle Menschen seitdem, bei denen ich zugelassen habe, dass sie mich lieben, haben mir neue Erinnerungen geschenkt. Mir aufs Neue gezeigt, dass ich so liebenswert bin. Ich dachte immer, er ist so einzigartig mit seiner Zuneigung und hab gar nicht gesehen, wie jede Liebe für sich besonders ist. Ich hab so viele schöne Momente übersehen, so viele Gesten. Eislaufen mit Alberto, Venedig mit Franz, nachts im Nikolaiviertel mit Christian, Gärten der Welt mit Oscar, nachts Fahrradfahren mit Ignaz und Co., Händchenhalten mit Cosmo, ewig reden mit Cosmo, Eislaufen mit Christian, Rollschuhdisco mit Alexander, meine Mama, die mit mir in einem Bett schläft, weil es mir nicht gut geht, mit Ignaz nachts durch Berlin spazieren, Alexander und sein Text, ob ich ihn offiziell daten würde... Mein Leben hat nicht mit Gregor aufgehört, ich hab zu lange so getan.

Ich bin ok damit, ihn nie wieder zu sehen, nie wieder mit ihm zu reden. Und das ist wohl der schwerste Satz in all diesen Texten.

Auch wenn ich ihn und diesen Schmerz zum Überleben brauchte, auch wenn mir sein Maßstab irgendwie einen wundervollen Menschen und eine gesunde Beziehung gebracht hat, auch wenn ich so viel durch ihn gelernt habe, ich habe ihn losgelassen. Es ist okay, wenn ich zurückschaue, auch wenn ich wütend werde. Aber ich musste mich selbst befreien, nicht er mich. Ich glaube das habe ich.

Und jetzt stelle ich mich anderem Liebeskummer, sei es Alberto oder Christian. Nur davor wegzulaufen, bis ich ihn vergesse, wird mich bei Christian eine Freundschaft kosten, die ich eigentlich nicht missen will.

Mein Leben hat nach Gregor erst angefangen und ich werde das so oft betonen, wie es nötig ist, auch wenn ich dadurch seinen Ruf nicht reinwaschen kann oder ihm seinen Job zurückbringen kann. Aber er hat, als ich nur noch das Fundament meines Charakters war, mich dazu motiviert, wieder ein Haus zu bauen. Er hat mein Leben gerettet. Auch wenn das alles eine beschissene Geschichte war, aus der er ganz sicher nicht profitiert hat, ich verdanke ihm mein Leben. Und wenn er nie wieder etwas mit mir zu tun haben will, was ich verstehe, vor allem, was ich jetzt gänzlich akzeptieren kann, so hat er trotzdem verdient zu wissen, dass seine Bemühungen nicht umsonst waren; Ich bin jetzt dieser begabte, besondere und vor allem liebenswerte Mensch. Und ich sehe mich auch als dieser, den er immer in mir gesehen hat. Ich bewirke Gutes.

Er behält seine Sonderstellung, so einzigartig, weil ich unser Miteinander kaum definieren kann und doch reiht sich Christian irgendwo dort mit ein. Besondere Menschen, die Besonderes in mir ausgelöst haben, wo es einfach nicht sein sollte, was ich annehme. Ich muss keinen von ihnen über den anderen oder einen Alberto stellen, sie sind alle Teile meiner Geschichte und die Erinnerungen Teile von mir. Menschen, die mich geliebt haben und die ich geliebt habe, die mich darin bestärkten, dass ich liebenswert bin. Das Wissen… Naja, das hat Gregor im Großen und Ganzen reaktiviert und es schlummert in mir, aber es gibt unzählige Menschen, die mich in dunklen Momenten daran erinnert haben und erinnern. Und ich bin jedem einzelnen dankbar.

Lieber Gregor,

Ich dachte, ich müsste mich aus deinen Augen verstehen, dir vergeben, aufhören dich zu lieben, damit es weniger weh tut. Dabei muss ich nur wirklich mit ganzem Herzen akzeptieren, dass du nicht nochmal mit mir reden wirst. Dass du wirklich weg bist und ich auf eigenen Beinen stehe, ich mir selbst am wichtigsten sein muss.

Ich muss dich, Nein, ich will dich nicht verdrängen. Ich will mich gerne an dich erinnern. An den Menschen, den ich hinter deiner Zuneigung kennengelernt habe. Ich habe immer nur deine Art mir Zuneigung zu zeigen gesehen und viel zu wenig den Menschen dahinter. Jetzt so langsam kommen die Erinnerungen an den Anfang, wo ich einfach nur dich kennengelernt habe, zurück. Und ich will mich an den Gregor erinnern, nicht an die Fragezeichen, nicht an den Schmerz, nicht an die Doppeldeutigkeit. Sie haben mich zweieinhalb Jahre begleitet. Ich will mich daran erinnern, warum du mir sympathisch warst, warum ich dir all das anvertraut habe, weil du ein guter Mensch bist. All das hast du nicht verdient, du warst ein guter Lehrer, du hast so einen guten Job gemacht. Und die Schülis mochten dich.

Ich hoffe so sehr, du bist glücklich, wo du jetzt bist. Vielleicht hätte ich dich direkt in Ruhe lassen sollen, kein Kontaktversuch. Ich lass dich gehen, weil du mir nichts Böses wolltest und trotzdem verloren hast. Ich bin dir dankbar. Du trägst keine Schuld dafür, dass ich dir so lange nachgetrauert habe, du trägst keine Schuld für meinen Schmerz und ich will dir zeigen, dass das alles nicht umsonst war. Ich verdanke dir mein Leben. Und das ist nicht zu begleichen. Ich wünsche dir einfach nur das Allerbeste. Du bist ein guter Mensch. Du bewirkst Gutes. Alexander hat gesagt, es ändert sich nichts, nur weil ich 18 werde, ich muss das schon selbst ändern. Und, dass ich 18 werde, ändert nichts an deiner Abwesenheit in meinem Leben, also ist es Zeit, sich zu verabschieden. Verdammt nochmal danke für alles, ich hoffe du bist stolz auf mich.

In Liebe

Maria/Lukas

- The Company Of Men live sehen
- Kanada bereisen
- auf dem Nürburgring fahren
- nochmal Tassos besuchen
- in Rom den einen Friedhof komplett erkunden
- ins neue Pergamonmuseum gehen
- Twilight lesen (alle Teile)
- jeden James Bond gesehen haben
- erstes Album vertonen und veröffentlichen
- Mini-Wesen in die Welt setzen
- Summer Only Lasts A Day *live* von The Company Of Men auf meiner Hochzeit als *first Dance* hören
- Deutschland mit dem Rad durchqueren
- Allein Urlaub machen
- ausziehen
- zum Smartphone tschüss sagen
- nochmal die Hosen live hören
- Abi machen
- mit nem Van durch Amerika fahren
- Fanta Vanille probieren
- Glücklich bleiben

Ich höre OK von Robin Schulz. Ich bin zu dem Menschen geworden, der mir sagt, es wird okay. Ich brauche keinen anderen Menschen. Bitte achtet auf uns, dass es so bleibt. Ich wünsche uns ein langes schönes Leben. Und guckt auf mich jetzt und die kleinen *Mini-Mes*, und seid stolz, aber schmunzelt auch über den Menschen, der ich jetzt bin. Bitte verändert euch weiter. Liebt uns und andere Menschen. Habt guten Sex. Achtet auf euch. Erinnert euch gerne zurück. Ich bin nicht die Version, die das alles gerettet hat, wir sind es alle. Verzeiht unseren jüngeren Ichs die Schnitte, ich glaube, soweit bin ich noch nicht, und die Versuche.

Bitte bekommt Mini-Wesen und seid gute Eltern. Gute Menschen. Ihr alle, ob wir 20, 30 oder 60 sind. Unser Moralkompass wird sich sicherlich noch verändern. Aber bleibt uns treu. Wir sind ein guter Mensch. Stellt euch nicht über Alexander oder sonst wen. Findet tolle Menschen und behaltet Ignaz. Bitte haltet Mama in Ehren und fahrt nicht nochmal unsere Bindung an die Wand. Ich glaube, wir werden glücklich sein, Nein, ich weiß wir werden glücklich sein. Wir werden unseren Platz in der Gesellschaft finden. Und wann immer es Probleme gibt, schaut zurück, wo wir herkommen. Jede einzelne starke Version, was wir schon geschafft haben, jedem einzelnen Ich sind wir ein langes Leben schuldig. Ich liebe uns, ich liebe den Menschen, der ich genau jetzt bin. Vielleicht bringen wir irgendwann eine Sammlung über Kindergeschichten raus. Ich werde gespannt sein. Danke, dass ihr das kleine Maria/Lukas nach Hause bringt.

Bitte bleibt dieser atemberaubende Mensch, auch wenn wir uns nur selbst den Atem rauben ;)

In aller Liebe

Maria/Lukas Hahne

Ich hab angefangen, diese Texte zu sammeln, zusammenzufügen und hab alte Ordner durchgeguckt. Habe mich dieser ganzen Geschichte gestellt. Texte gelesen, die ich mit so viel Schmerz und so viel Wut geschrieben habe.

Christian hatte mich gefragt, was ich hiermit bewirken will, wo ich hinwill.

Ich glaube, ich hab geantwortet "Menschen helfen".

Am Anfang schreibe ich 'dieses Herz vor mir hertragen, weil's meine größte Stärke ist'. Vielleicht ist es nicht meine größte Stärke, es ist eine Stärke. Eine weitere ist, mich zu formulieren, meinen Schmerz aufzuschreiben.

Es hat mir geholfen, beim Sammeln kam eben der Gedanke auf, dass ich damit anderen Menschen helfen will.

Nun muss ich aber zugeben, das hier alles zu lesen und auch zu schreiben, manche Texte sind ja bewusst aktuell, diese Geschichte zu erzählen… Egal ob sie irgendwem dort draußen helfen wird, mir hat sie geholfen. Mein inneres Kind hat sie ein Stück weit geheilt. Ich habe nochmal auf einem neuen Level gelernt, mich und meinen Weg zu akzeptieren. Dankbar zu sein.

Ich kann mit meiner Kindheit "abschließen", ich kann jedes Ereignis akzeptieren.

Selbst wenn sich das hier niemand sonst durchliest (außer Christian ^^"), ich hab schon gewonnen und mein Ziel erreicht.

"Wherever you go, go with all your heart!"
Ich schreibe seitdem ich klein bin meine Gedanken auf, halte fest, was meine Erinnerungen nicht halten.

Ein ums andere Mal wurde ich für meine Worte gelobt. Bewegend und verändernd.

Diese Sammlung selbst nochmal zu lesen, durch meine Galerie zu *scrollen*, ich schaue auf ein besonderes Leben zurück und ich bin stolz darauf. Nein, ich bin wahnsinnig dankbar für jeden Tag, an dem ich doch aufgestanden bin.

Und ich schaue auf Veränderung. Jedes Mal, wenn der Weg, der vor mir liegt, mich gedanklich erschlägt, sehe ich mir das an, was ich geschafft habe. Hilfe anzunehmen. Die Luft in meiner Lunge anzunehmen. Gesünder werden anzunehmen. Dankbar sein für Kleinigkeiten, die andere übersehen. Und daran festzuhalten den Unterschied machen zu wollen. Wenn ich nichts verändere, wer dann?

Ich schaue zurück auf Gregor, Fabian, mich selbst. Und ich hab's alles überlebt.

Bin über Gregor hinweg. Hab ihn gehen lassen. Er ist Teil meiner Vergangenheit. Und das ist gut so. Ich weiß nicht, was er dachte und selbst wenn ich mir das alles eingebildet habe, hat dieser Schutzmechanismus mein Leben gerettet.

Ich bin noch immer ambivalent und ich habe nicht die eine Formel zum Glücklichsein, denn die Variablen des Lebens verändern sich stetig, aber ich glaube ich bin zufrieden. Ich will leben. Ich bin mir meiner Stärke bewusst. Ich kann mich kommunizieren. Und Glück ist am Ende auch nur ein Zustand, kein währendes Gefühl.

Ich habe diese Sammlung zusammengefasst. Sie ist kein Lebensratgeber. Sie muss nichts verändern. Sie muss nicht helfen, aber sie wird immer ein Teil meines Heilungsprozesses sein. Und ich werde stolz sein.

So viel Veränderung, die da noch kommt.

Und im Nachhinein, wenn man sich bemüht, die schlechten Erinnerungen verblassen lässt und sich der Guten bewusst ist und bleibt:

"Am Ende sind es nur die schönen Momente, an die man sich erinnert." (Ein Zitat von meinem Uropa in unserem letzten Gespräch vor seinem Tod.)

Vielen Dank an meine Mama, ohne die ich hier nicht stehen würde. Die einer der bewundernswertesten Menschen ist, die ich kenne und an manchen Punkten mein großes Vorbild.

Danke an Alexander für die Unterstützung, die Inspiration zu manchen Texten und generell, dass du da bist. Ich liebe dich.

Danke an Christian als erste Person überhaupt, die diese ganzen Texte in ihrer Unordnung gesichtet hat und mir immer ein viel zu positives Feedback gegeben hat. Nein, ehrlich gesagt, du hast mir viel Motivation gegeben das hier überhaupt durchzuziehen.

Danke an Ignaz für sieben Jahre Freundschaft und auch, wenn du gerade am anderen Ende der Welt lebst, ohne dich wäre ich nicht der Mensch, der ich heute bin.

Danke an die ganzen Menschen, die hier und da mal Texte angehört haben und mich zum Sammeln dieser Texte bestärkt haben.

Danke an mich, dass ich mir selbst treu geblieben bin, durchgehalten habe und den Mut hatte, all das aufzuschreiben.

imaginäres Hände meiner jüngeren Ichs nehmen, gemeinsame Verbeugung‘